HORTENSE

Après avoir été grand reporter, Jacques Expert est aujourd'hui directeur des programmes de RTL et auteur de la série « Histoires criminelles » sur France Info. Après *Adieu* (2012), *Qui ?* (2013) et *Deux gouttes d'eau* (2015), *Hortense* est son quatrième roman à paraître chez Sonatine Éditions.

Paru au Livre de Poche :

ADIEU
CE SOIR JE VAIS TUER L'ASSASSIN DE MON FILS
DEUX GOUTTES D'EAU
LA FEMME DU MONSTRE
QUI ?
TU ME PLAIS *(inédit)*

JACQUES EXPERT

Hortense

SONATINE ÉDITIONS

© Sonatine Éditions, 2016.
ISBN : 978-2-253-08668-0 – 1re publication LGF

Déposition de M. Bernard Dupouy du 25 juin 2015. Extrait du procès-verbal.

Nous, Frédéric Soussin, lieutenant de police, officier de police judiciaire, en fonction à la Brigade criminelle de Paris 75001, constatons que se présente devant nous Bernard Dupouy, le 25 juin 2015 à 14 heures.

Je me nomme Bernard Dupouy. Je suis né le 28 mars 1930 à Lunéville (Meurthe-et-Moselle), commissaire de police à la retraite, habitant 186 rue Pasteur à Bordeaux (33200). J'ai été en charge pendant trois ans de l'enquête sur la disparition d'Hortense Delalande, née à Paris le 7 mai 1990 et enlevée au domicile de sa mère, 42 bis rue des Martyrs (75009 Paris) le jeudi 11 mars 1993. [...]

J'ai à l'époque recueilli le premier témoignage de Sophie Delalande à son domicile dans la nuit du 11 mars, quelques heures après l'enlèvement de sa fille. [...]

Mme Delalande était en état de choc, très éprouvée par la violence des événements survenus. Malgré son état, elle a refusé d'être conduite à l'hôpital tant que nous n'avions pas enregistré sa déposition et nous a rapporté un récit rationnel et précis des faits. Elle a désigné sans hésitation l'auteur des faits et nous a livré sans aucune confusion toutes les informations en sa possession à son sujet.

Elle était dans un état de grande faiblesse, présentait des plaies ouvertes au mollet et au pied, et apparemment un traumatisme à l'arrière du crâne nécessitant des soins rapides. Elle avait également besoin d'un soutien psychologique, mais s'est montrée parfaitement claire et catégorique.

Je me souviens qu'au moment d'être prise en charge par le Samu, elle a fondu en larmes. Elle m'a supplié de retrouver sa petite fille, elle ne cessait de répéter que cette enfant était sa seule raison de vivre. [...] Je lui ai assuré que ce ne serait qu'une question d'heures. Ma réponse a paru l'apaiser et elle s'est laissé emmener sans faire de difficultés. Je la revois très nettement sur le brancard qui descendait difficilement dans l'étroit escalier, serrant contre elle un ours en peluche brun clair. [...]

Il est vrai que l'affaire me paraissait alors facile à résoudre. Nous connaissions l'identité du coupable présumé, notre sentiment était que nous ne devions pas perdre plus de temps. Quelques heures s'étaient déjà écoulées depuis l'enlèvement, nous avons donc lancé immédiatement un avis de recherche à l'encontre du suspect. Nous étions face à l'habituelle urgence pour retrouver la trace du kidnappeur, tout le monde sait que les premières heures sont décisives pour la probabilité d'une issue positive dans ce genre d'affaires.

[...] Nous avons procédé à une fouille minutieuse de l'appartement, sans découvrir d'éléments notables. La chambre de l'enfant était parfaitement rangée. Le lit était ouvert, les draps froissés, l'oreiller portait la marque de la tête de l'enfant qui y dormait quelques heures plus tôt, et nous y avons prélevé quelques cheveux blonds, de toute évidence ceux d'Hortense Delalande, dont Mme Delalande nous a donné de nombreuses photos. [...]

Une enquête de voisinage a été diligentée dans les heures qui ont suivi. [...] Tous les témoignages ont confirmé les déclarations de Sophie Delalande. Elle vivait seule avec sa fille, à qui elle portait un amour infini, voire exclusif, selon certains. [...]

Cette affaire est incroyable. Je n'arrive pas à réaliser ce que je viens d'apprendre. [...]

1

« Sophie »

Je n'aime pas les épais nuages noirs qui assombrissent Paris et qui déjà s'emparent de la colline de Montmartre. En quelques secondes à peine il fait presque nuit. Pourtant il est tôt, pas encore dix-neuf heures, et nous sommes passés à l'heure d'été dimanche dernier. Déjà, une lourde goutte de pluie se faufile sous le col de ma chemise de coton gris. Je devrais presser le pas pour échapper à l'orage qui menace. Mon petit logement, rue des Martyrs, où je vis depuis tant d'années, n'est plus très loin.

Comme chaque soir de la semaine, je suis sortie du métro à Anvers, et je descends à présent l'avenue Trudaine. Ensuite, je prendrai à gauche. Je m'arrêterai chez Tong pour acheter cinq nems, mon dîner du soir, avec une des pommes granny dont je fais provision tous les samedis matin au Verger de Montmartre. J'arriverai à mon immeuble, au 42 bis. Je monterai jusqu'au troisième étage, en ignorant l'ascenseur. À mon âge, cinquante et un ans dans trois mois, je peux bien me contraindre à ce petit exercice. Et puis je déteste être enfermée dans le minuscule habitacle. Ils l'ont installé il y a quatre ans et je crois ne l'avoir utilisé qu'à deux ou trois reprises. J'ai toujours peur d'y rester bloquée.

Ma soirée sera semblable à celle d'hier, semblable à celle de demain. Je ne veux rien d'autre que cette monotonie quotidienne. Elle me convient. Les week-ends par contre sont douloureux. Ils s'éternisent, interminables, aussi je me force à marcher jusqu'à la place du Tertre dans l'après-midi, le samedi comme le dimanche, quelle que soit la saison, qu'il pleuve à verse ou qu'il règne un soleil de plomb. J'aime traîner au milieu des peintres qui me saluent amicalement. Depuis le temps (si longtemps…) que je viens ici, tous me reconnaissent, me font un signe de tête. Aucun ne me parle, ils me sourient et cela me suffit. Sans doute ne suis-je pour eux que cette étrange dame qui vient tous les week-ends se promener parmi les badauds. Peut-être leur fais-je un peu peur ?

Moi, je m'amuse du ballet des touristes, surtout ceux qui se font faire un portrait, ou pire, une caricature grotesque qu'ils payent une fortune. Puis je redescends par la rue Lepic et je prends le boulevard de Pigalle. Je reconnais chacun des rabatteurs qui tentent d'attirer dans son établissement les visiteurs naïfs ou les pauvres types en goguette. Je compte les vieilles putes qui semblent endurer l'ennui de leur sort encore plus que moi. Depuis le temps, à force de les entendre s'interpeller, j'ai retenu leurs prénoms. Pas sûr, en revanche, qu'elles aient jamais vraiment remarqué la femme sans âge qui passe chaque dimanche à leur hauteur.

Cette femme sans âge, c'est moi, transparente, anonyme.

Voilà ce que je suis devenue. Rien.

Même pas un fantôme. Un fantôme, on finit toujours par le voir. Moi je ne suis rien, depuis une éternité, et cela m'indiffère.

Mieux, cela me convient tout à fait.

Une fois de retour chez moi, vers dix-huit heures, je tire les rideaux, et j'attends, allongée sur mon canapé couvert de toile grise, l'heure du dîner. Le week-end c'est un plat surgelé, qui me fait les deux jours. Ensuite, je lis un peu, puis je vais au lit, à vingt-deux heures précises. Je n'ai même pas besoin de regarder ma montre. Cette vieille montre, qui me vient de ma mère décédée il y a dix-neuf ans. Je la lui avais enlevée en cachette de mes deux frères, je l'avais prise à son poignet avant qu'on ne referme le cercueil. Ils prétendaient qu'elle voulait être enterrée avec.

Mes frères ? Pierre, l'aîné, est mort dans son sommeil, d'une crise cardiaque. Sa veuve m'a raconté comment elle l'a découvert, encore chaud, à son réveil. Je ne suis pas allée à ses funérailles. Pourtant je l'aimais bien, celui-là, davantage que Philippe et Serge, mes cadets. Mais cela aurait été trop dur. Pas de voir son cadavre, non, ce que je ne voulais pas, c'était les revoir eux. Cette famille, mon père, mes deux frères, leurs femmes, et leur ribambelle de gamins bruyants.

Je ne voulais pas subir leurs questions. « Alors, qu'est-ce que tu deviens, depuis tout ce temps ? » Supporter leurs regards, sentir qu'ils pensaient à ma vie foutue. Je ne voulais pas supporter leur pitié.

Je n'en veux plus. Voilà pourquoi j'ai coupé les ponts avec eux depuis si longtemps.

J'ai des nouvelles de loin en loin. Les mariages, les naissances, leur parcours à chacun loin de Paris, dans des provinces où je ne vais jamais en dépit de leurs nombreuses invitations.

Ils m'ont pourtant beaucoup aidée à l'époque. Soutenue fidèlement, quand j'en avais tant besoin. Je ne peux rien leur reprocher.

Mais je veux continuer à survivre loin d'eux. Continuer à n'être rien.

Les gouttes qui se resserrent m'obligent à m'arrêter sous un porche, le temps d'ouvrir mon petit parapluie noir.

Je marche plus vite, impatiente à présent de me mettre à l'abri chez moi.

Curieuse de regarder l'orage s'abattre sur la ville, je resterai penchée à ma fenêtre.

Je suis indifférente aux gens qui pressent le pas autour de moi et qui me frôlent. Quelqu'un me bouscule en me dépassant. Si énergiquement que mon parapluie m'échappe des mains. La personne se retourne. C'est une jeune femme blonde. Elle a l'air désolé. Je l'entends s'excuser en ramassant mon parapluie, que le vent emporte déjà.

Elle répète dans un sourire amical, si beau : « Excusez-moi, madame. Ça va ? »

Je reste muette, incapable de lui répondre. Interdite, immobile, je ne peux que la regarder fixement, tandis qu'elle s'approche de moi. Elle examine le parapluie

avant de me le rendre : « Il n'est pas cassé », constate-
t-elle.

Elle lève les yeux vers moi, un peu inquiète de mon
silence : « Je ne vous ai pas fait mal, ça va ?

— Oui, oui. » C'est tout ce que je parviens enfin à
articuler.

« Bien, j'y vais alors ? » demande-t-elle.

Elle rajuste son imperméable et s'éloigne déjà.

Que lui dire ? Que je sais que c'est elle ? Que je l'ai
reconnue ?

Que, sans aucun doute possible, elle, cette jeune
femme, est ma fille. Celle qui m'a été enlevée il y a
vingt-deux ans.

Elle avait deux ans et dix mois. Elle allait avoir trois
ans.

Je suis toujours figée, comme tétanisée, tandis que
sa chevelure blonde plaquée par la pluie disparaît à
l'angle de l'avenue Trudaine.

Subitement, je réalise que je ne peux pas la laisser
partir ainsi.

Je ne peux pas la perdre à nouveau.

Je marche, je cours pour la rattraper. Il faut qu'elle
sache !

Arrivée rue des Martyrs, je la cherche dans la
foule désordonnée, pressée d'échapper à la pluie.
Moi, la pluie, je m'en moque. Je l'aperçois enfin à
l'angle de la rue de Navarin. Je me retiens de hurler.
« Hortense ! »

*Déposition de M. Serge Delalande, né le 8 février 1971,
courtier en assurance à Vitré, 35506, le 27 juin 2015.
Extrait du procès-verbal.*

[...] Sophie est mon aînée de sept ans. J'ai le souvenir d'une grande sœur attentive qui aimait s'occuper
de moi, j'étais le petit dernier. Elle était enjouée et
gentille, en revanche, elle n'a jamais été très jolie, un
peu grosse. Ça la complexait je crois, elle s'est beaucoup renfermée au moment de son adolescence. Elle
est devenue silencieuse, souvent agressive. Elle avait
peu d'amies, elle subissait des moqueries à l'école et
la maison était son refuge même si, à l'époque, elle
se heurtait fréquemment avec notre mère. [...] La vie
avec elle est devenue assez pénible et je dois dire que
son départ de la maison, pour aller étudier à Rennes, a
soulagé tout le monde. Après ça, elle est partie à Paris
et nous ne la voyions plus que rarement. [...]

La naissance de sa fille l'avait transfigurée. Elle
s'était à nouveau rapprochée de la famille. Elle était
tellement fière d'être maman, on avait l'impression
qu'elle n'en revenait pas elle-même de cette chance.

Elle affirmait qu'elle se moquait que le père les ait abandonnées, elle et Hortense. Elle ne vivait que pour sa fille. De façon trop exclusive, sans doute, mais la voir si heureuse était une grande joie pour nous. On pourrait difficilement imaginer aimer plus un enfant. Elle la gâtait énormément, passait tout son temps avec elle. Vraiment, ma sœur ne vivait que pour Hortense.

C'était une petite ravissante, toujours souriante, très épanouie, j'insiste. Toute la famille l'adorait. Mes parents étaient gâteux devant leur petite-fille, et je me souviens qu'ils bataillaient régulièrement avec Sophie pour obtenir de la garder de temps en temps. [...]

Quand elle l'a perdue, ça a été un choc terrible pour nous tous. Nous l'avons soutenue du mieux que nous pouvions. Mais elle s'est détachée de nous petit à petit. Comme si elle refusait notre aide, il m'est impossible d'expliquer pourquoi. Notre mère a longtemps essayé de l'aider et de la raisonner, mais en pure perte. Ça l'a désespérée, et mon père a toujours dit que l'éloignement de Sophie l'a tuée à petit feu. [...]

Quant à moi, il y a des années que je n'ai pas revu ma sœur, ni eu de ses nouvelles. [...]

2

« Sophie »

Je venais de coucher Hortense. Ma fille allait avoir trois ans dans un peu moins de deux mois. J'étais impatiente, presque autant qu'elle. Ensemble, chaque soir nous comptions les jours. Plus que cinquante-sept !

Son anniversaire était une telle joie, et une si belle occasion de la couvrir de cadeaux que, depuis sa naissance, je le fêtais deux fois par an. Tous les six mois ! Je sais, ça peut sembler incongru ou exagéré, mais j'avais tant besoin de montrer mon amour à mon enfant chérie !

Comme de coutume, nous serions seules, toutes les deux, pour cette occasion.

Mais franchement, de qui aurions-nous pu avoir besoin pour être parfaitement heureuses et profiter au maximum de cette journée ?

De personne.

Cette fois encore, elle allait être gâtée. J'avais déjà acheté ses cadeaux : des albums illustrés, choisis à

L'École des loisirs, un adorable chemisier à fleurs multicolores, un serre-tête rose qui irait si bien avec ses cheveux blonds tout bouclés. C'était déjà une vraie petite coquette. Mais surtout, la veille, avant d'aller la chercher à la crèche, je lui avais acheté une nouvelle Barbie. La Barbie Hawaïenne. La cinquième, qui viendrait rejoindre les autres, sagement alignées sur l'étagère au-dessus de son petit lit. Chaque soir, nous en choisissions une pour dormir avec elle et son ourson.

Je me souviens qu'au début, j'avais hésité à lui en acheter. En bonne fille d'enseignants, qui m'avaient transmis leurs convictions de gauche solidement ancrées, j'avais des scrupules à entraîner ma fillette dans ce merchandising. Mais j'avais fini par céder, moi qui lui avais si souvent répété qu'il y avait plein d'autres poupées que les Barbie, je tentais de l'en détourner en lui montrant des jolis baigneurs, des jouets en bois, des puzzles que je trouvais plus adaptés à son âge. Mais elle avait déjà tant de caractère (elle n'avait pas beaucoup plus d'un an pourtant, mais elle gazouillait déjà, elle était si vive)… À voir pétiller ses yeux chaque fois qu'elle les regardait dans la vitrine des magasins de jouets, je n'avais pas eu le cœur de lui refuser ce plaisir. Quelle maman j'ai été : un jour, il m'est arrivé de lui en acheter deux d'un coup ! Pour le seul plaisir de la gâter…

Comme elle, j'aurais voulu avoir une de ces poupées mannequins si jolies quand j'étais petite. Mais mes parents étaient inflexibles. « Pas de ces merdes américaines », avait décrété mon père. Je n'avais jamais joué avec des Barbie, enfant, et je me suis bien rattrapée avec mon Hortense. Cela avait été un tel bonheur, la fois où elle avait découvert la Barbie Princesse posée sur son lit. Elle répétait « merci *mama* chérie » et « je t'aime, je t'aime, je t'aime », tandis qu'elle la sortait de sa boîte.

Deux mois avant, j'avais déjà tout planifié pour cette belle journée, et posé un jour de congé pour l'occasion ! Je lui donnerais ses cadeaux à son réveil. Elle les ouvrirait un par un, en terminant par la Barbie. Ensuite, elle voudrait que l'on joue avec sa nouvelle poupée, et les vêtements et la voiture décapotable qui allaient avec. Nous irions déjeuner au McDonald's sur le boulevard, puis nous reviendrions souffler ses trois bougies sur un beau gâteau meringué à la fraise. Après quoi ce serait l'heure de la sieste, et je lui lirais un de ses nouveaux livres pour l'endormir.

Il était environ 22 heures sur la grosse horloge de la cuisine. Je me souviens avoir vérifié sur le calendrier des Postes de la cuisine le nombre de jours qui nous séparaient de son anniversaire. Mon calcul était exact : cinquante-sept jours, et trois heures…

Pour notre malheur, les choses ne se sont pas déroulées comme je l'avais rêvé… Et la Barbie Hawaïenne que j'avais achetée est restée dans sa boîte. Vingt-deux ans plus tard elle y est toujours. Je ne l'ai jamais ouverte.

Avant de reprendre mon livre (*Illusions perdues*, d'Honoré de Balzac, comment l'oublier ?), j'étais allée m'assurer qu'elle s'était bien endormie. Elle suçait la patte de son nounours. Ce soir, pour l'accompagner dans sa nuit, elle avait choisi sa Barbie Cavalière. J'avais caressé ses beaux cheveux blonds, déposé un baiser sur sa joue et, avant de refermer doucement la porte de sa chambre, mon regard s'était arrêté, comme tous les soirs, sur le cadre au-dessus de son lit : une composition au point de croix, dessinant son beau prénom. Je l'avais brodée moi-même pour ses un an, cela m'avait pris près d'un mois.

L'esprit tranquille, j'étais plongée dans mon livre, quand j'ai entendu frapper un coup bref à la porte d'entrée. J'ai enfilé mes chaussons, rajusté ma robe de chambre et suis allée ouvrir.

Aujourd'hui encore je ne parviens pas à comprendre que j'aie pu commettre une telle erreur. Une erreur fatale. Pourquoi n'ai-je pas regardé par l'œilleton, pourquoi n'ai-je pas demandé qui était là, à cette heure tardive ?

Si j'avais eu cette simple prudence, rien ne serait arrivé. Jamais il ne serait entré. Je lui aurais hurlé de s'en aller, je l'aurais menacé d'appeler la police, et il n'aurait probablement pas insisté.

Mais j'ai ouvert, sans réfléchir, et les choses se sont passées si vite qu'il m'a été impossible de réagir.

Le palier était plongé dans le noir. Lorsque j'ai entrevu sa silhouette dans la pénombre, il était trop tard. J'ai voulu refermer la porte mais il m'a repoussée violemment. Le cadre qui trônait dans l'entrée, avec la photo d'Hortense, s'est fracassé au sol, en m'entaillant le pied. En luttant pour l'empêcher d'entrer, j'ai glissé et des morceaux de verre se sont plantés dans mon mollet et mon pied droits.

Lorsque, beaucoup plus tard, on m'a emmenée à l'hôpital, j'étais dans un état d'angoisse insoutenable. On m'a fait une piqûre, une dose de calmants je suppose. Je ne voulais pas de points de suture. Je voulais garder mes blessures ouvertes, à vif comme ma douleur, et comme une preuve de sa violence. Vingt-deux ans plus tard, j'en conserve encore les stigmates.

Avec le temps, j'ai fini par ne plus leur prêter attention. Mais je continue, machinalement, à promener mon index sur le petit renflement de chairs meurtries.

Il a forcé le passage en me bousculant avec une telle force que ma tête est allée heurter le mur. J'ai perdu connaissance et lorsque je suis revenue à moi, je ne sais combien de temps après, il me faisait face. Mais ce n'est pas lui que j'ai vu en premier : c'est ma petite fille endormie qu'il tenait contre sa poitrine. Elle tétait son nounours, les yeux clos, comme indifférente à ce qui était en train de se passer.

Moi, j'avais aussitôt compris ce qu'il s'apprêtait à faire.

J'ai voulu hurler, mais j'étais bâillonnée. J'ai voulu me lever, mais j'étais emprisonnée sur une chaise de la cuisine avec du gros ruban adhésif, qui m'empêchait de bouger.

Il me narguait, avec un sourire de satisfaction. Puis il a dit à voix basse, en caressant les boucles dorées d'Hortense : « Regarde-la. Nous allons disparaître et tu ne la reverras plus. Elle ne saura jamais que sa mère existe. Rassure-toi : je n'ai pas l'intention de mourir avec elle. Au contraire, nous allons vivre. C'est ma fille. Tu as voulu la garder pour toi seule, me rayer de sa vie. Désormais, c'est toi qui n'existeras plus pour elle. Là où nous allons, tu ne nous retrouveras jamais. »

Il est sorti, Hortense toujours endormie dans ses bras. Je me souviens encore du bruit léger de la porte qui se refermait derrière eux.

Aussitôt, j'ai rassemblé toute mon énergie et réussi à faire basculer la chaise à terre. Malgré la douleur du verre qui s'enfonçait dans mon pied et mon mollet, j'ai frappé de toutes mes forces sur le plancher. Chaque coup m'arrachait des larmes et des cris qui restaient prisonniers de mon bâillon. Enfin, après des minutes qui m'ont semblé une éternité, j'ai vu arriver les voisins de l'appartement en dessous. Ils m'ont délivrée et ont appelé la police.

J'ai regardé l'horloge. Une demi-heure avait déjà passé depuis qu'il avait forcé ma porte. Éperdue de douleur et d'inquiétude, je me suis évanouie à nouveau.

Aux policiers, j'ai dit qu'il s'appelait Sylvain Dufayet. Que cet homme avait enlevé ma fille.

Sylvain Dufayet. Le seul homme qui ait jamais compté dans ma vie. Je n'étais pas vierge quand je m'étais donnée à lui, mais j'en avais eu le sentiment.

J'étais follement amoureuse, pour la première fois de mon existence. Chaque fois que j'y repense, je n'en reviens toujours pas d'avoir été aussi sotte. Comment ai-je pu croire à toutes ces sornettes ?

Déposition de Patrick Loubet, 58 ans, enseignant, le 19 juin 2015. Extrait du procès-verbal.

[...] Nous habitions avec mon épouse, Martine, au 42 bis rue des Martyrs, au deuxième étage droite, à l'époque des faits. Aujourd'hui nous résidons dans le Val-de-Marne. [...] Il était 22 heures 30 lorsque notre attention a été attirée par des bruits venant de l'appartement de Mme Delalande. [...] Nous la croisions très rarement dans l'immeuble, elle sortait peu. Nous savions qu'elle vivait seule avec sa jolie petite fille, dont elle semblait très fière. Nous l'avons une ou deux fois invitée à venir prendre le thé, ou l'apéritif, chez nous, mais elle a toujours décliné. Pour tout dire, nous la trouvions un peu sauvage, exagérément discrète, quoique très aimable. [...]

Nous avons entendu des coups répétés sur le plancher. [...] Ma femme s'est inquiétée la première et nous sommes montés voir. Nous avons sonné. Personne n'a répondu mais les coups devenaient de plus en plus insistants. La porte d'entrée n'était pas fermée à clef. Lorsque nous avons ouvert, nous avons découvert notre voisine allongée sur le sol, attachée à une chaise, elle frappait le sol avec ses pieds, il y avait du sang sur ses jambes et partout dans l'entrée. Je me rappellerai toujours son regard, fixe, d'une intensité effrayante. Dès que mon épouse a arraché le ruban adhésif sur sa bouche, elle s'est mise à hurler : « Au secours, ma fille, ma fille ! » Je m'en souviens précisément encore aujourd'hui, tout ça nous a pas mal choqués, à l'époque. J'ai coupé ses liens avec un couteau trouvé dans la cuisine. Elle était attachée avec du gros scotch, en partie déchiré tant elle s'était débattue. Elle s'est relevée immédiatement, très agitée, très angoissée, mais pas incohérente, elle nous a semblé plutôt… disons déterminée. Elle a dit que sa fille Hortense avait été enlevée et nous a demandé d'appeler la police, ce que j'ai fait aussitôt. Nous avons voulu l'allonger sur le canapé mais elle a refusé et elle est restée debout. Sa jambe saignait beaucoup, mais elle ne semblait pas s'en soucier. Elle allait sans arrêt regarder par la fenêtre, voulait sortir pour se lancer à leur poursuite, et ma femme faisait son possible pour la calmer, lui disait de s'asseoir, qu'il fallait attendre la police. Mais Mme Delalande la repoussait, répétait que ce type était un monstre, une ordure et d'autres noms d'oiseaux. Elle pleurait, « Hortense, Hortense ! », « mon amour, mon amour », s'énervait que la police mette tant de temps à arriver, en se traitant d'imbécile, de mauvaise mère, elle semblait s'en vouloir terriblement, c'était très impressionnant, et nous n'arrivions pas à comprendre ce qui s'était passé au juste. […] Tout ce tapage avait attiré tous les habitants de l'immeuble, forcément. L'un d'eux, je crois que c'était M. Balland, du premier, est arrivé avec une peluche, un petit ourson. Il a expliqué qu'il l'avait trouvé dans l'escalier. Mme Delalande le lui a arraché des mains, elle l'a porté à son visage, l'a longuement humé, comme si elle reprenait son souffle. Après cela, elle a dit d'un ton très calme, comme dans un état second : « Ma pauvre chérie, elle est partie sans son Gégé. Comment elle va faire sans lui, maintenant ? »

[...]

3

« Sophie »

Si la vie était juste, elle n'aurait pas permis que je croise sa route. Elle m'aurait épargnée et je n'aurais jamais eu à endurer ce que j'ai enduré. Une vie de rien, une vie perdue. Hortense n'aurait jamais vu le jour, c'est vrai, mais est-ce que cela n'aurait pas été mieux ainsi ?

Oui, la vie est injuste, et j'en suis la preuve.

Pour commencer, il est nécessaire de préciser que Sylvain était d'une grande beauté. Ce seul souvenir est douloureux. Je pourrais dessiner dans les moindres détails son visage parfait aux traits réguliers, et à cette pensée, la haine m'étreint. Brun, les yeux bleus, grand et mince. Il avait de l'allure, une séduction nonchalante, avec ce qui suffit de décontraction dans sa façon de s'habiller. Le jour où je l'ai vu pour la première fois, il portait un jean noir, un tee-shirt et une veste de la même couleur. Des baskets à la mode, bleu ciel, comme assorties à ses yeux, apportaient un peu de couleur à cet ensemble un brin ténébreux. Et puis, il y avait son sourire. Direct et engageant, le genre qui vous fait penser immédiatement que vous êtes face à un mec bien. Un type sympa, avec qui on passe forcément des moments agréables. Évidemment, une nuée de minettes lui faisaient les yeux doux. Moi, je restais à distance, me contentant de l'observer, de profiter du spectacle, à me demander laquelle parviendrait à lui mettre le grappin dessus. Au jugé, je lui avais donné vingt-sept ans. J'avais vu juste. J'en avais deux de moins.

Mais moi, tout à l'inverse, je n'étais pas le genre à attirer les regards et à avoir autour de ma petite personne une foule de courtisans. Ce n'est pas que j'étais laide, c'est par la suite que je le suis véritablement devenue, j'étais juste quelconque. Moyenne. Moyenne de taille, 1 mètre 61, moyenne de poids, 55 kilos, moyenne dans mon boulot, déjà fonctionnaire au ministère de l'Éducation nationale. Moyenne aussi dans mes relations amoureuses – je n'avais jamais eu de liaison sérieuse, ni connu de moments importants ou remarquables. Seulement des moments moyens, et des orgasmes moyens, avec des hommes tout aussi moyens.

Bref, le genre de femme qui n'a aucune chance avec un homme tel que Sylvain, et j'en étais parfaitement consciente. Aussi me contentais-je sans amertume de le regarder et de m'amuser du ballet incessant des filles autour de lui.

C'est lui qui est venu vers moi.

Nous étions en banlieue, Anne, une collègue du ministère, et Germain, son mari, donnaient une fête pour leur pendaison de crémaillère. Ils venaient d'acheter une maison sans grand intérêt à mon goût, sur les hauteurs de Clamart, « avec un jardin de 201 mètres carrés ». Ce un mètre carré faisait « toute la différence », répétait Germain à qui mieux mieux, comme s'il faisait un trait d'esprit irrésistible.

Anne ne manquait pas une occasion de préciser, elle, qu'elle aurait préféré rester « sur » Paris, « mais bon… les enfants, vous comprenez… ». Deux bébés engendrés coup sur coup et qui tout au long de la soirée avaient accaparé leur mère et cassé les oreilles des invités. Je me rappelle m'être fait la réflexion que dans le cas (peu probable) où j'aurais des gosses, ils n'empoisonneraient pas ainsi les soirées de mes hôtes. Ils m'agaçaient tous, d'ailleurs, à s'extasier devant cette dinde d'Anne qui trônait au milieu du salon, donnant le sein à son dernier-né comme si c'était l'enfant roi et elle la reine mère. Je trouvais cette exhibition et leurs attendrissements pathétiques. « Ils auront un mètre carré rien que pour eux », s'esclaffait son imbécile de mari.

Anne travaillait avec moi au ministère. Nous nous connaissions peu, et, j'avais eu le sentiment qu'à l'instant même où elle m'avait invitée avec d'autres collègues, elle l'avait regretté. Il est vrai que je n'étais pas une compagnie spécialement valorisante ou amusante. Pas une rabat-joie non plus, non, simplement de celles qui font nombre mais dont l'absence ne dérange personne. Rien que pour l'embêter, j'avais accepté avec empressement. Et à présent, je me demandais quand j'allais pouvoir filer, sans rater le dernier train pour Paris.

Et il s'est approché de moi.

« Tu as l'air de t'ennuyer, m'a-t-il dit. Tu ne trouves pas ça chouette, un joli couple qui s'installe en banlieue ? »

Il plaisantait, mais j'ai répondu le plus sérieusement du monde : « Pourvu que j'échappe à ça.

— Alors, allons-y ! »

Il m'a entraînée dehors et nous avons fui, sans un au revoir à nos hôtes. Comme deux gosses contents de leur coup.

En ouvrant la portière de sa voiture, une Fiat Panda, il s'est présenté : « Je suis Sylvain, et toi ? »

J'ai balbutié mon prénom. Il a lancé : « Allez, je te ramène à la civilisation ! »

À cet instant, j'ai honte, cela me torture même de le dire aujourd'hui, j'étais sous le charme. Plus que ça, je crois. Déjà amoureuse. Comment aurais-je pu imaginer que c'était le pire des pervers qui était en train de me reconduire jusqu'à la rue des Martyrs ?

Il m'a parlé tout au long du trajet, très naturel, semblant ravi d'être en ma compagnie. Il conduisait en souplesse, parfaitement à l'aise, j'ai admiré la décontraction avec laquelle il a allumé sa cigarette. J'ai horreur de l'odeur du tabac, mais avec lui, rien ne me dérangeait. Il m'a posé des questions sur ma vie, mes goûts, et est-ce que j'aimais les voyages ? Je répondais avec empressement, confiante, moi qui suis d'ordinaire si réservée. Jamais un homme tel que lui n'avait seulement posé les yeux sur moi. Je ne touchais plus terre. À tel point que je ne me suis même pas demandé comment une fille aussi « moyenne » que moi pouvait avoir attiré son attention.

Bien sûr, j'ai tout de suite accepté son invitation à déjeuner le samedi suivant. Je lui ai même proposé une balade, place du Tertre. Et je n'ai pas réfléchi une seconde avant de coucher avec lui, le soir même.

Cette nuit-là, après l'avoir senti s'assoupir, je m'étais blottie dans la tiédeur de son dos. Un bonheur inouï m'inondait. Ce fut l'unique fois où je ne me posai aucune question. Par la suite, je n'ai jamais cessé de m'interroger. Pourquoi m'avait-il choisie ?

Pendant tout le déjeuner, j'avais bien vu cette interrogation dans les yeux de la serveuse. Je m'en moquais. Au moment où je réglais l'addition, j'avais soutenu son regard, narquoise, j'avais envie de lui dire : « Eh oui, il est à moi, connasse... » Je crois que pour la première fois de ma vie, tandis que nous quittions le restaurant, accrochés l'un à l'autre, je me sentais invincible. J'étais la reine du monde.

4

« Sophie »

Puis vint le moment où je décidai de lui dire. Il n'était plus possible d'attendre.

Nous étions ensemble depuis un an, sept mois et vingt-cinq jours. Je pourrais presque ajouter le nombre d'heures, de minutes et de secondes… Je comptais chaque instant passé avec lui. Sa seule présence était un miracle, et je vivais dans la peur de le perdre, que tout s'effondre. J'étais certaine que c'était le sort qui m'attendait, tôt ou tard, aussi vivais-je au jour le jour, dans un équilibre fragile, qui ne tenait qu'à un fil.

C'est pourquoi j'avais conçu un espoir fou depuis que j'étais enceinte. La venue de cet enfant, le nôtre, allait l'attacher à moi, définitivement. Je le sentais au fond de mon cœur.

Sylvain était venu s'installer rue des Martyrs une semaine après notre premier rendez-vous, après que je m'étais donnée à lui.

Quand il m'avait demandé : « Tu veux bien que je vienne vivre avec toi ? », je n'en croyais pas mes oreilles. J'avais immédiatement dit oui, transportée de bonheur. J'imaginais vaguement qu'il allait s'installer dans ma vie pas à pas, prudemment. Mais non. Ce samedi matin, je l'avais vu arriver avec son énorme valise de toile brune.

Il n'avait pas voulu que je l'aide, et pendant plus d'une heure, sans se hâter, il avait déballé et rangé ses affaires. Ses vêtements, ses disques de rock, des dossiers et quelques livres. J'avais mis en tas une partie des miens (j'étais une lectrice affamée, à cette époque) pour lui faire de la place.

Quand j'y repense aujourd'hui, tout cela me paraît irréel. Comment j'ai pu être aussi naïve, ou idiote, je l'ignore. Je n'ai rien vu venir. Ou rien voulu voir. Très vite, au terme de quelques semaines seulement, je ne vivais plus chez moi. Mon appartement était devenu le sien. Il y séjournait à son gré, l'avait décoré à son goût, y recevait parfois des amis jusque tard dans la nuit, des marginaux fumeurs de haschich, qui ne me plaisaient pas, et laissaient l'appartement en vrac mais que, pour lui, je me forçais à supporter.

Mais le plus terrible, dans cette existence où je n'étais plus bonne qu'à faire la bouffe et à ouvrir les cuisses quand l'envie lui en prenait, où je passais à l'attendre des soirées et des week-ends entiers, sans qu'il prévienne de ses absences ou ne donne la moindre nouvelle, c'est que je ne bronchais pas. Je ne me plaignais pas qu'il ne semble pas travailler et vive à mes dépens. À l'entendre, il avait régulièrement des rentrées d'argent, grâce à un bon business, mais jamais il ne m'a donné le moindre sou pour le loyer ou les courses. Au contraire, il avait toujours besoin d'argent, pour tel ou tel projet, et je puisais dans mes économies, trop heureuse de penser qu'il avait besoin de moi. Il savait s'y prendre, et dès qu'il sentait que cette vie commune à sens unique m'agaçait ou m'inquiétait (si peu...), il arrivait avec son sourire de séducteur, et à la main un bouquet de roses jaunes, mes préférées, ou un petit cadeau, un bijou de pacotille, une écharpe, une fois... Il décidait d'aller au restaurant, me disait des mots gentils, me rassurait, et me faisait l'amour, et mon soulagement, ma reconnaissance étaient alors si grands que j'oubliais ses absences, sa rudesse. Je me faisais des reproches, je me sentais coupable de me montrer trop exclusive. Il me disait qu'il m'aimait... Et la conne que j'étais le croyait. Mais j'ai compris tout cela bien trop tard.

Au restaurant, c'était toujours moi qui sortais ma carte de crédit la première. Il disait en riant : « OK, mais la prochaine fois, c'est moi qui t'invite ! » Je m'en fichais, tout ce que je voulais, c'était le voir heureux. Et j'étais, moi, trop heureuse de l'avoir.

Intelligent, charmeur, malin, je l'imaginais entouré d'amis, et de toutes ces filles qui ne pensaient qu'à me le piquer, c'était certain. Elles devaient se dire que ce serait facile, et se demander ce qu'il fichait avec une fille comme moi. Et je pensais comme elles. Je ne méritais pas un tel garçon.

Je déteste devoir le reconnaître : cette vie me convenait. Ma seule crainte était qu'il disparaisse, comme il était apparu, du jour au lendemain. Qu'il soit toujours avec moi était en soi un miracle.

J'avais appris peu de choses de sa vie. Presque rien, je m'en suis rendu compte par la suite. Je ne connaissais pas ses parents (« ils habitent dans un trou perdu en Lorraine »), ni ses frères et sœurs (« je suis l'aîné de trois, mais je les vois peu »). Tout cela, je l'ai su plus tard, n'était que des mensonges.

De ses amis, je n'avais que les prénoms.

Je ne me suis jamais douté qu'il s'était inventé une vie. Ou peut-être que je préférais ne pas savoir, en réalité, car il n'y avait que lui qui comptait. Sa famille et tout le reste, je m'en fichais.

Je ne voulais pas le perdre, c'était tout.

J'avais vécu avec mon secret pendant cinq mois. Cinq mois. C'était la limite, au-delà, il ne pourrait plus ne pas s'en apercevoir. Je voulais qu'il l'apprenne en l'entendant de ma voix, et tout à la fois, je redoutais ce moment.

Je me suis trituré la tête des semaines durant. Comment lui annoncer cette nouvelle et, surtout, comment allait-il réagir ? Serait-il heureux, malgré tout ? Peut-être serait-il fou de bonheur, comme moi ? J'avais tellement peur de l'entendre me dire qu'il ne voulait pas de cet enfant, me reprocher de l'avoir pris au piège.

Si près du bonheur parfait, avec ce bébé à venir, j'étais terrifiée.

Un soir où il semblait d'humeur plutôt câline, je me lançai finalement. Sa réaction fut si terrible qu'aujourd'hui encore, je dois me faire violence pour l'évoquer. Une scène d'horreur, qui m'arracha les tripes.

D'abord, il me serra dans ses bras, fort, sans rien dire. Je crus qu'il était ému, sous le coup de la surprise, de la joie, qui sait ? Saisie, je me mis à pleurer.

Alors il rit. « Moi, j'aime pas les grosses, il va falloir t'y prendre autrement ! » Son rire, au lieu de m'alerter, me réconforta. Je voulais encore y croire, alors je ris avec lui, avant de prendre son sexe. La fermeture Éclair de son pantalon martyrisait mes joues tandis qu'il me tenait par les cheveux, durement, en sifflant des mots orduriers.

J'avais eu si peur qu'il me quitte… Mais mon soulagement fut de courte durée. Très vite, le ton monta, il se mit dans une rage folle, sous le prétexte qu'il n'y avait rien pour dîner. Je restais pétrifiée, sans voix, tandis qu'il m'agonissait d'injures. Je me souviens de tous les mots qu'il m'a crachés au visage, salope, menteuse, conne, sale punaise qui lui avait fait un gosse dans le dos… J'étais moche, et il ne m'avait jamais aimée, je ne lui servais qu'à se vider les couilles, lui fournir un pied-à-terre et du fric. Toutes ces horreurs, j'aurais pu les accepter aussi, j'en suis sûre. J'aurais pu les oublier. Ce qui me fit vraiment mal, ce fut cette phrase : « Tu ne te rends pas compte que tu es la dernière nana avec qui je voudrais faire un gosse ? Tu ne me reverras plus jamais. »

Et je savais que, cette fois, il disait la vérité. À ce moment-là, tout du moins.

Je l'ai regardé partir sans pouvoir dire un mot.

J'entends encore le claquement assourdissant de la porte derrière lui.

Quelques jours plus tard, quand j'étais rentrée du ministère après ma journée de travail, la grosse valise brune rangée au-dessus de l'armoire avait disparu. Ses affaires et lui avec. Ses clefs gisaient sur le parquet, dans l'entrée, et il avait pillé la réserve d'argent liquide que je gardais dans l'armoire de ma chambre, sous la pile de draps.

J'avais aussitôt compris que c'était terminé. Il m'avait abandonnée, et j'allais accoucher seule.

En quelques secondes, l'amour immense et inconditionnel que j'avais pour lui s'était mué en une haine profonde.

Je ne l'ai plus jamais attendu.

Je l'ai effacé de ma vie.

5

« Sophie »

L'accouchement fut presque une formalité, en dépit de la césarienne et de l'impressionnante cicatrice que j'en gardais. Hortense naquit en moins de deux heures sans que j'éprouve la moindre souffrance.

L'infirmière me dit que c'était très bon signe : « Ce bébé ne vous fera jamais souffrir. Regardez comme elle est belle. Elle sourit déjà ! »

Ma mère se sentit obligée de renchérir : « Oui, tout le portrait de sa maman ! » Je préférai ignorer sa remarque. Je contemplais mon enfant, posée sur ma poitrine. Mis à part ses fins cheveux blonds, comme les miens, elle avait les traits fins de cette ordure de Sylvain, que je m'efforçais d'oublier depuis des mois. J'aurais tant voulu qu'il n'en soit rien…

« Et où est-il, le papa de ce trésor ? » s'enquit l'infirmière d'un ton enjoué.

Sans réfléchir, je m'entendis répondre : « Elle n'a pas de papa. Il est mort. »

Je ne sais pas ce qui m'était passé par la tête. Ma mère, prise au dépourvu, crut bon d'en rajouter :

« Dans un accident de la route, il est décédé sur le coup. »

Sans doute craignait-elle que la conversation ne dégénère. Le moment était mal choisi pour parler du salaud qui m'avait abandonnée.

L'infirmière n'insista pas et s'éclipsa, préférant nous laisser « en famille », comme elle le précisa bêtement.

Maman avait depuis le début pris mon parti, heureusement. C'est elle qui avait tenu à être présente pour mon accouchement. « Ce sale type t'a peut-être laissée tomber, mais ta famille sera toujours avec toi, ma chérie », m'avait-elle assuré. Je ne lui avais jamais donné de détails sur la façon dont les choses s'étaient passées, et j'avais finalement réussi à la persuader que je n'avais pas besoin de ce « sale type » et que je serais une « bonne maman pour mon Hortense ».

« Comme tu l'as été pour moi, avais-je ajouté, pour lui faire plaisir et pour couper court.

— Alors, je suis heureuse », avait-elle conclu.

Mon père, de son côté, avait toujours été catégorique : « Il n'a pas intérêt à se pointer. » Et il n'avait plus jamais prononcé son nom, le désignant exclusivement sous les termes de fumier, ordure ou enculé.

Sylvain, pourtant, avait su se faire adopter dès la première rencontre avec ma famille. Ma mère, mon père, mes frères et leurs bonnes femmes, tous l'appréciaient. Il les avait conquis, et moi, idiote que j'étais, cette entente si immédiate et réciproque m'emplissait le cœur de bonheur. Personne n'avait osé demander comment je m'étais débrouillée pour dégoter un mec pareil, devant moi en tout cas, mais je suis sûre que tous se posaient la question. Sylvain était le premier garçon que je leur présentais. Quand je leur avais annoncé que j'allais venir fêter Noël avec mon compagnon, ils avaient dû s'attendre à voir débarquer un type falot, pêché parmi mes collègues au ministère. Et j'étais arrivée avec cette perle d'homme, magnifique et « tellement sympathique ». Devant eux, il me couvrait de baisers, d'attentions permanentes, se montrait drôle, prévenant avec tous. J'aurais dû trouver son attitude suspecte, car ses démonstrations d'affection étaient très vite devenues rares quand nous étions seuls. Mais comment me méfier, alors que j'étais si fière ? J'avais l'impression d'avoir, d'un coup, pris ma revanche sur toutes ces années où je n'avais été que la fille un peu moche, inconsistante et sans intérêt pour quiconque.

La présence rayonnante de Sylvain à mes côtés démontrait que je valais bien mieux que ce qu'ils imaginaient.

Après sa désertion, il ne fut jamais question de lui. Ma petite Hortense était un bébé délicieux, qui m'occupait pleinement.

C'était une fillette ravissante. Les traits fins, les yeux bleus et le sourire enjôleur, à mon grand désarroi, elle ressemblait chaque jour davantage à son géniteur, c'est ainsi qu'il faut le nommer ; jamais je n'emploierai le mot « père » à son sujet. Le simple fait d'entendre « Sylvain » m'arrachait des haut-le-cœur.

De moi, elle n'avait guère que la couleur paille de ses cheveux.

Ma mère s'était une fois exclamée : « C'est fou, comme elle ressemble à Sylvain ! »

Ma réplique avait été cinglante : « Ne prononce jamais ce nom devant moi et, surtout, devant elle. » J'avais tendu ma fille à bout de bras : « Elle n'a pas de père. Son père est mort. Il n'a jamais existé.

— Mais il faudra bien qu'un jour elle sache… » avait-elle tenté de plaider.

Je lui avais hurlé à la face : « Ça, c'est mon affaire, pas la tienne. Tu as compris ? » J'étais dans une colère telle que j'aurais été capable de la gifler, je crois, si elle avait insisté.

Je l'avais entendue bredouiller des excuses tandis que je sortais en claquant la porte, Hortense effrayée toute tremblante dans mes bras.

Je ne lui avais plus donné aucune nouvelle pendant deux semaines. Cela lui avait servi de leçon, et devant sa contrition, j'avais fini par lui pardonner, non sans lui avoir fait jurer de ne jamais en reparler. Nous nous étions embrassées comme jamais nous ne l'avions fait lorsque j'étais enfant.

Ma famille a toujours fait corps avec mon malheur.

C'est moi, moi seule, qui ai souhaité me détacher d'eux. Jusqu'à ne plus les voir.

6

« Sophie »

Personne ne peut imaginer ce que fut mon bonheur de maman. J'ai du mal à trouver les mots pour le décrire. Je vivais une joie simple au quotidien, sereine mais absolue, nourrie par cet amour réciproque.

Chaque instant de la vie de ma fille emplissait la mienne. Il ne se passait pas un instant sans que je pense à elle.

Je n'avais besoin de rien ni de personne d'autre. Je ne voulais surtout pas d'un autre homme dans ma vie.

J'étais trop heureuse, seule avec elle.

Ma famille ne demandait pourtant qu'à m'entourer. Mes parents m'aidaient de leur mieux, me soutenaient dans les moments où j'en avais besoin (matériellement parlant, car à vrai dire, je n'avais besoin de rien !). À mon corps défendant, je leur confiais parfois leur petite-fille pour quelques jours, quand la crèche fermait. Ils disaient que cela me ferait du bien, qu'il fallait que je me repose, que je m'occupe de moi.

Ils venaient la chercher à Paris et repartaient le jour même pour Paimpol. Je n'ai jamais trop aimé qu'ils restent coucher chez nous. Ils m'assuraient qu'Hortense serait choyée comme une princesse, qu'ils allaient la chouchouter. Moi, je devais profiter de ces moments de liberté, sortir, aller au théâtre, au cinéma, ou mieux, dîner avec des amis. C'était leur obsession : que je me fasse des relations, des amis. Ils espéraient sans doute me voir rencontrer un homme qui me ferait définitivement oublier cette affaire cruelle. Je voyais bien qu'ils trouvaient mon lien avec Hortense trop exclusif.

Mais quels que soient mes torts dans ce qui est arrivé, personne ne me fera dire que je donnais à Hortense « trop » d'amour, ou que mon amour était trop possessif. On ne donne jamais assez d'amour à son enfant.

Lorsque j'allais récupérer Hortense, je mentais. Je leur disais que ces quelques jours m'avaient fait un bien fou, que j'en avais profité au maximum. Je leur parlais de pièces de théâtre que je n'avais pas vues, d'amis que je n'avais pas, de dîners dont j'inventais les menus. Ils insistaient pour que je leur confie Hortense plus souvent. Je leur assurais : « Promis, surtout qu'Hortense vous adore. »

Un jour mon père m'avait prise à part : « On est contents, ta mère et moi, m'a-t-il dit, de voir que cette histoire avec ce sale type est derrière toi. Je ne te cache pas que nous avions craint le pire, par moments. Quand il a disparu comme un malpropre, tu semblais détruite, tu faisais peine à voir, ma fille. Je ne te cache pas que nous étions inquiets. Très inquiets... Mais à présent, nous sommes rassurés : tu as l'air épanoui. Il faut dire que ta petite Hortense, c'est un amour ! »

Avec un sourire rayonnant, je l'avais remercié, lui avais dit que tout allait bien dans ma vie. « Je n'y pense plus jamais. Je suis tellement mieux sans lui. Il n'existe plus, pour moi ! »

J'en étais convaincue, vraiment.

Ce jour-là, pour leur faire plaisir, j'avais accepté de rester passer la nuit du samedi chez eux avec Hortense, avant de regagner Paris. Alors que je ne rêvais que d'une chose : rentrer chez nous, avec ma fille qui m'avait tant manqué. J'avais rarement vu mon père et ma mère aussi heureux que ce soir-là.

Ce que « ce sale type » m'a fait plus tard, quand il a enlevé Hortense, m'a dévastée. Mais eux également : son crime, car il s'agit bien d'un crime, ignoble, les a éteints, comme un feu impossible à ranimer. Le chagrin a rongé ma mère peu à peu, jusqu'à en mourir, quatre ans plus tard.

Mon père, lui, a survécu. Il est vieux et usé, mais il a, grâce à mes frères, une belle descendance. Pourtant, la dernière fois que je l'ai vu, il y a une dizaine d'années, j'ai lu dans son regard fatigué qu'il n'a jamais oublié Hortense. Il mourra avec dans le cœur le souvenir de sa petite-fille disparue. Il emportera aussi avec lui la haine qu'il n'a cessé d'éprouver à l'égard de mon bourreau.

Rester passer la nuit chez eux m'avait réclamé un effort colossal. Une semaine de solitude me semblait un mois, et je n'avais qu'une hâte, me retrouver en tête à tête avec ma chère petite fille.

La plupart du temps, j'arrivais le matin, nous déjeunions et nous repartions.

Je ne venais pas seulement chercher ma fille, je m'enfuyais avec elle…

Cette nuit-là, je n'ai pas dormi. Je suis restée yeux grands ouverts, pour le seul plaisir de regarder Hortense, allongée contre elle, profitant de cette intimité douce et tranquille tandis qu'elle suçotait son ours Gégé. Je replaçais la couverture dès qu'elle glissait, j'imaginais ses songes, je rêvais à notre vie future.

Bref, je n'étais heureuse qu'avec ma fille. Être séparée d'elle était une déchirure, une douleur profonde qui me laissait désemparée.

Au travail, aussi, je m'enfuyais. Dès que dix-huit heures sonnaient, je pliais bagage, sans m'attarder même si une réunion de dernière minute obligeait tout le monde à rester. Je n'avais qu'une hâte : sortir ma fille de la crèche et lui consacrer toute ma soirée.

Nous avions nos rituels, immuables.

Avant tout, nous passions un moment à jouer, avec ses Barbie, invariablement, puis je lui relisais les livres qu'elle adorait. Venait déjà l'heure du bain, que je prenais avec elle, un moment de complicité que nous adorions autant l'une que l'autre. Je la laissais ensuite s'amuser seule, avec ses poupées, encore et encore !, tandis que je préparais son dîner. Jamais de petits pots ou de plats tout préparés, toujours des aliments frais et sains. J'étais intraitable sur les légumes, la qualité du poisson ou de la viande. J'étais capable de traverser Paris pour lui acheter le meilleur. Les menus de la crèche ne m'inspiraient guère confiance et, souvent, j'apportais son déjeuner, ce qui ne plaisait pas beaucoup aux puéricultrices. Mais j'insistais si fermement qu'elles n'osaient pas me contrarier. Hortense réclamait toujours un petit verre de lait pour finir son dîner. Je l'accompagnais dans sa chambre et je la regardais dessiner. Puis je poursuivais l'histoire commencée la veille. Sans que j'aie à le lui dire, elle allait se coucher, en tenant son doudou, et réclamait des bisous. Je lui couvrais le corps de baisers, remontant des pieds jusqu'au front. Je la chatouillais du bout du nez pour la faire rire. Quand j'éteignais, elle s'endormait aussitôt. Il était déjà vingt heures.

Après cela seulement, je faisais ce que j'avais à faire. Ménage, rangement, mon repas était frugal et rapide. Je m'installais ensuite pour lire, jusqu'à dix heures et demie.

J'allais m'assurer qu'elle dormait à poings fermés, et, ainsi endormie, comme une minuscule Belle au bois dormant, je la portais jusqu'à mon lit. Nous passions la nuit ensemble, dormant du même souffle.

Et ce soir-là, il en aurait été de même. S'il n'était pas venu me l'enlever.

Depuis plus de vingt ans, après des mois sans sommeil véritable, qui firent de moi un zombie, je m'endors toujours à la même heure, après avoir avalé un somnifère. Ce n'est plus ma fille que je tiens dans mes bras, mais l'un de ses petits pyjamas roses, usé jusqu'à la corde, qui m'accompagne dans un sommeil sans rêves ni cauchemars.

Ces nuits, je ne les passe plus dans mon lit, mais dans le sien, recroquevillée sur moi-même, et sur ma douleur.

Déposition du capitaine de gendarmerie Pelletier le 8 juillet 2015. Extrait du procès-verbal.

Nous capitaine Yves Pelletier, de la cellule d'enquête de gendarmerie de Rennes, indiquons avoir rencontré le 1er juillet 2015 M. Denis Delalande, né le 20 mai 1938 à Locminé, Morbihan, à la maison de retraite des Chênes Verts à Vitré, 35506, en présence de son fils, Serge Delalande, et du Docteur Geneviève Laforge, sur commandement du juge d'instruction Vincent Robert auprès du Tribunal de Paris.

Nous avons constaté la difficulté d'interroger le susnommé en raison de son état de santé. M. Delalande étant atteint de sénilité, s'est montré dans l'incapacité de répondre longuement à nos questions. Nous avons entendu le témoin pendant douze minutes pendant lesquelles il a paru sain d'esprit. M. Delalande a confirmé l'attachement puissant et très exclusif qui liait Sophie Delalande à sa fille Hortense Delalande, dont elle s'occupait parfaitement selon ses dires. Dans ses souvenirs, Hortense était une enfant enjouée et très mignonne. Il a précisé que plus l'enfant grandissait, plus Sophie Delalande était réticente à leur confier sa fille, ce qui affectait beaucoup son épouse, décédée depuis. Il ne se souvient pas de la dernière fois où il a vu sa petite-fille. Son enlèvement par, je cite, « ce salopard », a été une épreuve très douloureuse pour toute la famille, très attachée à la petite fille, qui a entraîné le décès prématuré de son épouse, d'après lui. Constatant la fatigue et la confusion du témoin, et sur demande du médecin, nous, capitaine Pelletier, avons interrompu cet interrogatoire à 11 h 22. […]

7

« Sophie »

L'équilibre parfait de ma vie avec Hortense bascula dès qu'il revint dans ma vie.

Non ce soir horrible où il me la prit. Il avait déjà reparu, quatre semaines avant les deux ans et demi d'Hortense. Cinq mois avant qu'il me l'enlève. Des années après m'avoir abandonnée.

Je me souviens presque mot pour mot du récit que j'ai fait de tous ces événements au commissaire Dupouy. Cet homme s'est toujours montré compatissant à mon égard, mon destin terrible semblait l'avoir beaucoup ému.

Comme alertée par un sixième sens, je l'ai repéré aussitôt.

Il m'attendait à la sortie du ministère, debout de l'autre côté de la rue, son regard bleu perçant rivé sur moi. Il m'a souri. Un sourire amical, un peu penaud, presque l'expression d'un animal soumis. Il n'avait pas changé. Toujours aussi mince, les cheveux noirs de jais tombant sur les épaules. Il attirait les regards.

Je n'ai pas feint de l'ignorer. Bien au contraire, je l'ai regardé droit dans les yeux, le défiant d'oser approcher. J'ai affronté sa présence quelques instants, puis j'ai hoché la tête et me suis dirigée d'un pas ferme vers la bouche du métro. Comment je suis parvenue à masquer mon émotion, je l'ignore. J'étais bouleversée. Sa simple vue avait en un éclair réveillé mon humiliation et ma rancœur. Il n'était pas question qu'il ait droit à quoi que ce soit d'autre que mon mépris.

Je savais qu'il allait me suivre, et m'y suis préparée mentalement. Il m'a interpellée du haut des marches.

« Sophie ! »

Son ton était cassant, presque un ordre. Je n'ai pas répondu. Il m'a rattrapée, saisie par le bras.

« Il faut que je te parle, a-t-il dit plus doucement. C'est important. »

J'ai tenté de me dégager de son étreinte, sans y parvenir. Il me tenait fermement. Il s'est mis devant moi, et j'ai baissé les yeux pour ne pas le voir. Je n'ai pas prononcé un seul mot, même pas « lâche-moi » ou « laisse-moi partir, je ne veux pas te voir ».

J'ai seulement attendu qu'il finisse de parler et qu'il me libère. Je gardais la tête inclinée vers l'avant, fixant un ticket de métro qui vacillait, en équilibre fragile sur la saillie d'une marche. Allait-il s'envoler ?

Mais je n'ai pas oublié un mot de ce qu'il m'a dit ce soir-là. Ses regrets et sa honte. Il s'en voulait, pleurnichait-il, il n'aurait pas dû m'abandonner. Il avait des soucis, à l'époque, et il n'était pas prêt pour la paternité. Il avait été stupide. Il s'est traité d'imbécile, a répété qu'il avait agi comme un « connard ». Il comprenait que je puisse le haïr, que je ne veuille plus le revoir, mais il était prêt à tout assumer. Il voulait que je lui pardonne. Pour finir, il m'a dit : « Je voudrais voir ma fille. » J'ai senti dans sa voix une hésitation, avant qu'il n'ajoute, comme à contrecœur : « S'il te plaît. »

C'est à ce moment qu'il m'a lâché le bras, et j'en ai profité pour m'éloigner en toute hâte. Sans un regard ni une réponse.

Je ne me suis pas retournée quand il m'a crié : « C'est ma fille, je suis son père, j'ai le droit de la voir ! »

Voulait-il dire : j'ai le droit de l'avoir ? J'en ai frémi, et j'ai pensé : « Jamais. »

Ma résolution était prise. Je n'en ai jamais varié.

Par la suite, je me suis souvent demandé ce qui se serait passé si j'avais accepté. « Peut-être qu'il ne te l'aurait pas enlevée », m'avait dit ma mère lorsque, plus tard, nous en avions parlé. Du temps où nous parvenions encore à parler... Cette idée m'avait torturée, mais aujourd'hui encore, je suis persuadée du contraire. Son intention a toujours été de me la voler. Il n'y a que moi qui sache à quel point cet homme est retors et aime faire du mal. Et personne ne me fera changer d'avis. Ce n'est pas sa fille qu'il désirait retrouver. C'est moi qu'il voulait châtier. Pourquoi ?

J'ai eu tout le temps de réfléchir à cette question cruelle, hélas. Bien sûr, c'est un être dominateur, et il n'a pas supporté que je lui tienne tête. Ma pauvre Hortense a été l'instrument de son acharnement contre moi. Mais j'ai finalement compris qu'il ne pouvait s'agir d'une simple vengeance. Que pouvait-il me reprocher, si ce n'est de lui avoir interdit de voir cette enfant sur laquelle il n'avait aucun droit, ayant ainsi fui ses responsabilités ? Non, pour perpétrer un tel acte, cet homme devait être profondément déséquilibré, en quête de victimes pour satisfaire ses penchants sadiques. Lorsqu'il m'avait séduite, j'avais été son jouet pendant des mois, croyant vivre un amour puissant et éternel. Et je suis devenue sa victime quand il m'a privée de ma fille. Cet homme ne vit que par la souffrance des autres, voilà ce que je pense, et a besoin de les voir détruits. Pour mon malheur, j'ai croisé sa route, mais je n'ai pas été sa seule proie, je serais prête à en jurer.

Je ne regretterai jamais de lui avoir interdit de voir ma fille. Ce n'était pas la sienne. Il ne méritait pas d'être père, il ne la méritait pas. Il avait disparu de notre vie et devait disparaître à nouveau, et à jamais. Nous n'avions pas besoin de lui. Pas de place pour lui.

Hortense n'avait pas de père et n'en voulait pas. Elle m'avait moi, et nous étions parfaitement heureuses. Jamais elle ne m'a demandé où était son papa. Elle en voyait pourtant, des papas, venir chercher ses copines à la crèche, et celles-ci se jeter dans leurs bras. J'en avais été témoin bien des fois. Mais jamais, je le jure, elle n'avait posé de questions. C'était bien la preuve qu'il ne lui manquait pas.

Voilà ce que je lui ai dit, la deuxième fois où je l'ai revu, le lendemain. Comme la veille, il m'attendait sur le trottoir, de l'autre côté de la rue. J'ai foncé droit sur lui, sans me laisser fléchir par son expression pleine d'espoir. Je connais tous ses pièges et il ne m'y prendra plus. Je l'ai regardé droit dans les yeux et j'ai dit d'un ton catégorique : « Va-t'en, et n'essaye pas d'entrer dans notre vie. Tu n'existes plus. Ni pour moi, ni pour elle. »

Et là, ce monstre s'est mis à pleurer. Une nouvelle manœuvre, qui m'a laissée de marbre. Je lui ai souri avec mépris, lui ai dit combien il était abject, et je l'ai planté là, avec ses larmes de crocodile qui ne m'impressionnaient nullement et ne m'inspiraient rien d'autre que du dégoût.

« Je te laisse à tes pleurnicheries. Tu m'as fait perdre assez de temps. Je suis pressée de retrouver mon enfant. »

Notre altercation, toute violente qu'elle soit, en pleine rue, au vu de tous devant mon lieu de travail, je crois que personne n'y a prêté attention.

Ainsi en va-t-il à Paris, les gens passent leur chemin sans se mêler de rien.

J'ai tourné les talons et j'ai hâté le pas vers le métro. J'étais si satisfaite de l'avoir fait taire que j'en ai oublié de quoi il était capable. Je l'avais puni et je courais maintenant vers ma petite Hortense.

Il s'est bien vengé…

« Je n'aurais sans doute pas dû agir ainsi, ai-je reconnu devant le commissaire Dupouy. Je m'en veux tellement. Je l'ai nargué, cela a été une terrible erreur. »

Le commissaire a eu ces mots, par pitié pour ma détresse, peut-être, pourtant j'ai senti que son émotion était sincère : « On ne refait pas l'histoire, madame Delalande… Ce Dufayet m'a tout l'air d'être ce que j'appellerais un psychopathe. Quel que scit le prétexte, tôt ou tard, il vous aurait fait du mal. Vous n'avez aucun reproche à vous faire, madame. »

Encore aujourd'hui, je lui suis reconnaissante pour ces paroles. Je sais, et j'en éprouve de la gratitude, qu'il a tout tenté pour retrouver ma fille et ce salopard en fuite.

Mais comment ne pas lui en vouloir d'avoir échoué, lui aussi ?

8

« Sophie »

Quand Sylvain a voulu s'imposer à nouveau dans ma vie, Hortense avait deux ans et cinq mois. Évidemment, je ne lui ai parlé de rien, elle était si petite, pas question de l'effrayer.

Bientôt, elle allait quitter la crèche, pour entrer à l'école ! Elle était inscrite à la maternelle de la rue de Bretagne. Elle était si fière et impatiente, elle aurait voulu y aller tout de suite, sans attendre la rentrée de septembre. Elle disait qu'elle était une grande fille désormais, et qu'elle en avait marre de tous ces bébés qui n'arrêtaient pas de pleurer.

« J'aime pas les bébés, ils sentent le caca ! Et ils jouent à des trucs idiots. Et en plus, je suis la plus vieille ! » brandissait-elle comme argument ultime.

Elle disait « vieille », pas « grande », et je riais aux éclats. Elle m'embrassait avec une telle fougue qu'il me semble sentir encore ses petits bras autour de mon cou, et sa douce odeur de savon de Marseille (je n'en utilise pas d'autre, c'est le seul qui vaille).

Elle parlait déjà comme une grande, c'est vrai, je m'en réjouissais et l'y encourageais. Elle commençait déjà à lire et à compter. Je lui apprenais les bases, un peu chaque jour, et elle adorait ça.

Je savais qu'elle aurait été mieux en maternelle dès ses deux ans. J'avais essayé de l'y faire admettre, faisant valoir que ma fille apprenait à lire et à compter, qu'elle savait déjà écrire son prénom. Mais la directrice m'avait regardée d'un drôle d'œil et avait refusé. Comme si elle trouvait suspect qu'une mère souhaite voir réussir sa fille.

Moi, je ne voulais que son bonheur. Quel mal y a-t-il à être fière de son enfant et à la pousser à progresser sans cesse ?

C'est l'une des assistantes maternelles que j'avais avertie en premier. Elle avait à peu près mon âge et s'appelait Isabelle.

Isabelle fut une alliée fidèle durant toutes ces années. Elle est toujours mon amie. La seule. Depuis vingt-deux ans, elle m'aide de son mieux, soutient mes efforts pour retrouver ma fille, m'encourage à poursuivre ma quête, à ne jamais abandonner. Aujourd'hui, elle est partie vivre dans le Sud-Ouest. Nous nous voyons rarement, pour ainsi dire jamais. La dernière fois qu'elle est montée sur Paris, c'était il y a une dizaine d'années, mais je sais que je peux compter sur elle et nous maintenons un contact permanent qui est presque vital pour moi. Nous discutons longuement au téléphone, à elle seule je confie ma solitude, et elle me décrit sa vie au côté de son mari, qui a perdu la tête, et dont elle s'occupe avec dévouement. Elle m'a raconté son combat obstiné, à Noël dernier, quand, contre l'avis de tous, elle a refusé de le placer dans une maison spécialisée. Elle mériterait pourtant d'être libérée de la charge quotidienne de cet homme incontinent, en proie à des crises de violence, s'échappant à la moindre occasion. Sa vie est un enfer mais elle ne peut se résoudre à se séparer de lui. Ils se sont tant aimés, dit-elle, même s'il n'en garde plus le moindre souvenir et qu'elle n'est plus guère pour lui qu'une inconnue. Presque une adversaire.

Elle m'écrit, aussi, une fois par an, en janvier. Ses lettres, que je conserve dans une boîte à chaussures, sont autant de messages pour que, comme elle, je ne renonce pas. Elle ne fait presque jamais allusion à mon enfant perdue, mais je le comprends, derrière ses mots remplis d'affection. Ses messages se terminent invariablement par : « Je te souhaite une belle année. » Et je lis dans cette formule un encouragement à continuer d'y croire, alors même que j'ai perdu tout espoir.

Jusqu'à aujourd'hui, où ma vie s'éclaire à nouveau, puisque je l'ai retrouvée.

Cet hiver-là, nous étions en novembre, j'avais donc alerté Isabelle du danger qui menaçait Hortense. Isabelle était si gentille, c'était elle que j'étais allée trouver, spontanément. Il y a des choses qui ne s'expliquent pas, mais j'avais confiance en elle. Je lui avais demandé de me prévenir si elle voyait un inconnu, un grand brun, tourner autour de la crèche, ou si quelqu'un se présentait pour demander à voir Hortense.

Je lui avais même montré une des rares photos que je possédais de lui.

« Il faut se méfier de cet homme, lui avais-je dit. Si vous le voyez, prévenez-moi aussitôt. Et surtout, que personne ne le laisse s'approcher d'Hortense. »

Comme je le craignais, il avait tenté sa chance. Un matin, Isabelle avait repéré un homme qu'elle avait trouvé « bizarre, vraiment bizarre ». Il allait et venait dans la rue et était passé à trois reprises devant la crèche, restant prudemment sur le trottoir opposé. Comme je le lui avais demandé, Isabelle m'avait téléphoné immédiatement. Il était grand, mince, la trentaine, des cheveux noirs dépassant d'un bonnet, m'avait-elle décrit. Rongée par l'inquiétude, j'avais très vite quitté le bureau, prétextant un malaise, et m'étais précipitée à la crèche pour ramener ma fille en sûreté, à la maison.

Lorsque j'étais arrivée, l'homme avait disparu mais c'est de ce jour que nous étions devenues amies.

Je lui avais fait promettre de surveiller Hortense comme une lionne, car je savais que Sylvain n'abandonnerait pas.

« J'aimerais bien voir sa tête, à ce sale type, m'avait-elle dit.

— Méfie-toi, c'est un séducteur. Une vraie pourriture… »

Mais je ne lui avais pas dit à quel point Hortense lui ressemblait. Cela m'aurait trop coûté.

Quelques jours après, j'avais téléphoné à ma chef pour lui dire que j'étais malade. C'était un mensonge, mais j'avais besoin d'avoir la certitude que ma fille était en sécurité. J'avais surveillé la crèche une journée durant. Dans l'après-midi, après l'heure de la sieste, au moment où les enfants sortaient jouer dans la courette, je l'avais vu approcher du grillage. Se cachant des assistantes, il tentait d'appeler Hortense. J'avais bondi, folle de rage, si subitement qu'il avait déguerpi sans demander son reste. Lorsque Isabelle m'avait rejointe, il était déjà hors de vue.

Je l'avais suppliée de ne jamais lui laisser l'occasion d'approcher ma fille, ni de lui parler. Elle avait tenu sa promesse. Elle ne perdait jamais Hortense des yeux, la faisait rentrer à l'intérieur, malgré ses bouderies, dès qu'elle voyait s'approcher un inconnu. Elle restait avec ma fille jusqu'à ce que je sois là. Quand ses horaires le lui permettaient, il lui est même arrivé de me raccompagner jusque chez moi. « L'union fait la force », disait-elle gaiement.

Sylvain était devenu son obsession, autant que la mienne.

Plusieurs fois, Sylvain m'a suivie dans la rue. L'angoisse me tétanisait, mais je me dominais pour lui faire face. Laissant Hortense derrière moi quelques secondes, je lui ordonnais de dégager, menaçais d'appeler les flics, d'ameuter les passants. Au début, il tentait de me convaincre de son bon droit. Mais je ne fléchissais pas, même lorsque, misérable, il se mettait à pleurer. Nos altercations étaient brèves, il me traitait de « sale conne », tentait parfois de forcer le passage. En vain. Il savait qu'il valait mieux pour lui battre en retraite, et c'est ce qu'il faisait.

Je rejoignais Hortense, figée sur place, toute tremblante. La pauvre petite ne comprenait rien, bien sûr, et me pressait de questions inquiètes. Mais je ne pouvais pas lui dire la vérité. Je ne voulais pas. Je lui racontais que c'était un fou, mais qu'elle n'avait rien à craindre. « Des fous comme ce monsieur, il y en a plein à Paris », disais-je pour la rassurer. Je lui recommandais, une fois encore, de ne jamais suivre quelqu'un qu'elle ne connaissait pas. Un pain au chocolat acheté à la boulangerie finissait par la calmer et lui faire tout oublier.

Un jour pourtant elle m'a fait de la peine, en me disant de sa petite voix d'enfant : « Il a l'air gentil, le monsieur. » Je me suis fâchée, et elle a été privée de pain au chocolat.

Au bout de quelques semaines, il semblait avoir renoncé à nous poursuivre. Mais il s'était mis à téléphoner chez moi, à toute heure du jour et de la nuit. Peut-être espérait-il tomber par chance sur Hortense ? Au début, je faisais l'erreur de décrocher, je ne supportais pas d'entendre sonner dans le vide. C'était toujours la même litanie. Il me demandait des nouvelles de « sa » fille, voulait savoir si elle le réclamait. Il voulait entendre sa voix, lui parler. « Rien qu'une seconde », suppliait-il. Je raccrochais en lui répétant qu'il n'était pas son père, parfois j'explosais : « Fous-nous la paix ! » Après je décrochais et laissais le combiné des heures, posé sur la table. Finalement, j'avais fait changer mon numéro. Il n'avait plus rappelé.

Sotte que j'étais, j'avais cru que j'avais gagné, qu'il avait fini par se lasser... Quand j'avais dit cela à Isabelle, elle avait paru sceptique, et m'avait mise en garde. « Ce genre d'individu n'abandonne jamais. » Elle avait raison.

Un jour, un dimanche matin, je l'avais vu par la fenêtre, planté sur le trottoir d'en face, les yeux fixés sur mes fenêtres, une poupée dans les bras.

J'étais descendue sans prendre le temps de m'habiller, en robe de chambre, comme une furie, et il avait fui dès qu'il m'avait vue m'avancer, menaçante, vers lui. Rentrée chez moi, j'avais appelé Isabelle, qui m'avait convaincue d'aller porter plainte au commissariat.

Je m'y étais rendue en fin de matinée, laissant à Isabelle, venue me rejoindre, ma petite Hortense.

Je ne savais rien de lui. J'ignorais où il habitait, s'il travaillait. Je connaissais seulement son nom, Sylvain Dufayet, et le numéro d'immatriculation de sa voiture, que j'avais gardé en mémoire. Mais peut-être m'avait-il menti aussi sur son identité ?

Le flic qui m'avait reçue m'avait tout de suite déplu. Un misogyne, distant, soupçonneux. Il m'avait demandé d'un ton dubitatif si « ce Dufayet » était le père d'Hortense et s'il l'avait reconnue à la naissance, car « dans ce cas, ça change tout ». Il avait insisté : « Pourquoi est-ce que vous ne voulez pas qu'il la voie ? »

Là, je m'étais emportée. L'homme qui nous harcelait depuis des semaines m'avait abandonnée quand j'étais enceinte, avais-je tempêté au nez de ce petit merdeux, Hortense était ma fille, à moi seule, et il n'avait aucun droit sur elle. Je lui avais dit de se contenter de faire son travail, et que celui-ci était de nous protéger, moi et ma fille. Évidemment, il s'était renfrogné, mais au moins il avait enregistré ma plainte sans plus faire d'histoires.

« Si le père, pardon, cet homme, se manifeste à nouveau, prévenez-nous aussitôt », avait-il soupiré, ajoutant tandis que je tournais les talons : « Tout cela est bien malheureux. »

Je n'ai su précisément ce qui s'était passé au commissariat du neuvième que par la suite.

Les policiers ne disposaient que du numéro de sa voiture mais c'est grâce à celui-ci qu'ils l'avaient retrouvé. La Fiat appartenait à un de ses cousins, chez qui il résidait à cette époque, dans la banlieue sud de Paris. Ils l'avaient convoqué, « pour la forme », et, comme je l'appris plus tard, Sylvain s'était rendu au commissariat « de bonne grâce ». Il disait ne rien comprendre à cette histoire insensée. Il s'était défendu, affirmant qu'il ne se livrait à aucun harcèlement. Il avait expliqué qu'il avait passé ces dernières années à l'étranger, « pour son travail ». C'était la raison pour laquelle il ne pouvait s'occuper de sa fille, puisque nous étions séparés. « Je n'ai rien fait de mal, ce n'est pas mon genre, je suis plutôt pacifiste, vous savez », avait-il soutenu, avec son toupet infernal. Il ne savait pas d'où sortaient mes « élucubrations », mais malheureusement, il m'avait quittée parce que j'étais déjà déséquilibrée. Et visiblement, j'étais en train de devenir de plus en plus folle... Il avait été jusqu'à prétendre qu'il avait tourné la page et que nous ne l'intéressions pas. « Un jour, peut-être, j'essayerai de faire la connaissance de ma fille, mais pas dans l'immédiat. » Il avait même menacé de porter plainte contre moi, si je continuais à le calomnier. Son seul tort, avait-il assuré, était « d'avoir eu une liaison avec une malade ». Il avait même précisé, par défi ou par perversité : « Moi, je serais tout prêt à reconnaître ma fille, je le lui ai dit, mais elle, elle ne voudra jamais ! »

Le flic qui avait pris son témoignage était le même que celui qui m'avait reçue (ce connard de Morandi, hélas, celui-là je ne l'ai jamais oublié). Il lui avait expliqué que n'ayant aucun droit légal, il ne devait plus s'entêter à chercher à voir Hortense.

« M'entêter de quoi ? » s'était indigné Sylvain.

Il avait fourni des alibis pour les jours où j'avais signalé sa présence. Des alibis foireux, que personne bien sûr n'avait pris la peine de vérifier. Sylvain avait le don pour se rendre sympathique et jouer les victimes, et Morandi lui avait glissé qu'il comprenait, mais qu'il serait préférable qu'il se tienne à distance pour le moment et évite de se montrer dans les environs. Tout juste s'il ne s'était pas excusé de l'avoir dérangé.

Sylvain l'avait remercié, lui avait promis de suivre ses conseils et de se tenir loin de moi, et n'avait pas été davantage inquiété. Tout ceci fut révélé par un de ses collègues après le kidnapping d'Hortense. J'ai tout fait pour que ce policier soit sanctionné pour sa négligence, et j'ai obtenu gain de cause.

Le brigadier Morandi m'avait appelée à la suite de cette entrevue : « Je crois qu'il a compris la leçon. Votre ancien compagnon ne vous importunera plus. »

Quel hypocrite ! Je l'avais remercié et j'avais raccroché très vite, de peur que la conversation ne dérape et qu'il ne me demande de me montrer compréhensive avec Sylvain. Ses boniments ne m'avaient pas rassurée. J'étais convaincue qu'il s'était laissé embobiner par ce salaud, qui savait si bien y faire.

Je restais donc sur mes gardes, réconfortée de pouvoir compter sur Isabelle, qui continuait à surveiller de près les abords de la crèche.

Sylvain ne téléphonait plus, je ne le voyais pas, il ne traînait plus autour de la crèche, ni rue des Martyrs. Isabelle tentait de me tranquilliser : « Il a dû passer à autre chose, peut-être qu'il a quitté Paris ? » Mais je le connaissais, entêté et retors. À aucun moment, je n'ai baissé la garde. Sauf ce soir atroce…

En dépit des paroles lénifiantes d'Isabelle, ou peut-être à cause d'elles ? – «Avec moi, Hortense ne risque rien, répétait-elle. Ne t'en fais pas, je la surveille comme la prunelle de mes yeux… » –, j'avais finalement pris la décision de retirer Hortense de la crèche. Je devais être prudente. Avec cet homme, tout pouvait arriver.

« Comment vas-tu faire ? » s'était-elle inquiétée.

J'avais menti pour la rassurer : « J'ai trouvé une jeune fille pour la garder pendant la journée, en attendant les vacances et l'entrée à la maternelle. »

En réalité, Hortense avait passé ces quelques jours seule à l'appartement, sans jamais se plaindre. Elle était très avancée, si sage et si maligne ! Elle se débrouillait à merveille, jouait, lisait ses livres, dessinait, je l'avais autorisée à regarder la télévision. Je m'éclipsais à l'heure du déjeuner pour la rejoindre et la faire manger, je lui donnais des coloriages à faire en m'attendant, j'appelais ça des devoirs, elle prenait ça très au sérieux, et je quittais très tôt le ministère, prétextant parfois que j'étais malade pour ne pas revenir l'après-midi. Puis, j'ai posé des vacances, des jours de congé maladie. Personne ne me posait de questions. Je comptais déjà si peu...

Je pense n'avoir jamais été si heureuse et sereine avec mon Hortense. C'était elle à présent qui me lisait les histoires ! Elle connaissait par cœur les albums cent fois parcourus ensemble, bien sûr, mais ses progrès étaient spectaculaires depuis qu'elle avait quitté la crèche, et je ne regrettais pas une seconde ma décision.

Plusieurs semaines avaient passé depuis ma plainte au commissariat. Désormais, j'en étais sûre, celle-ci dormait dans la pile des affaires vaguement classées...

Je finissais par oublier Sylvain, et me persuader qu'il ne nous importunerait plus.

Comment ai-je pu être assez stupide et irresponsable pour ouvrir ma porte sans réfléchir ? Vingt-deux ans après, cette question continue de me mettre au supplice.

Déposition du brigadier-chef Jean-François Morandi, 58 ans, le 15 juillet 2015. Extrait du procès-verbal.

[…] Sylvain Dufayet (nous avons établi que c'était sa vraie identité, ce dont Mme Delalande semblait douter) s'est présenté à l'heure à sa convocation, consécutive à la plainte déposée par Mme Sophie Delalande. […] Je m'attendais à entendre un homme brisé par le refus de Mme Delalande de lui laisser voir sa fille. Il faut dire qu'à l'époque, je venais de divorcer, et mon épouse s'opposait à mes droits de visite. J'avais trois enfants, encore petits… Il est probable que j'ai été influencé par ma propre situation. Mais Sylvain Dufayet m'a paru de bonne foi et très cohérent, tandis que Mme Delalande, lorsqu'elle était venue porter plainte, m'avait paru très confuse, hysté-rique, pour tout dire… Sylvain Dufayet a admis être le père biologique d'Hortense. Il était calme, déterminé à coopérer, en apparence. Pendant les quelques trois quarts d'heure qu'a duré notre entretien, il n'a pas dévié de sa version des faits, qui m'a semblée crédible.

J'ai estimé que la plaignante avait exagéré en parlant de harcèlement, et qu'elle devait être un peu paranoïaque, et décidé en conscience de ne pas donner d'autre suite à cette affaire. […]

Lorsque l'enfant a été enlevée, la plainte a refait surface, bien entendu. Mme Delalande voulait ma tête, et on m'a reproché mon manque de clairvoyance. Je m'en suis beaucoup voulu, mais j'ai lourdement payé pour la suite de ma carrière ce qui a été qualifié de « faute professionnelle ». J'ai été muté dans le 93 et ne suis passé brigadier-chef que récemment, à quelques mois de la retraite. […]

9

« Sophie »

Je suis essoufflée. Est-ce de pluie ou de sueur, mon visage ruisselle. Je dois être écarlate, et mes cheveux trempés sont une ruine. Il faut que je reprenne mes esprits et que je me rajuste avant de tenter quoi que ce soit. Je ne peux pas me présenter à elle dans l'état où je suis. Elle me prendrait pour une folle.

Mais je l'ai retrouvée. J'exulte, tout en étant saisie de panique. Il ne faut pas que je la perde. Ce serait trop injuste.

Je dois maîtriser mon émotion. Je respire avec force, comme j'ai appris à le faire il y a des années, quand Isabelle était parvenue à me convaincre de la suivre à des cours de yoga. Elle m'assurait que cela me ferait du bien, mais j'avais vite abandonné. Je m'ennuyais, et surtout, je ne supportais pas les regards compatissants de la prof, à qui Isabelle avait eu l'imprudence de raconter mon malheur. Elle en faisait des tonnes avec moi, et j'avais fini par les envoyer balader, elle et ses « cours débiles ». J'en ai quand même retenu les techniques de contrôle de la respiration. Dans les périodes de grand stress, et j'en ai tellement subi, j'avoue que cela m'a souvent aidée. Mais de tels moments, il y a longtemps que je n'en ai pas connu d'aussi intenses.

Je ne lâche pas des yeux sa silhouette qui s'éloigne d'un pas pressé, s'apprête à disparaître à l'angle de l'avenue Trudaine. J'inspire, je retiens mon souffle quelques secondes, j'expire un filet d'air, lentement. Je répète l'exercice une seconde fois. Il ne m'en faut pas davantage pour retrouver un semblant de calme. Je suis prête. Je peux y aller à présent.

Je me lance à sa poursuite, je marche vite, j'accélère. Je l'aperçois, à une centaine de mètres devant moi, elle tourne dans la rue de Navarin.

Je vais la rattraper. Je la dépasserai, je me retournerai vers elle, et je lui dirai. Voilà ce que je vais faire. J'emploierai des mots simples et sincères. Elle sera interloquée, bien sûr, ne comprendra pas tout de suite, mais elle sera sensible à mon ton, à ma voix. J'en suis certaine.

Elle va reconnaître sa mère.

Je cours presque, je la rejoins, je pourrais la toucher à présent. Elle est si proche que je sens les effluves de son parfum fruité. Je le savoure, inspire profondément quelques instants, je vais passer à l'action, sans attendre plus longtemps.

Je m'apprête à la dépasser lorsqu'elle bifurque sans crier gare pour s'engouffrer dans l'hôtel-restaurant My Love. Prise de court, je perds quelques précieuses secondes. Lorsque je lance « Hortense ! », la porte s'est déjà refermée. Elle ne m'a pas entendue. Ai-je vraiment crié ?

Je reste plantée sur le trottoir mouillé. Avec qui a-t-elle rendez-vous dans ce restaurant ? C'est la première question qui me vient en tête.

À travers la vitre, je la vois se débarrasser de son imperméable trempé, l'accrocher à un portemanteau, sortir une brosse de son sac et lisser ses cheveux blonds. Ces cheveux que j'avais tant de plaisir autrefois à caresser et à peigner. Elle claque un baiser rapide sur les joues de deux filles, qui portent comme elle une jupe courte en jean. L'une d'elle a en mains un plateau plein de verres vides et s'écarte rapidement. Un homme, debout derrière le comptoir, interpelle la nouvelle venue. Il tapote sa montre. Je n'entends pas mais je comprends qu'il lui reproche son retard. Hortense s'excuse d'un sourire. D'un geste de la main, il lui indique qu'elle doit se dépêcher. Elle disparaît au fond de la salle, revient quelques instants après, attrape un carnet sur le bord du comptoir et se dirige avec assurance vers une table près de la vitrine. Je recule, m'écarte un peu, sans la quitter des yeux. Aucun de ses gestes ne m'échappe. Souriante, appliquée, elle note une commande, la relit à haute voix. Les clients, deux couples de trentenaires, approuvent en opinant, la regardant à peine, comme si ma fille n'existait pas. Elle va au comptoir, revient avec une carafe d'eau et une bouteille de vin blanc qu'elle ouvre avec dextérité, sert un des hommes qui goûte, hoche la tête. Elle remplit les quatre verres.

Ainsi ma fille travaille ici comme serveuse. Ici, dans ce restaurant à la mode, à quelques pas de chez moi.

Je suis un peu sonnée. Je m'appuie de la main gauche à la vitrine, laissant une empreinte grasse.

Je passe souvent devant ce restaurant et j'aime observer l'animation qui y règne. Je n'y suis jamais entrée. Ce n'est pas un endroit pour les gens comme moi, et de toute façon, je ne vais jamais dîner dehors. Ma solitude reste confinée dans mon appartement, où personne ne vient plus depuis longtemps.

La dernière fois que je suis allée au restaurant, c'était avec lui. Il voulait « célébrer », avait-il dit, le simple plaisir de passer une soirée en ma compagnie. Nous étions allés manger des fruits de mer dans une brasserie de la place de Clichy.

J'étais aux anges, sans méfiance, comme toujours. Il m'avait laissée payer l'addition, comme toujours, prétextant qu'il avait oublié son portefeuille. Quand il avait remis sa veste, au moment de partir, je l'avais aperçu, dépassant de la poche de son pantalon. Qu'importe, je ne pensais qu'à rentrer chez nous, et au moment où il me renverserait sur mon lit.

Depuis, si je ne vais plus au restaurant, c'est aussi parce que je ne supporte pas les piaillements de tous ces gens, qui semblent si heureux ensemble et qui ont tant de choses à se raconter.

Cela ne peut pas être le hasard qui a mis Hortense sur mon chemin. Tôt ou tard, je l'aurais aperçue dans cet hôtel-restaurant, si proche de mon domicile.

La chance vient enfin de me rattraper, aujourd'hui même.

Je vais la saisir.

Mes larmes coulent à présent sans que je m'en soucie. Des larmes de bonheur, qui se mêlent à la pluie qui redouble, tandis que je m'éloigne.

Je rentre chez moi. Je vais me changer. Je télépho-
nerai à Isabelle. Peu importe ce qu'elle me dira, les
doutes qu'elle exprimera. Je me maquillerai, je me
ferai belle, ce mot qui ne signifie plus rien pour moi
depuis longtemps. Tout à l'heure je repartirai, calmée
et déterminée, pour raconter à ma fille l'histoire de
notre vie. Notre vérité.

Je brûle de la revoir. Enfin.

Comme si je l'avais quittée hier. Gommant d'un
coup des années de douleur, je ne suis plus qu'à ce
bonheur retrouvé.

Lorsque je pousse la porte de mon appartement, je
pleure toujours de joie.

10

« Sophie »

Combien de fois avais-je cru l'apercevoir ? Des centaines de fois, davantage encore ? Surtout dans les premiers mois, les premières années qui avaient suivi sa disparition. À peine repérais-je une petite fille aux cheveux blonds que j'étais persuadée que c'était elle, mon Hortense. Cela se produisait sans arrêt, n'importe où, dans la rue, le métro, un magasin. Une bouffée d'espoir s'emparait de moi. Je ne m'appartenais plus, je ne voyais plus que cette enfant, si semblable à celle qu'on m'avait prise.

Je ne pouvais résister et me précipitais. Combien de fois me suis-je approchée avec avidité de ces enfants, à presque les toucher, indifférente à ceux qui les accompagnaient et qui me dévisageaient avec suspicion, prêts à intervenir ? Je les examinais de longues secondes, avant de devoir constater ma méprise. Ma déception était si fulgurante que je ne songeais pas à m'excuser. Je tournais les talons et fuyais, souvent en larmes, et j'en ai entendu plus d'une me traiter de tarée. Que m'importait ? J'étais inconsolable.

J'arpentais Paris à cette époque, retardais le moment de rentrer m'enfermer chez moi, espérant tomber par chance sur elle, ou sur mon bourreau.

Un samedi après-midi d'octobre, alors que je sortais des Galeries Lafayette, je crus vraiment l'avoir retrouvée. Je retenais la porte du magasin ouverte pour une femme arabe d'une cinquantaine d'années, son visage gracieux encadré d'un voile blanc, qui progressait avec difficulté, embarrassée par ses paquets et son encombrante poussette. À l'instant où elle passa à ma hauteur, je baissai les yeux sur la poussette. Une fillette y était installée, vêtue d'un joli manteau bleu. Une fillette de l'âge de mon Hortense à l'époque, j'en aurais mis ma main au feu. Avec ses boucles blondes, ses yeux bleus, sa mine enjouée, c'était elle.

Cette fois, affermie par ma certitude, je me fis violence pour ne pas réagir précipitamment. Il m'aurait été facile de bousculer cette femme, de saisir ma fille et de m'enfuir à toutes jambes, avec elle dans mes bras. Mais il y avait du monde partout, j'aurais pu être rattrapée, Hortense aurait eu peur, je ne voulais pas effrayer ma fille à l'instant de nos retrouvailles. Je me mis à les suivre dans la cohue de la rue La Fayette. À plusieurs reprises, je les dépassais, pour admirer mon enfant, m'assurer que je ne rêvais pas.

La femme tourna dans la rue Richer, puis s'arrêta dans la rue Cadet, devant un immeuble neuf aux portes vitrées. J'entrai dans le hall en retenant la porte derrière elle et fis mine de rechercher un nom sur les interphones tout en la regardant du coin de l'œil prendre ma petite dans ses bras pour la sortir de sa poussette, et entrer dans l'ascenseur où elle avait déposé ses paquets. Quand elle eut refermé la porte, je me plantai devant pour suivre son ascension sur le voyant. Dès qu'il s'arrêta, je me précipitai dans l'escalier de service jusqu'au cinquième. Je repérai immédiatement l'appartement, le deuxième à droite, je m'en souviens encore, aux bruits que j'entendais derrière la porte. Une voix claire, de jeune femme pensai-je, accueillait l'enfant d'un ton joyeux. Je l'entendis l'embrasser, s'inquiéter de savoir si elle n'avait pas eu froid. Les petits rires d'Hortense étaient les mêmes que ceux qu'elle avait quand nous jouions.

Je n'hésitai plus, je sonnai.

La jeune femme blonde qui m'ouvrit tenait dans ses bras la fillette, aux joues rosies par l'excitation. Elle marqua un instant d'étonnement en me découvrant, puis sourit aimablement, ce qui fit brusquement vaciller toutes mes certitudes. Sans lui laisser le temps de parler, je déclarai d'un ton ferme : « Vous devez me rendre Hortense.

— Hortense ? »

Elle semblait plus surprise qu'effrayée par cette entrée en matière fracassante. La femme arabe s'avança pour se placer juste derrière, sur le qui-vive, et je la vis saisir sur un guéridon une statuette de bronze. Je me tournai vers elle : « Toi, tu n'as pas intérêt à broncher. »

Je répétai : « Je veux ma fille. » Je balbutiai : « Sinon, j'appelle la police ! »

Dans un geste résolu mais sans agitation, la jeune femme se tourna pour tendre Hortense la fillette à sa nounou, en lui faisant un signe de tête. La femme me décocha un regard noir et partit en hâte, avec la fillette et la statuette, vers le fond de l'appartement. J'entendis que l'on fermait une porte à clef.

Mais son mouvement m'avait révélé le profil gauche de l'enfant et j'avais eu le temps d'apercevoir un gros grain de beauté dans son cou.

Hortense n'avait aucun grain de beauté sur sa peau si blanche et si pure.

J'éclatai en sanglots.

« Que voulez-vous, madame ? » s'enquit la jeune femme, sans se démonter. Une autre se serait affolée, aurait appelé à l'aide, ou m'aurait claqué la porte au nez. Je devais faire peur à voir, en nage, le regard brouillé, les cheveux en bataille.

Sans se départir de son calme plein d'assurance, elle me jaugea rapidement des pieds à la tête et, au lieu de me renvoyer comme une malpropre, comme je l'aurais sans doute fait à sa place, m'invita à la suivre dans son salon. J'obéis et me laissai tomber sur le canapé, vaincue, en bredouillant des excuses sans queue ni tête.

« Tout va bien, Djamillah ! lança-t-elle d'une voix forte au bout de quelques instants, quand elle vit que mes pleurs s'apaisaient. Vous pouvez revenir avec Virginie, et nous préparer du thé, s'il vous plaît. »

Elle prit sur ses genoux son enfant qui réclamait ses bras, l'air effrayé, et la câlina pour la rassurer, puis me demanda de lui expliquer ce qui se passait, tout en me servant le thé apporté par la nounou. Je crois qu'à l'exception de mon amie Isabelle, je n'avais jamais perçu autant de bonté d'âme chez quelqu'un. Cette femme avait senti la détresse qui m'avait poussée à faire irruption ainsi dans sa vie. Sans pouvoir me contenir, je lui confiai d'un trait toute mon histoire et ma douleur, pendant près d'une demi-heure, sans qu'elle m'interrompe.

Elle ne mit pas en doute mon récit, qui parut vivement l'émouvoir, au point qu'elle prit un moment ma main dans un geste de réconfort. Elle me proposa même d'attendre le retour de son mari, un avocat je crois. « Il pourrait être de bon conseil », expliqua-t-elle. Mais je préférai m'esquiver, bouleversée et honteuse, regrettant déjà mes confidences. Sur le pas de la porte, elle m'embrassa en me tendant une carte avec son numéro de téléphone, et me fit promettre de lui donner de mes nouvelles et de revenir la voir. « Je m'appelle Tania, au fait », murmura-t-elle.

Quand la porte de l'ascenseur se referma sur moi, j'entendis la petite Virginie demander de sa petite voix : « Qu'est-ce qu'elle a, la dame, pourquoi elle pleure ? », et sa mère répondre d'un ton doux : « Elle est malheureuse, la pauvre. »

Je jetai la carte et ne revins jamais, bien sûr. Je n'aurais pu endurer le spectacle de ce bonheur familial.

De ce jour, je cessai de voir ma fille dans chaque enfant blonde que je croisais au hasard de mes allées et venues. La police avait traqué Sylvain pendant des semaines et des mois. Il ne pouvait que s'être éloigné de moi au maximum, avoir quitté Paris et, qui sait, la France.

Je ne pouvais pas compter sur le hasard.

Et pourtant, n'était-ce pas le hasard qui l'avait mise sur ma route, en cette fin d'après-midi, avenue Trudaine ? Ou était-ce le destin ?

Peu m'importe, l'essentiel est que j'ai enfin retrouvé mon Hortense. Je ne me trompe pas. Je le sais. Pourquoi cette certitude ?

Bien sûr, il y a cet instinct maternel qui me retourne les tripes et me souffle que c'est elle, c'est bien elle.

Bien sûr, elle a les traits de l'enfant que j'ai élevée avec tout mon amour. Et ceux de l'adulte que j'imaginais, qui m'apparaissait la nuit en rêve, toujours ce même visage, invariablement.

Et il y a eu ce détail, que seule je pouvais reconnaître, au moment où elle me rendait mon parapluie, l'espace d'un instant, cette petite moue, mi-amusée mi-interrogative, que je connais si bien. La moue qu'elle avait, enfant, quand elle me tendait l'une de ses poupées et m'ordonnait de l'embrasser.

C'est elle, je suis prête à le jurer, et que je sois damnée si je me trompe !

11

« Sophie »

Je ne veux pas penser à toutes ces années passées à la chercher et à l'attendre. Je ne veux surtout pas m'avouer que j'avais perdu tout espoir. Elle est oubliée la femme sans âge, anonyme, l'ombre que j'étais devenue. Je revis.

Non, alors que j'attaque avec appétit mon dessert, je ne vois qu'Hortense, ma fille. Ce soir, je ne me prive de rien : un menu complet, avec entrée et plat, et ce crumble aux pommes qui s'annonce délicieux (mais tout n'a-t-il pas pris un goût extraordinaire, aujourd'hui ?). Moi qui ne bois jamais d'alcool, j'ai même commandé une demi-bouteille d'un pauillac à douze euros !

Je flotte dans une douce euphorie. Béate, et un brin pompette.

« Pompette », un joli mot, c'est bien comme cela qu'on dit, lorsqu'on ne s'appartient plus tout à fait, sous l'effet de la boisson ? Pompette, c'est ainsi que je suis. Je m'efforce de dissimuler le sourire niais qui revient sans cesse sur mes lèvres, sans que je puisse le réfréner. Je dois avoir l'air ahuri ou simplet, avec ma dégaine de femme seule, hors du temps, dans ce lieu envahi de jeunes à la mode. Pompette et simplette. Mais je m'en moque bien.

Il est bientôt minuit et je voudrais que cette soirée ne prenne jamais fin.

En entrant dans le restaurant, j'avais l'esprit parfaitement clair. J'avais longuement discuté avec Isabelle au téléphone. Elle était tout excitée de ce que je venais de lui apprendre, et s'amusait avec un peu de remords d'avoir laissé son mari planté dans les toilettes, le pantalon baissé sur les chevilles, depuis plus d'une demi-heure. Ce que je lui apprenais était « fabuleux, incroyable ». La connaissant, je m'attendais à ce qu'elle se montre prudente, s'étonne, exprime des doutes. L'histoire était trop belle, ou trop extraordinaire… Mais non, elle m'avait écoutée avec ferveur, et de ses réactions enthousiastes, j'avais retenu trois phrases : « je suis tellement heureuse pour toi » (normal), « bientôt tu auras ta revanche, enfin » (c'est vrai), et surtout : « ne t'emballe pas, ne l'effraie pas ». Au fur et à mesure que nous discutions, elle avait fini par me persuader de ne pas brusquer les choses.

« Tu as retrouvé ta fille. C'est incroyable, et formidable. Mais je t'en supplie, pas de précipitation. Il faut que tu l'apprivoises, sinon tu risques de la faire fuir, et de la perdre à nouveau. Tu ignores tout d'elle. Imagine comment tu réagirais si quelqu'un se plantait devant toi et t'annonçait : "Bonjour, je suis ta maman, on ne s'est pas vues depuis vingt-deux ans et tu n'as peut-être jamais entendu parler de moi. Mais ce n'est pas grave, je sais que tu es ma fille. Embrassons-nous, ma chérie !" Elle te prendrait pour une allumée ou une psychopathe, et elle aurait raison ! »

Isabelle m'avait convaincue. Ensemble, nous avions discuté de la meilleure manière de procéder.

Mais à présent, alors que la salle de restaurant se vide petit à petit, pour faire place aux couche-tard qui viennent terminer la soirée devant un dernier verre, j'ai du mal à résister. Je dois me tancer pour m'interdire de me ruer sur ma fille.

J'ai passé la soirée un peu en retrait, au fond du restaurant, dans un coin où elle ne servait pas mais d'où j'ai pu l'observer tout à loisir. Je me repais de chacune de ses apparitions.

Dieu, qu'elle est belle et gracieuse !

A-t-elle remarqué la petite dame insignifiante, assise dans un coin mal éclairé de la salle ? Je n'ai pas intercepté le moindre regard dans ma direction. Il faut dire qu'elle n'a pas chômé. Elle est vaillante, ma fille !

Elle n'a pas eu de répit, se glissant avec efficacité de table en table, répondant aux demandes incessantes, sans se départir d'un sourire affable. Ici, c'était une viande pas assez cuite, là un plat trop froid, une carafe d'eau, du sel et du poivre, la musique trop forte, une fenêtre ouverte… Elle s'applique à calmer les impatients qui trouvent le service trop lent. Il en faut, de la force de caractère, pour garder son flegme face aux clients, avant de débarrasser toutes ces tables abandonnées en désordre, où elle ne récolte que de maigres pourboires. Je l'ai aussi vue rire avec les autres serveuses, se payer probablement en douce la tête de clients désagréables. À voir leurs regards complices, tandis qu'elles s'échangent des messes basses comme des gamines, je comprends qu'elles s'amusent de farces commises en cuisine, avant de se diriger vers les tables d'un air digne, plats en mains. Moi, j'aurais même admis qu'elle crache dans les assiettes avant de servir tous ces malotrus !

Mais j'ai observé aussi comment elle remplissait les verres pour les pousser à commander une seconde bouteille. Elle est futée, ma fille.

Bref, calée dans mon coin, où me sert une certaine Julia, une petite mignonne à croquer, quoiqu'un peu trop maquillée à mon goût, je me régale de mon dîner, sans rien perdre des faits et gestes de mon Hortense.

Je ne me lasse pas de l'admirer, fine, élégante, si jolie. Il faut que je me raisonne, que je me remémore sans cesse les recommandations d'Isabelle, pour ne pas céder au besoin qui me ronge de me lever et de lui révéler qui je suis. Et qui elle est.

Il est minuit passé, j'ai tenu bon, il faudrait maintenant que je parte. Mais je sais que je reviendrai dès demain et, cette fois, je choisirai une place dans son secteur. Demain, je lui parlerai, sans encore me dévoiler. « Prends le temps de faire connaissance, m'a dit Isabelle. Tu n'es plus à un jour près. L'important est qu'elle soit là, et de ne plus la perdre. »

Mais, alors que la petite Julia, les traits tirés par la fatigue, dépose devant moi l'addition que j'ai demandée (cinquante-deux euros, quand même), je vois Hortense enfiler son imperméable et l'entends annoncer à la cantonade : « À demain, tout le monde ! » Une serveuse lui répond d'un petit signe amical de la main. Ma fille lui envoie un baiser d'un souffle. Le patron, derrière le comptoir, réplique, sérieux comme un pape : « Bonne nuit, Emmanuelle. Et n'oublie pas, le service commence à dix-huit heures trente pétantes.

— Pétantes ! » lance ma fille avec un grand sourire.

Elle parcourt la salle du regard. Je jurerais que l'espace d'un instant, elle a posé ses yeux sur moi et m'a souri. Ce sourire, je n'ai pas le temps de le lui rendre, elle s'esquive, visiblement pressée. Peut-être n'était-ce qu'une illusion, mais je veux y croire. Par la vitre constellée de gouttes de pluie, je la vois courir vers un scooter. Le conducteur, un casque à la visière opaque sur la tête, lui tend un autre casque, sans descendre. Avant qu'elle ne le mette, il lui caresse la joue, dans un geste familier. Je laisse trois billets de vingt euros sur la table et sors précipitamment, au moment où elle monte derrière lui et passe le bras autour de sa taille. Le scooter démarre vers le bout de la rue. J'ai toujours eu une bonne vue, et la rue est bien éclairée, alors, en dépit de la pluie fine qui m'inonde le visage, je plisse les yeux et je tente de lire le numéro d'immatriculation. Un B et un T, il me semble. J'ai juste le temps de voir disparaître ma fille, la tête penchée vers lui. Que dit-elle à celui qui a bravé la pluie pour venir la chercher ? Où vont-ils ?

Il me semble qu'elle se retourne vers moi, avant que le scooter ne tourne à gauche.

« Emmanuelle. » C'est ainsi que l'a appelée le patron du restaurant.

Ce salaud n'a même pas voulu lui laisser son vrai prénom.

Mais, loin de m'anéantir, tandis que je regagne mon immeuble, cette idée vient encore accroître ma compassion pour ma malheureuse enfant.

J'ai hâte de raconter ma soirée à Isabelle. Tant pis si je la réveille.

Elle va tomber des nues, quand je lui dirai que cette ordure de Sylvain a donné à mon Hortense le prénom de sa propre mère.

12

« Sophie »

Emmanuelle Dufayet avait été convoquée par la police deux jours après l'enlèvement de ma fille. Elle était seule. J'avais appris à cette occasion que la mère de Sylvain était veuve, je l'ignorais. Son père, Paul, avait été emporté par un cancer quatre ans plus tôt. Il était déjà très malade à l'époque où Sylvain vivait chez moi, mais je n'en avais rien su, et je ne l'ai jamais rencontré.

J'aurais aimé les connaître, pourtant, mais Sylvain me disait qu'il avait peu de contacts avec sa famille. Il était fils unique et ses parents étaient loin, dans un village paumé en Lorraine. En vérité, je l'ai appris ce jour-là, ils vivaient à Gif-sur-Yvette, dans l'Essonne. Il m'assurait qu'ils étaient en bons termes, que nous irions les voir, « un jour ». Sa mère était assistante sociale et son père médecin… « Ce sont des parents formidables, malheureusement, je ne passe pas assez de temps avec eux. » Dans les débuts de notre relation, j'avais posé des questions. Je lui avais présenté mes parents assez rapidement, de mon côté, et il me semblait normal de montrer de l'intérêt pour les siens. Ses réponses restaient sibyllines : bien sûr, bientôt, il devait organiser ça, ils seraient ravis de me voir, etc. Mais ce n'était jamais le bon moment. C'était trop loin, il n'avait pas le temps, ils venaient de partir en voyage… Les prétextes se succédaient pour retarder la visite, et j'avais fini par ne plus y penser.

Je me demande si, au fond de moi, j'y tenais tant que ça. Sa famille ne m'intéressait pas tellement, en définitive. Je n'avais d'yeux que pour lui. Menteur, manipulateur, parasite, imposteur, je ne voyais rien de tout cela.

Si j'avais été plus curieuse, j'aurais découvert ses mensonges, et peut-être que rien ne serait arrivé.

La femme qui me faisait face, le visage fermé, était grande et mince. Élégante, comme son fils, soignée. Ce n'est que des années plus tard que je l'ai vue se faner. Maigre au point de sembler anorexique, elle avait de longs cheveux noirs, tirés en arrière en une queue de cheval qui accentuait son allure stricte. D'entrée, j'avais été frappée par sa ressemblance avec son fils, et j'avais eu le sentiment immédiat d'être face à une ennemie.

Je me souviens de ses premiers mots, presque méprisants : « Ma pauvre enfant…

— Aidez-moi, je vous en supplie », l'avais-je implorée.

Là, dans le couloir du commissariat, avant qu'elle ne suive le policier qui venait la chercher pour l'interroger, je m'étais approchée d'elle pour l'embrasser. Elle m'avait serrée dans ses bras mollement, sans conviction, comme si, déjà, elle s'était installée dans son rôle de « pauvre maman dépassée par les événements ». Puis elle s'était détachée de moi, touchant tout juste mes mains, du bout des doigts. Je répétais « aidez-moi », je pleurais, mais elle n'avait pas eu le moindre geste de consolation...

Au contraire, elle avait planté ses yeux de sorcière dans les miens et déclaré, d'un ton si sec que j'en avais été glacée : « Je ne sais rien. Je ne savais même pas que vous existiez. Mon fils ne m'a jamais parlé de vous. »

C'était faux, j'en suis sûre, mais elle était devenue presque accusatrice tandis qu'elle poursuivait : « Comment se fait-il que vous ne soyez jamais venue me voir ? »

Désarçonnée par cette agression, j'avais dit la première chose qui m'était passée par la tête : « Sylvain m'a toujours dit qu'il n'avait pas de famille. Que vous étiez morte dans un accident de voiture et qu'il avait grandi dans un orphelinat, du côté de Metz. »

C'était puéril et un peu absurde, mais son attaque m'avait blessée, et j'avais vu que mon mensonge faisait mouche. Elle était touchée. Je m'étais réjouie de cette victoire dérisoire. Mais j'avais tort, je devais rapidement le comprendre, car au lieu de la pousser dans ses retranchements, je m'en étais fait une adversaire tenace.

Dès l'instant où je l'avais vue, assise dans le couloir, raide, l'air revêche, je m'étais méfiée d'elle. Il y a des instincts qui ne trompent pas. J'aurais dû me montrer plus maligne.

Je n'en aurais jamais la certitude, puisque cette garce est aujourd'hui morte et enterrée, mais je crois qu'elle savait où ils étaient. Et qu'elle a protégé son fils sans relâche, toutes ces années.

Comme son mari, c'est un cancer qui l'a emportée. Bien fait pour elle, avais-je pensé quand j'avais appris la nouvelle.

Je m'étais rendue à ses funérailles, il y a quatorze ans, à Gif-sur-Yvette, dans cette lointaine banlieue parisienne où la famille Dufayet avait toujours vécu, et où Sylvain avait grandi. La Lorraine était une invention. Son père avait travaillé toute sa vie à l'aéroport d'Orly et sa mère n'avait rien fait d'autre qu'enfanter et élever cette ordure et une sœur cadette qui vivait en Belgique. Aussi antipathique que sa mère. Les chiens ne font pas des chats…

J'étais restée à distance, caressant le fol espoir que Sylvain se soit déplacé pour ce dernier hommage à sa mère. Lorsque je m'étais couchée la veille, échafaudant mon plan, j'y croyais vraiment. Je le voyais tête baissée au premier rang, pour assister à la cérémonie, mon Hortense à ses côtés. Je me voyais, moi, surgissant au milieu de la maigre assemblée, hurlant la vérité et enlaçant mon enfant retrouvée. Je m'étais endormie en imaginant le visage d'Hortense adolescente. À l'époque, je n'avais pas encore baissé les bras.

J'avais patiemment attendu que le cimetière soit désert. Peut-être viendrait-il en cachette après la cérémonie ? J'étais restée des heures dans le froid. Avant de me résigner à quitter les lieux, à la nuit tombante, j'étais allée jusqu'à la tombe, et l'avais piétinée, réduisant en miettes les deux bouquets posés devant. Puis je m'étais accroupie et j'avais pissé là, sur elle. Oui, j'ai été jusque-là, et j'ai ouvert le soir même une bouteille de champagne pour fêter ce jour. Je n'ai aucune honte à le dire.

De son vivant, je n'avais jamais lâché celle que je n'appelais plus que « la Dufayet ».

Jusqu'au bout, elle n'a pas varié son attitude ni ses allégations, elle est demeurée la même femme bornée à le défendre, dont je forçais régulièrement la porte, à son pavillon de Gif-sur-Yvette. Qui soutenait qu'elle ignorait où se trouvait son fils et me priait de la laisser en paix, me menaçant d'appeler la police si je ne partais pas. Qui me traitait de cinglée hystérique, disait qu'une femme comme moi méritait sans doute ce qui lui était arrivé, me lançait au visage que son fils, où qu'il soit, quoi qu'il ait eu à faire avec moi, avait forcément agi pour le mieux.

Je me suis souvent rendue chez elle, persuadée qu'elle me cachait la vérité. Comment une mère pourrait-elle rester sans nouvelles de son fils si longtemps ? Elle le protégeait, c'était évident, alors je m'obstinais. Combien de nuits et de jours ai-je passés dissimulée derrière la haie, à surveiller les allées et venues autour de chez elle ? Combien de réunions de famille ai-je interrompues, surgissant en pleine fête des mères, ou à Noël ? J'espérais le trouver là et leur enlever ma fille. Je n'ai jamais eu droit à la moindre compassion. Ils me chassaient comme une intruse, la Dufayet était la plus mauvaise. Une fois, sa fille et elle m'avaient même attrapée par les cheveux pour me jeter dehors.

Elle allait jusqu'à me reprocher de lui avoir enlevé son fils, d'avoir contraint Sylvain à fuir, à se cacher et vivre comme un paria. Je n'étais pas la victime, mais la coupable ! Comment osait-elle ? Moi qui voulais seulement retrouver l'enfant que l'on m'avait enlevée.

Elle avait tenu bon, jusqu'à ce qu'elle soit sur le point de crever. Je l'avais vue se décharner au fil des ans, de Noël en Noël, de fête des Mères en fête des Mères, s'étioler, rongée par la culpabilité. Vers la fin, elle était d'une maigreur effrayante, et elle est morte en quelques semaines.

Ce moment avait été mon ultime espoir. Avant de quitter cette terre, peut-être se confesserait-elle, dans un sursaut d'humanité ? Que j'étais encore naïve…

J'avais fait irruption dans sa chambre à l'hôpital. Je l'avais implorée, « dites-moi avant de mourir », « faites cette bonne action », « si ce n'est pas pour moi, faites-le pour cette pauvre petite, elle est encore jeune, elle a besoin de sa maman », j'avais pleuré, sup-plié. Je m'étais jetée à genoux au pied de son lit. Les mains jointes, j'avais prié à haute voix pour son salut, pour son pardon. Elle ne pouvait emporter son secret auprès du Seigneur. Elle n'avait ouvert ni les yeux, ni la bouche, mais je savais qu'elle m'entendait. Avant de quitter sa chambre, je lui avais craché au visage et je l'avais maudite.

Jusqu'au bout, elle était restée murée dans son silence.

Le commissaire Bernard Dupouy nous avait résumé le témoignage de la Dufayet, avec son fort accent du Sud-Ouest.

« À l'en croire, elle ne sait pas grand-chose. Elle n'a pas vu son fils depuis des mois, elle dit que sa dernière visite remonte au 7 septembre, l'année dernière. Et encore, il n'aurait fait que passer chez elle pour récupérer des vêtements et serait resté moins d'une heure. Bien sûr, nous allons nous efforcer de vérifier ses dires, et convoquer la sœur de Dufayet. »

Pourquoi, m'étais-je demandé, ne les avaient-ils pas interrogées simultanément, pour confronter leurs déclarations ? Je bouillonnais.

« Ne lâchez pas cette femme, je vous en conjure, monsieur le commissaire. Je suis sûre qu'il va prendre contact avec elle ou sa sœur, si ça se trouve, il s'est réfugié chez l'une ou l'autre ? Elle veut protéger son fils, vous l'avez compris, n'est-ce pas ?

— J'ai surtout vu une mère anéantie, avait-il lâché d'un air dubitatif, avant de se reprendre : Ne vous en faites pas, madame Delalande. Nous allons les retrouver, croyez-moi. On ne disparaît pas comme ça avec un enfant de cet âge. Bientôt, tout ceci ne sera qu'un mauvais rêve, faites-moi confiance. »

Il avait répété : « Vous me faites confiance ?

— Je n'ai pas le choix, avais-je soupiré.

— C'est bien. Nous avons mis tous les moyens possibles sur cette affaire. Il est impossible qu'il nous échappe. »

C'était un cas de kidnapping d'enfant, et il était traité par la police avec le sérieux que mérite une telle affaire. J'avais tout de suite indiqué que Sylvain était le père biologique de ma fille. N'ayant jamais reconnu Hortense, il n'avait, aux yeux de la justice et selon la loi, ni l'autorité parentale ni aucun droit sur elle. « Il sera poursuivi pour enlèvement et séquestration de mineur, m'avait précisé le commissaire Dupouy. Il en prendra pour quinze ans au bas mot. »

Dupouy s'était montré si bienveillant et rassurant, que je m'étais laissé convaincre. Ma fille me reviendrait vite, et lui irait finir de pourrir en prison.

Les policiers ne l'avaient pas dit ouvertement devant moi, mais l'issue qu'ils craignaient était tout autre. Le risque que Sylvain ait enlevé ma fille pour la tuer et se suicider ensuite était grand. C'était ce qui se passait dans la plupart des cas de ce genre. Ce fut dès le début leur conviction, et la piste sur laquelle ils se lancèrent en priorité.

Durant l'interrogatoire de la mère de Sylvain, ils s'étaient donc attachés à cerner la personnalité de cet homme, capable de ligoter une femme pour lui arracher une enfant de trois ans qui était pour lui une inconnue… La Dufayet avait parlé d'un garçon ouvert et aimable, à la personnalité plus extravagante que tourmentée. « Suicidaire ? Certainement pas ! Mon fils aime la vie, c'est un jouisseur », avait-elle affirmé. Pour elle cette thèse était tout bonnement inconcevable.

Elle l'avait décrit comme un séducteur irrésistible, très apprécié, de ses amis comme de ses conquêtes féminines. Tout est consigné dans le procès-verbal : « Les filles lui tournent autour depuis l'adolescence. Il n'est sans doute pas très fidèle, mais tellement beau et charmant qu'on lui pardonne tout. » Il y avait aussi ces phrases, qui m'avaient tellement blessée quand je les avais lues : « J'ai peine à croire qu'il ait pu s'acoquiner avec une femme pareille. Elle est si ordinaire, même pas belle, vraiment pas le genre de filles qu'il a l'habitude de fréquenter. Je ne comprends pas ce qu'il a pu lui trouver. » Elle avait même émis des doutes : « Après tout, qui prouve que l'enfant était de lui ? » Heureusement, le commissaire Dupouy l'avait remise à sa place : « Toute la famille de Mme Delalande a témoigné de leur liaison, ainsi que les voisins. Il a vécu chez elle pendant plus d'un an. Il est plus que vraisemblable que c'est votre fils qui a enlevé la petite Hortense Delalande, madame Dufayet. Ce sont des faits extrêmement graves, et il risque une très lourde peine, de même que toutes les personnes qui se rendront complices de cet enlèvement. »

Selon le commissaire Dupouy, la Dufayet avait été ébranlée par la fermeté de ses propos. Elle avait alors parlé de la première fugue de Sylvain, à l'âge de quinze ans, de ses études avortées, de ses éclipses, de plus en plus nombreuses. Jusqu'à disparaître des mois durant, passé dix-huit ans. « On ne le voyait plus, et puis, soudain, il réapparaissait. Il restait à la maison quelques jours, adorable comme il savait l'être, et personne n'avait le cœur à lui faire des reproches. Nous étions juste contents de le retrouver, notre seule question était de savoir combien de temps il resterait. Il inventait des histoires, disait qu'il faisait des affaires à l'étranger. Parfois c'était l'Angleterre, d'autres fois l'Amérique, le Brésil, la Russie. Il disait que tout allait bien pour lui. Nous n'insistions pas, son père et moi, si nous avions commencé à creuser ou émettre des doutes, nous savions qu'il se fâcherait et partirait en menaçant de ne plus revenir. Rester sans nouvelles était douloureux pour nous, aussi, lorsqu'il était là, nous préférions aller dans son sens. Et puis, nous n'avions pas de raison de ne pas le croire, c'est un garçon si gentil, pourquoi aurait-il menti ? Lorsque mon mari, son père, est décédé, il y a quatre ans, il s'est occupé de tout. Il m'a aidée à franchir ce moment terrible. Sans son soutien, je ne sais pas ce que je serais devenue. Mon fils est peut-être un peu fantasque, mais il a bon cœur. Je n'imagine pas qu'il puisse avoir fait une chose pareille. Peut-être que cette femme ment pour lui nuire ? Est-elle sûre de l'avoir reconnu le soir du kidnapping ? »

Dès le début et tout au long des années, elle l'avait défendu, tentant de prévenir les enquêteurs contre moi, de me faire porter la responsabilité de ce drame. « Si cette femme ne s'était pas montrée aussi possessive avec sa fille, aussi dure avec mon fils, elle n'en serait pas là. Certes, il peut être volage, ou imprévisible, il nous a souvent donné des sueurs froides, à moi et à son père, même à sa sœur ! Nous ne le comprenons pas toujours. Personne n'est parfait, mais de là à enlever une enfant pour lui nuire, c'est impossible ! S'il y a une vraie fautive dans cette histoire, c'est elle. Peut-être que c'est le seul moyen qu'il a trouvé pour voir sa fille et faire valoir ses droits ? »

Elle avait été catégorique : « Mon fils n'est pas le monstre que cette femme décrit. Vous verrez, dans quelques jours, il la ramènera la petite, et les choses, espérons-le, s'arrangeront. »

Hortense avait disparu deux jours plus tôt, et l'enquête était au point mort. La police n'avait trouvé aucun élément tangible. Des alertes avaient été lancées à tous les services de surveillance des gares, des aéroports, des douanes et des frontières, mais rien n'avait été signalé.

Même si je répétais au commissaire Dupouy que je lui faisais confiance, le remerciant de tous les efforts qu'il déployait, j'avais déjà perdu l'espoir d'une issue rapide. Sylvain avait préparé son coup avec minutie, et soigneusement orchestré sa fuite. J'étais perdue, anéantie. Cet homme était un pervers, qui s'était vengé sur mon enfant pour me faire mal.

Mais pour les enquêteurs, je commençais à le sentir, cette affaire n'était qu'une histoire de couple qui avait mal tourné, une parmi tant d'autres. Je ne le compris que plus tard, ils s'étaient arrêtés à la thèse du suicide meurtrier et ne recherchaient pas un homme et une enfant en fuite. Ils se préparaient à trouver, un jour ou l'autre, leurs corps.

Moi, j'ai toujours su que c'était impossible. Ma fille était vivante quelque part. Toutes ces années, je l'ai senti, par tous les pores de ma peau.

Et la preuve, ne l'ai-je pas eue aujourd'hui ?

J'étais rentrée chez moi, accompagnée de mes parents, et nous avions retrouvé mon frère Pierre. À leur tour, ils avaient tenté de me rassurer, tentant de se convaincre eux-mêmes, sans doute. La famille, unie, faisait front.

« Un homme et une enfant ne peuvent échapper à une enquête de cette ampleur, assurait ma mère. C'est une question de jours. » Ils ne parvenaient pas à dissimuler leur angoisse, même si, devant moi, ils n'avaient pas osé parler de leur crainte qu'il ait commis l'irréparable. Ils ressassaient leur dégoût pour « cet enfoiré », comme l'avait qualifié mon père. La perte (ma mère avait employé ce mot) de leur petite-fille les anéantissait. Mais je devais garder courage, insistait mon père.

Nous avions dîné, essayant en vain de parler d'autre chose. Le téléphone, sur le guéridon dans l'entrée, attirait nos regards comme un aimant, comme la promesse d'une délivrance. Impitoyable, il demeurait silencieux.

J'aurais préféré être seule. Tout m'était insupportable et leur présence me pesait. Mais je ne voulais pas augmenter leur chagrin, et je n'avais pas su refuser à ma mère de rester avec moi pour la nuit.

Après dîner, le téléphone avait soudain retenti. Ma mère et moi avions bondi sur nos pieds, et se ravisant, elle s'était rassise. C'était à moi d'y aller. Nous avions échangé des regards, espérant un instant que nous allions entendre la nouvelle que nous attendions tous les quatre.

J'avais avancé d'un pas lent, de peur que mon cœur, qui battait à tout rompre, ne s'arrête. Mes parents et Pierre retenaient leur respiration. J'avais décroché.

« C'est vous, commissaire Dupouy ? »

La Panda de Sylvain avait été retrouvée, abandonnée sur les hauteurs de Montmartre, vitre ouverte et les clefs posées sur le siège avant. Ils étaient en train de la fouiller.

Je n'avais pas pu me contenir plus longtemps : « C'est tout ? Rien de plus ? » J'avais explosé. « Il vous a fallu deux jours pour retrouver une voiture, il vous en faudra combien pour ma fille ? »

J'avais raccroché. Ses explications ne m'intéressaient pas.

Mon père avait rappelé immédiatement. Je l'avais entendu chuchoter : « Excusez-la, monsieur le commissaire. Il faut la comprendre, elle est à bout de nerfs. »

Après quelques minutes de discussion, il nous avait informés que les policiers n'avaient pas relevé d'empreintes et que la voiture semblait abandonnée depuis plusieurs jours au moins. « Bref, avait-il conclu à voix basse, cette découverte risque de ne déboucher sur rien. » Il s'était voulu rassurant : « Ils ne lâcheront pas tant qu'ils n'auront pas retrouvé ce fumier. »

J'étais sortie, les laissant dans mon appartement. Arrivée dehors, je m'étais aperçue que j'avais gardé mes chaussons. Quelle importance. Je n'avais qu'une envie : me retrouver seule.

J'avais longtemps marché, errant dans les ruelles de Montmartre.

Déposition de Bernard Dupouy, commissaire de police à la retraite, le 25 juin 2015. Extrait du procès-verbal.

[...] L'hypothèse de l'enlèvement suivi d'un meurtre et du suicide de Sylvain Dufayet était la thèse sur laquelle se concentraient mes collègues, et surtout la juge Gaboriaud, une femme réputée rigoureuse. Pour compliquer les choses, celle-ci a été remplacée à peine un an plus tard par le juge Dauzier, un jeune sans grande expérience. Pour vous donner une idée, tant que j'ai été en charge de ce dossier, j'ai eu affaire à trois juges. Je crois savoir que par la suite, cinq autres se sont succédé. Tout ça n'a pas aidé au bon suivi d'une affaire déjà complexe. À chaque fois, il fallait reprendre à zéro des dossiers de plus en plus anciens. [...]

J'étais l'un des rares à ne pas donner crédit à cette théorie. Elle ne cadrait pas avec la description qu'avaient faite de Dufayet sa mère, sa sœur, et même Sophie Delalande. Nous avions pu retrouver deux femmes qui avaient eu une aventure avec lui au début des années 1990, et plusieurs connaissances plus ou moins proches, des « potes ». Tous nous ont indiqué ne pas l'avoir revu depuis les faits. Au total, nous avons dû entendre près d'une centaine de personnes. Cette enquête était prioritaire et nous n'avons rien négligé. Tous décrivaient un homme bien dans sa peau, fêtard, pas du tout le profil suicidaire. Tous ces témoignages ont été analysés par trois experts psychiatres, afin de définir le profil psychologique de Sylvain Dufayet. Comme souvent, leurs conclusions divergeaient, cependant l'un d'entre eux le qualifiait de « sociopathe », ce que l'on définirait aujourd'hui sous le terme de « pervers narcissique ». […]

À les entendre, il s'était totalement volatilisé. Mme Delalande le décrivait quant à elle comme un homme « pervers » qui voulait se venger d'elle et la faire souffrir parce qu'elle refusait de le laisser voir sa fille. Je reconnais avoir, à l'époque, adopté son point de vue. […]

Jusqu'au bout, la juge s'est obstinée à suivre son hypothèse. Je dois dire que je ne décolérais pas, à l'époque. Son entêtement nous a fait perdre beaucoup de temps et d'énergie. Sans vouloir accabler quiconque, nous n'en serions pas arrivés là aujourd'hui. Mais on ne refait pas l'histoire, comme on dit. […]

Des erreurs ont été commises au début de l'enquête et j'en porte ma part de responsabilité. Je dois le reconnaître : sans ces erreurs, cette tragédie aurait été évitée. […]

Déposition de Stéphanie Dufayet, 54 ans, le 29 juin 2015. Extrait du procès-verbal.

[…] Je travaille en qualité de haut fonctionnaire au Parlement européen à Bruxelles. J'ai quatre enfants et je suis mariée depuis 25 ans. […] Sylvain a trois ans de plus que moi. Tout nous sépare, depuis l'enfance. Il a toujours été fantasque, original, un peu fou-fou. J'étais tout le contraire : calme, rangée. J'aimais les études, j'ai une maîtrise de droit constitutionnel, alors que lui n'a pas passé son bac. À l'adolescence, il a commencé à déserter régulièrement la maison, au grand désespoir de nos parents. Il a disparu deux années entières à ses dix-huit ans, nous laissant sans aucune nouvelle. Et puis un jour de mars, je m'en souviens parfaitement, il est reparu, comme si de rien n'était. Mes parents étaient si heureux qu'ils lui ont à peine reproché de ne pas avoir donné signe de vie. Il est ainsi, mon frère, capable de toujours tout se faire pardonner. Petit, déjà, il lui suffisait de sourire pour que tout s'efface d'un coup. Il avait un charme irrésistible. […] Il disparaissait, revenait, repartait, expliquait ses absences par des affaires qui le menaient de par le monde, nous ne savions de sa vie que ce qu'il voulait bien nous raconter. Mes parents faisaient mine de le croire. Je pense qu'ils avaient si peur qu'il ne disparaisse définitivement que ses réapparitions étaient un soulagement.

La police a longtemps soupçonné qu'il s'était réfugié chez moi après les événements. J'ai répondu à de nombreux interrogatoires, on m'a menacée de m'inculper pour l'avoir aidé dans sa fuite et pour complicité d'enlèvement. Je ne peux que redire ce que j'ai répété cent fois à l'époque. Je n'ai jamais caché Sylvain, je ne l'ai jamais revu, je n'ai jamais eu de ses nouvelles.

J'ignore où il se trouve et si je le savais, je le dirais sans hésitation. Je voudrais tant connaître la vérité. Aujourd'hui encore, cela m'empêche de dormir, j'en fais des cauchemars. [...]

Quant à cette femme, Sophie Delalande, et sa fille Hortense, j'ignorais leur existence jusqu'à cette histoire incroyable. Mon frère ne nous avait jamais parlé d'elle ni de sa fille. Tout cela nous a gâché la vie, vraiment, à ma mère, surtout. Elle surgissait à chaque fête de famille, nous accusait, exigeait que nous disions où se cachait Sylvain, refusait de croire que nous n'en avions aucune idée. Au début, nous essayions de la calmer, puis nous la chassions de force, parfois nous avons même dû faire appel à la police pour nous débarrasser d'elle. Des années durant elle nous a fait subir un véritable enfer et nous avons fini par ne plus fêter Noël ou quoi que ce soit ensemble, de peur de la voir arriver. [...]

QUESTION : N'éprouviez-vous pas de la compassion pour elle ?

RÉPONSE : Au début, si, bien sûr, d'autant que mes parents étaient à la fois surpris et contents d'avoir une petite-fille. J'ai des enfants moi-même, je m'imaginais à sa place, c'était très angoissant. Je me souviens qu'ils ont même voulu l'aider. Mais elle a refusé toutes leurs propositions, en disant que c'étaient des menteurs. Peu à peu, nous en sommes arrivés à avoir peur d'elle et à la détester… On souhaitait presque que Sylvain ne soit jamais retrouvé.

QUESTION : Jugiez-vous votre frère capable d'avoir enlevé sa fille Hortense et d'avoir disparu avec elle ?

RÉPONSE : Je ne peux que redire ce que j'ai dit à l'époque, là aussi. Oui, je l'ai pensé très souvent. Il était tellement imprévisible qu'avec lui tout semblait possible. Mais j'ai toujours été persuadée que si jamais il avait vraiment fait ça, c'était pour le bien de sa propre fille, pour la tirer des griffes de cette folle. J'ai toujours été convaincue d'une chose : mon frère aurait été incapable de faire du mal à un enfant et encore moins à sa propre fille.

13

« Sophie »

Isabelle Marchand est, reste à ce jour, ma seule amie. Je serais même tentée de dire l'unique personne qui me relie au monde.

Je n'ai désormais que peu de contacts avec mes collègues au ministère. Je m'en tiens au strict minimum, et ils supportent la vision de cette ombre qui travaille dans son réduit, silencieuse, visage clos, triste. Qui se contente de remplir avec application, dans une sorte de torpeur, les tâches qu'on lui confie. Dont ils n'entendent bien souvent qu'un « bonjour » à son arrivée, et « bonsoir » lorsqu'elle quitte son bureau de l'entresol, à dix-huit heures précises. Je sais, je le vois dans leurs yeux, qu'ils me plaignent. Ils se demandent probablement comment je parviens à survivre, à venir au ministère, jour après jour. Je me rappelle ce matin, à la machine à café, où j'avais saisi des bribes de conversation, trois ou quatre de mes collègues approuvant ce cher M. Attia, du service des collèges, qui assurait avec conviction : « À la place de cette malheureuse, il y a longtemps que je me serais mis une balle dans la cervelle. »

La malheureuse en question, c'était moi, à voir la tête qu'ils firent quand je passai devant eux.

Je crois que je leur fais un peu peur.

Je les comprends. Ils ne savent où se mettre en ma présence, et je suis une preuve fâcheuse et quotidienne que le malheur peut frapper n'importe qui, n'importe quand. Aussi, je reste déjeuner dans mon bureau (généralement d'une simple salade, apportée dans un Tupperware), pour ne pas leur imposer ma présence importune à la cantine.

Et pour cette même raison, j'ai fini par m'installer dans ce bureau à l'entresol dont je ferme toujours la porte. Il est humide, surtout en hiver, mais je ne me plains pas. Je préfère être seule que devoir endurer un « open-space », comme on dit maintenant, dans les étages lumineux. La plupart du temps je n'allume pas le plafonnier, ce qui hérisse Margaux Trapenard, ma chef, les rares fois où elle descend de son second étage jusqu'à mon bureau. Son premier geste en entrant est d'allumer. « Vous allez vous tuer les yeux ! » me dit-elle pour se justifier. La plupart du temps, elle ne vient que pour déposer une pile de dossiers sur le coin de ma table, avec des Post-it indiquant le travail à effectuer, comme si elle redoutait d'avoir à s'attarder et préférait éviter toute communication orale avec moi. Elle annonce : « Je vous ai tout marqué là », en posant l'index sur le papier collant, et s'enfuit au plus vite.

Elle aussi, je la comprends.

Cela fait huit ans maintenant que j'ai été affectée à son service, il fallait bien me caser quelque part. Je ne suis pas idiote, je sais que pour les gens comme elle je suis davantage un poids qu'autre chose. Si l'on faisait l'addition de nos échanges depuis, je pense que cela ne dépasserait pas quelques heures. Lorsque je me suis acquittée des tâches qu'elle m'a confiées, à la fin de la journée ou de la semaine, selon les dossiers, je monte à son bureau pour lui rapporter la pile. Je dis : « Voilà, je crois que c'est complet. » Elle répond : « Merci, madame Delalande. » Et nous en restons là. Il m'arrive de ne plus avoir rien à faire jusqu'à la fin de la journée, cependant je quitte toujours le ministère à dix-huit heures précises.

Il est bien loin, le temps où mes collègues du ministère se mobilisaient à mes côtés.

Durant des années, mon combat pour ma fille fut aussi le leur, de même que mes espoirs et mes déceptions. Ils avaient constitué une sorte de comité de soutien, qui dans les premiers temps se réunissait plusieurs fois par mois.

Ils m'avaient aidée à solliciter l'appui de nos ministres successifs. Ils avaient multiplié les appels à la presse nationale et locale, faisant diffuser largement des photos d'Hortense.

Grâce à eux, j'avais pu faire relancer les recherches lorsque les enquêteurs, à force de se trouver face à des voies sans issue, étaient prêts à enterrer l'affaire, ou pire, à la classer. C'est par une nuit de fête que nous avions accueilli la nomination d'un nouveau juge d'instruction pour remplacer Mme Gaboriaud, un an après l'enlèvement d'Hortense et la promesse de nouvelles investigations.

Longtemps, je m'appliquai à donner l'image d'une vraie battante, d'une pugnacité infatigable. Je les impressionnais, allant de désillusions en échecs, sans jamais baisser les bras.

Aux pires moments, quand j'étais près d'abdiquer, quand je pensais : « C'est fini, jamais je ne la reverrai, tout est perdu », advenait un événement, une nouvelle piste à explorer, ou juste une intuition, qui me faisait y croire à nouveau.

Le groupe se reformait et c'était « reparti comme en quarante ! », comme disait Anne, la responsable du service des programmes pour les écoles élémentaires. Cette même Anne chez qui j'avais rencontré Sylvain, le jour de sa pendaison de crémaillère à Clamart. Il y a bien longtemps qu'elle et Germain ont divorcé, et revendu le pavillon de leurs rêves, et son jardin de 201 mètres carrés…

Je dois reconnaître que tous se sont démenés. Anne avait été jusqu'à me faire engager un détective privé, l'agence « Mougel et compagnie », un « ami », disait-elle, et surtout « un grand professionnel ». C'est grâce à lui, qui avait coincé son mari avec sa maîtresse, qu'elle avait pu le « saigner jusqu'à l'os », selon ses propres termes. J'ai mis mon sort entre les mains de cet homme trois ans et demi après la disparition d'Hortense. L'excellent commissaire Dupouy venait d'être muté en province et je sentais beaucoup moins d'implication chez son successeur. J'ai laissé à ce

Mougel toutes mes économies de l'époque, et beaucoup d'illusions.

C'était un homme corpulent, au visage couperosé, qui teignait ses cheveux, parfois en roux, souvent en noir de jais, et même une fois en jaune paille ! J'aurais dû me méfier… Il était catégorique : « Mougel et compagnie n'échoue jamais. Donnez-moi trois mois, et où qu'elle soit, je vais la retrouver, votre gamine, et faire coffrer ce salaud. »

Il avait repris un à un les éléments rassemblés par la police, et un soir, avait débarqué chez moi, en compagnie d'Anne. Elle était surexcitée :

« J'ai apporté le champagne, Sophie. Allez, monsieur Mougel, dites-lui la bonne nouvelle ! »

Plus rouge que jamais, Mougel avait demandé des verres et fait sauter le bouchon par la fenêtre ouverte. Il faisait durer le plaisir et Anne jubilait.

« Je les ai retrouvés, Sophie, avait-il annoncé. Ils sont en Martinique. »

Il avait vidé son verre d'un trait avant de me raconter toute l'histoire, d'un ton si assuré que je n'avais plus douté que nous touchions au but.

Sylvain se faisait appeler François Hautemulle, ma fille était devenue Carine, et il partageait sa vie avec une certaine Nathalie. « Une négresse rencontrée là-bas », avait précisé Mougel. Après l'enlèvement d'Hortense, il s'était réfugié quelques jours à Metz, chez un ami du nom de Hourcade, puis était passé en Belgique, à Mons, où il était resté quelques mois. Ceci corroborait les conclusions de la police, qui avait à l'époque repéré sa trace de l'autre côté de la frontière, non loin de chez sa sœur. Mougel avait envoyé un enquêteur chez ce Hourcade et selon lui, son refus de coopérer prouvait le bien-fondé de leurs suppositions. Selon Mougel, quand Dufayet avait compris que les flics se rapprochaient, il s'était envolé pour les Antilles sous une fausse identité, Hautemulle probablement. Il vivait aux Trois-Îlets, travaillant comme homme à tout faire sur des bateaux de croisière ou les yachts des touristes, tantôt skipper, parfois cuisinier.

Il m'avait présenté une photo un peu floue d'un homme brun accompagné d'un enfant. « Mon homme sur place n'a pas pu s'approcher davantage pour ne pas risquer de se faire repérer, s'était-il excusé. Mais il n'y a pas de doute, je vous le garantis, c'est bien eux ! »

Aujourd'hui, je peux l'avouer : j'avais tellement envie d'y croire que j'avais assuré les reconnaître. Il m'était impossible d'admettre que l'homme semblait un peu trop petit, et que l'enfant blond à la coiffure au carré pouvait être un garçon. Ainsi, quand j'avais affirmé que c'était eux, « sans le moindre doute », Anne avait rempli nos verres une seconde fois. Elle triomphait :

« Génial ! Ça se fête ! Je t'avais dit que M. Mougel était un crack ! »

Ensuite, Mougel m'avait présenté les options qui s'offraient à nous : soit nous avertissions les flics en charge du dossier, qui préviendraient la police locale, mais ceci pouvait prendre du temps, et le risque était grand que Sylvain soit alerté et file avant que nous ayons dit ouf (« vous savez comment c'est, madame Delalande, ils sont tous un peu cousins, là-bas... »), soit nous allions directement sur place, afin qu'il puisse établir un constat en direct, et saisissions ensuite la police.

Mougel et Anne penchaient évidemment pour la seconde solution, et il n'avait pas été difficile de me convaincre. Les flics s'étaient montrés si inefficaces jusque-là ! Il serait bien temps quand nous l'aurions coincé de mettre en branle la justice.

Je n'avais pas dormi de la nuit, ne cessant de regarder ma fille sur la photo, ne pensant qu'au moment où je pourrais la prendre dans mes bras, et cracher ma haine au visage de notre bourreau.

Je n'avais mis personne dans la confidence, hormis Isabelle, que j'avais aussitôt appelée. Elle m'avait mise en garde, l'histoire lui semblait un peu trop belle, et ce genre de types n'en avaient qu'après votre argent. Bref, elle avait un mauvais pressentiment.

Une fois de plus, elle avait raison. Lorsque trois jours plus tard nous étions arrivés aux Trois-Îlets, Hautemulle avait disparu, avec femme et enfant.

Mougel était fou de rage. Après avoir copieuse-ment enguirlandé son enquêteur sur place pour les avoir perdus, il avait mis cet échec sur le compte de la duplicité de Sylvain. « Il est malin, ce salopard. Il doit avoir des copains qui le tiennent informés, à l'aéro-port, ou des flics véreux, (OK) qui sait ? Vous savez, Sophie, dans ces îles, on achète n'importe qui. »

Je ne sais pourquoi, Mougel était persuadé qu'ils étaient passés au Venezuela. « Ils croient qu'ils seront à l'abri là-bas. Mais faites-moi confiance, madame Dela-lande, ils ne m'échapperont pas, j'ai des informateurs sur place, ça va juste prendre un peu plus de temps. Mais nous devons agir vite ! »

Isabelle m'avait exhortée à tout arrêter. « Rentre à Paris, tu es tombée sur un charlatan ! » Faisant la sourde oreille, j'avais encore payé et demandé à Mougel de poursuivre ses investigations. « Jusqu'au Venezuela, jusqu'au bout du monde, s'il le faut ! »

Sans résultat, évidemment, et j'avais fini par me rendre aux conseils d'Isabelle et dis à Mougel que je ne voulais plus entendre parler de lui. Devant son insistance, j'avais même fini par le traiter de « sombre connard », ce qu'il n'avait pas beaucoup apprécié ! J'avais expliqué à Anne, une fois de retour à Paris, que Mougel s'était trompé et que je n'avais plus un sou.

« C'est bien dommage », fut sa première réaction, avant d'ajouter, souriante et déterminée, comme à son habitude : « On n'abandonne pas. On va la retrouver, ta fille ! »

On ne peut nier qu'Anne s'est montrée tenace. C'est encore elle qui, deux ans plus tard, a eu l'idée de l'émission de télévision. « C'est une émission sensationnelle, ils obtiennent des résultats incroyables », m'avait-elle convaincue.

Je me rappelle le soir où je me suis rendue aux studios, escortée par une dizaine de collègues. Il y avait Anne, bien sûr, toujours en première ligne, mais aussi Guillaume, Jean-Yves, Véronique, Sidonie, Julien et son épouse Céline, Laurence, Monique et Patrice... Pendant des années, ces dix-là ont formé le cercle autour de moi.

Isabelle n'était pas venue, c'était l'époque où son mari avait commencé à être malade, et elle ne « se sentait pas le cœur » de le laisser seul. En vérité, elle n'appréciait guère mes collègues. Elle trouvait leur sollicitude malsaine, leur engagement à mes côtés intéressé, surtout Anne qui, à son avis, se servait du drame qui me touchait pour se mettre en avant. Les rares fois où elle s'était trouvée en leur présence, elle n'avait guère caché son inimitié. « Tu leur sers de faire-valoir, me disait-elle, ils s'ennuient et cette histoire met du piment dans leur existence. Un jour, ils se lasseront et te laisseront tomber comme une vieille chaussette. »

Combien de fois m'a-t-elle recommandé de prendre mes distances avec leur petite bande ? « Tu as tort de compter sur eux. Regarde l'histoire avec Mougel et tout l'argent que ce type t'a pompé ? Pour gaspiller tes économies, ils sont champions, tes collègues. Mais à part ça… »

Ils s'étaient installés dans le public, me laissant aux mains de l'équipe de télé. C'était une émission très populaire, qui avait permis à des gens qui s'étaient perdus de vue des années durant de se retrouver. Ils avaient dû se montrer convaincants pour que j'accepte de passer à la télé, mais j'étais encore prête à tout pour retrouver ma fille, même à affronter les caméras devant des millions de spectateurs. « Il faut tout tenter, avait finalement approuvé Isabelle. Pour une fois, cette pimbêche d'Anne a peut-être une bonne idée… »

Jusqu'à la dernière seconde, nous avions répété ce que je devais dire, comment je devais me comporter.

« Sois toi-même », me disait Isabelle.

« Laisse aller tes émotions, me conseillait Anne. Si tu as envie de pleurer, ne te retiens pas. N'exprime pas de haine pour le salaud qui t'a pris ta fille. Montre ta souffrance à la France entière. Ton drame va émouvoir tout le monde, et il y aura bien quelqu'un pour nous mettre sur une piste. »

L'équipe de la télé s'était démenée pour présenter mon histoire de manière à tirer des larmes aux auditeurs et très vite, je n'avais pu quant à moi retenir mes sanglots. Il y avait eu ce moment terrible, quand ils avaient montré le visage d'Hortense à huit ans, son âge au moment de l'émission.

« C'est un procédé unique, avait annoncé le présentateur en se rengorgeant, mis au point par les Américains ! C'est la première fois que cette technologie ultramoderne est utilisée à la télévision française, et grâce à elle, nous avons pu reconstituer le visage d'Hortense Delalande ! Si vous reconnaissez Hortense, appelez-nous au plus vite ! » Il avait répété un numéro de téléphone puis, d'un ton solennel, avait ajouté : « Votre appel restera anonyme, je m'y engage personnellement. Mais s'il vous plaît, aidez-nous à mettre fin au calvaire de Sophie. »

C'est à cet instant que je m'étais effondrée. Non à cause de ce qu'il venait de dire, ni même de découvrir ainsi fabriqué le visage de mon enfant, devenue presque une adolescente. Ce qui m'avait terrassée, c'était de prendre brusquement conscience de tous ces moments avec elle qui m'avaient été volés. Ces joies de maman dont Sylvain m'avait privée à jamais. Son entrée à la maternelle, à la « grande école », la voir se mettre à lire, apprendre à nager, faire de la danse, peut-être ? Du piano, bien sûr ! Elle était si gracieuse, si douée et si curieuse de tout ! D'un coup, il m'apparaissait que même si je la retrouvais à cet instant, je serais une étrangère pour elle. C'était le bébé de trois ans que je voulais, pas cette petite fille souriante et insouciante, qui avait grandi loin de sa maman, qui s'était passée de moi toutes ces années... Durant d'interminables secondes, le présentateur avait laissé parler mon chagrin devant des millions d'yeux inquisiteurs, et il me semblait sentir le poids des caméras braquées sur moi.

« Sylvain, si vous nous entendez, ne restez pas insensible aux larmes de Sophie », avait-il cru bon d'ajouter.

Je vis des gens dans le public sortir des mouchoirs, et pas seulement dans mon groupe d'amis. C'en fut trop. Sans y être invitée, sans un mot d'excuse, je me levai et je courus dans les coulisses. Ignorant les gens qui tentaient de me retenir, refusant de me blottir dans les bras d'Anne, qui avait couru derrière moi, je pris la fuite, loin de ces studios de la Plaine Saint-Denis, et rentrai, seule et à pied, incapable de supporter plus longtemps cette mascarade inutile.

Les appels reçus par dizaines à la télévision ne menèrent qu'à des impasses, la plupart se révélant des témoignages bidon, de tordus ou de désœuvrés en mal de publicité.

« Ce n'était pas une bonne idée, finalement, avait soupiré Isabelle. Venant d'Anne, j'aurais dû m'y attendre... »

De ce jour, je m'éloignai progressivement de mes collègues et devins de plus en plus solitaire. Tous depuis ont disparu de ma vie. Anne, la seule qui travaille encore au ministère, ne m'adresse plus la parole. Un jour, n'y tenant plus, je lui avais demandé de me foutre la paix.

« Je n'ai pas besoin de ta pitié, lui avais-je reproché. Ni de ton aide. Tu m'as fait plus de mal que de bien. Je ne veux plus entendre le son de ta voix, je préfère ne plus avoir affaire à toi. »

Sourde à ses jérémiades, je l'avais toisée avec dureté jusqu'à ce qu'elle batte en retraite.

Depuis, chaque fois que l'on se croise, elle détourne le regard.

Longtemps j'ai refusé d'abdiquer. J'ai suivi les pistes venues de lettres qui m'assuraient avoir croisé à tel ou tel endroit « le kidnappeur », « le salaud qui vous a pris votre chère petite ». Je devais en informer la police, m'ordonnaient ces courriers, très souvent anonymes. Je le faisais et, bien sûr, cela ne débouchait sur rien. Il ne s'agissait que de méchantes blagues, de dénonciations entre voisins ou de règlements de comptes familiaux, une femme qui accusait son mari…

En 2003, j'ai fait confiance à une sorte de voyant-radiesthésiste. Ensemble, nous avons sillonné les rues de Marseille pendant tout un week-end. Son pendule était formel, il tournoyait sur la ville dès que M. Capelle le positionnait au-dessus de la carte de France. Au-dessus de Marseille, le pendule s'agitait, comme pris de folie, et désignait formellement le quartier du Panier, près du vieux port. Obéissant au pendule, nous l'avons fouillé rue par rue. Plus Capelle s'obstinait, plus j'y croyais. Évidemment, nous sommes rentrés bredouilles. Cet escroc m'a délestée de trois mille euros pour ses recherches.

Peu à peu, au fil des ans, je baissai les bras, jusqu'à finir par me résigner : jamais je ne reverrai ma fille.

De toutes ces années de douleur, de tous ceux qui voulurent m'aider, seule Isabelle m'est restée. Elle seule avait compris ma détresse, et me comprend encore aujourd'hui.

Elle fut bien plus qu'une amie fidèle et dévouée, elle fut un guide précieux. Je l'ai toujours écouté. Sans elle, je ne sais ce que je serais devenue.

C'est pourquoi, ce soir plus que jamais, il me faut lui raconter cette incroyable soirée, passée à quelques mètres de ma fille. Elle mérite de partager mon bonheur.

14

« Sophie »

Moins d'un an après la disparition d'Hortense, Isabelle quitta Paris et son emploi à la crèche du neuvième arrondissement. Aujourd'hui, elle vit loin de chez moi, en province, et nous ne nous voyons plus, prisonnière qu'elle est de son mari malade. Mais nous nous téléphonons régulièrement. Le temps passant, nous évoquons rarement directement l'affaire. À quoi bon…

Il y a quelques années, j'ai tourné la page, choisi de renoncer, et Isabelle a compris qu'il ne fallait plus m'en parler. Rien que pour cela, je lui rends grâce.

J'ai rompu les ponts avec tous ceux qui avaient voulu m'aider. Il est mort depuis des lustres, mon fameux « comité de soutien », qu'ils avaient appelé : « N'oublions jamais Hortense ». Isabelle trouvait cela pompeux, et légèrement ridicule…

Je me tiens à l'écart de ma famille. Il fut un temps où mes parents et mes frères se sont démenés comme des fous à mes côtés. Mon combat était le leur.

Mais désormais, tous préfèrent cette distance, ce fossé que j'ai mis entre nous. Ma mère et mon frère

Pierre sont décédés. Mon père est maintenant en maison de retraite dans un village de Bretagne, où je ne suis jamais allée le voir. À quoi bon, pour ressasser le passé ? Sa vie a été fracassée par la disparition d'Hortense puis la mort de maman. Mes deux autres frères vivent loin de Paris, eux aussi. Il était de tradition que la famille se réunisse, au moins une fois par an, à Pâques, généralement. J'ai cessé depuis longtemps de me joindre à eux. J'avais toujours le sentiment de gâcher la journée. Le souvenir d'Hortense, et la vision de ce que j'étais devenue, cette petite femme sans âge, plus insignifiante encore que par le passé, hantaient ces retrouvailles. Personne n'abordait le sujet, et le non-dit était étouffant, autant pour eux que pour moi.

Lors de la dernière réunion de famille à laquelle j'ai assisté, mon père n'avait pu retenir ces mots : « Je vais bientôt disparaître, et je mourrai sans savoir ce que la petite est devenue, si elle est toujours en vie... » J'avais compris ce jour-là ce qu'ils avaient toujours pensé sans oser l'admettre devant moi : Sylvain n'avait pas disparu avec ma fille, il l'avait tuée.

Sans Isabelle, après ce terrible aveu, je pense que j'aurais sombré. « Ton père n'est plus que l'ombre de lui-même depuis qu'il est seul, il faut lui pardonner, me dit-elle invariablement, les rares fois où nous parlons de lui. Son calvaire s'achèvera bientôt, et il l'aura bien gagné, son paradis ! » Elle sait trouver les mots pour me réconforter.

Je n'ai plus de contacts non plus avec les avocats qui se sont succédé sur mon affaire. Cinq, je crois. Je les tiens pour des incapables, peut-être le mot est-il trop fort, je le sais bien, mais leurs procédures ont davantage ralenti les recherches qu'autre chose.

Mon impatience n'est-elle pas légitime ? De même que mon indignation et ma colère, envers les juges, les policiers, les avocats, le monde entier… ? Ils sont tellement nombreux à s'être penchés sur cette affaire, avec les résultats pitoyables que l'on connaît. Je préfère taire les noms. Ils se reconnaîtront.

Tout ce temps perdu en bavardages, à grands coups de formules toutes faites et de paroles de circonstance… À l'exception du commissaire Dupouy, je n'ai rencontré qu'incompétence et, au fil des années, indifférence. Chez la juge Gaboriaud, pour commencer, la première qui fut chargée de l'instruction, et que je dus supporter pendant près d'un an. Personne n'ignore que dans des cas de ce genre, l'orientation de l'enquête dans les premiers jours est d'une importance capitale. Sa certitude, dont elle se cachait à peine devant moi, que c'était (« malheureusement ») des cadavres qu'il fallait chercher, et non un homme en fuite, fit perdre des heures précieuses, et sa mollesse encouragea les équipes sur la voie de l'abandon.

Isabelle s'était mise dans une colère noire quand je lui avais relaté la scène : « Des cadavres ? Comment cette bonne femme ose-t-elle parler en ces termes devant toi ? Qu'est-ce que c'est que cette juge de merde ? » Après quelques jours seulement, elle m'avait poussée à demander son dessaisissement, que je n'obtins qu'après des mois de conflit presque quotidien avec elle. Un certain juge Dauzier lui succéda, un jeune arriviste borné dont c'était le premier dossier d'importance. Il suivit aveuglément les conclusions de son aînée, impressionné sans doute par son âge et son expérience, et surtout, je crois, son puissant réseau d'influence. Elle avait briefé ce pantin, j'en suis sûre, et, par leur faute à tous deux, l'enquête piétina des années durant.

Lorsque ma fille me reviendra, tous devront répondre de leurs erreurs.

Je nourris ma rancune et n'oublie rien, ni personne.

Pour ma part, je n'ai jamais accepté ne serait-ce que d'envisager l'hypothèse qu'Hortense soit morte, qu'ils soient morts tous les deux, et Isabelle a toujours partagé mon avis.

Nous avons eu la preuve éclatante aujourd'hui que nous avions raison, et j'ai tellement hâte de tout lui raconter que j'ai pris l'ascenseur !

En entrant, je caresse le visage d'Hortense, dans le cadre sur le mur de gauche. Il n'a jamais changé de place. Je l'ai conservé là, dans le même état depuis vingt-deux ans, avec son verre brisé, celui-là même dont les éclats m'ont laissé des cicatrices ineffaçables à la jambe.

Je me précipite sur le téléphone, je connais son numéro de portable par cœur. Elle décroche dès la première sonnerie.

« J'attendais ton appel, ma chérie. » Ce sont toujours les premiers mots qu'elle prononce, avant même que j'aie ouvert la bouche.

« Je ne te réveille pas ?

— Tu crois vraiment que je pourrais dormir ? Ne sois pas bête, j'avais hâte que tu m'appelles. Alors, raconte-moi tout, j'espère que tu n'as pas fait de bêtises. »

Je la rassure. J'ai suivi ses conseils, et agi exactement comme nous l'avions décidé. Je suis restée discrète et à l'écart, je n'ai pas cherché à précipiter les choses.

« Ce n'est pas l'envie qui m'en manquait, tu imagines ! Elle était si près de moi. C'était absolument...

— Irréel... complète-t-elle avec chaleur.

— Oui, et pourtant c'est bien réel. »

L'émotion si longtemps contenue me submerge d'un coup et ma voix se brise.

« Pleure, ma chérie, laisse-toi aller, tu le mérites bien. »

Elle m'écoute pleurer sans rien dire jusqu'à ce que mes larmes s'apaisent enfin.

« Parle-moi d'elle », reprend-elle alors de sa voix bienveillante.

Alors, je lui raconte ma soirée dans les moindres détails. Je lui décris ma fille retrouvée, si gracieuse, si belle, si enjouée, avec son beau sourire. Ses moindres gestes, jusqu'à son départ avec cet homme qui l'attendait à la sortie du restaurant. Et ma certitude qu'elle m'a souri au moment de partir.

Je suis intarissable, je ne peux contenir mon bonheur. Je crois qu'Isabelle pleure, elle aussi. Pas un instant depuis vingt-deux ans elle n'a douté, c'est pour cela que je l'aime tant.

Il est tard mais je ne suis pas fatiguée. Je pourrais continuer des heures durant. C'est Isabelle qui met fin à notre conversation : « Je monte à Paris le plus tôt possible. Nous irons ensemble au restaurant. Si tu savais comme j'ai hâte de la voir, moi aussi. Tu ne peux pas savoir…

— Quoi, Isabelle ?

— À quel point, moi aussi, j'ai espéré ce moment…

— Mais comment feras-tu, pour André ?

— Ne t'en fais pas… Je vais bien trouver quelqu'un pour le garder. Il ne s'apercevra même pas que je suis partie, ajoute-t-elle tristement. Tu sais, le matin, il me dit : "Bonjour madame. Vous avez connu ma première épouse ?" »

Elle se ressaisit et poursuit avec un petit rire : « Du moment qu'on lui fait à manger et qu'on lui torche le cul !

— Isabelle ! C'est de ton mari que tu parles, quand même ! »

Nos rires nous empêchent de poursuivre. Je m'exclame :

« Que c'est bon de rire, il y a si longtemps…

— Profite, chère Sophie, tu le mérites vraiment…

— Merci, Isabelle, merci, merci.

— Je te retrouve bientôt, ma chérie. Je t'inviterai au restaurant !

— Viens vite, Isabelle. Il faut que tu la voies de tes yeux !

— Sois tranquille, je ne vais pas rater ça… »

Je m'allonge sur le lit étroit de mon enfant. Serrée là, recroquevillée sur moi-même, c'est bizarrement le souvenir d'Anne, le visage de cette femme qui se montrait si acharnée à me voir retrouver ma raison de vivre, qui me vient à l'esprit.

*Déposition de Mme Anne Andréani, 55 ans, le 9 juillet
2015. Extrait du procès-verbal.*

[...] À de nombreuses reprises, j'ai tenté de renouer
le lien avec Sophie Delalande. Mais elle a toujours
refusé la main que je lui tendais. J'attribuais cela à
l'influence d'Isabelle Marchand. Cette dernière a tout
fait pour nous séparer de Sophie pendant toutes ces
années. Quand je dis « nous », je parle de moi-même
et de mes collègues du ministère de l'Éducation, avec
lesquels j'avais constitué un comité de soutien, après
cette affaire affreuse. Le malheur qui la touchait nous
avait terriblement émus, et nous nous sommes mobi-
lisés pour elle pendant des années. Sans nos actions et
nos pressions, l'affaire aurait été rapidement classée
et oubliée, je tiens à le dire.

Jamais Sophie ne nous a remerciés pour notre implication, mais je ne lui en tiens pas rigueur, bien sûr. Je
pense que la responsabilité en revient à Mme Marchand qui, soit dit en passant, n'a jamais mérité l'affection inconditionnelle que lui portait Sophie. [...]

Le détective privé que je lui avais présenté était un professionnel, compétent, et non un escroc, comme l'a prétendu Mme Marchand. C'est elle qui a poussé Sophie à stopper les recherches du jour au lendemain. Nous savions que Sophie avait des difficultés financières et nous nous étions cotisés pour l'aider, quoiqu'elle ait raconté par la suite. Mais elle n'était plus objective, et Isabelle Marchand alimentait sa paranoïa, à mon avis. Elle voulait une relation exclusive avec elle, et peu à peu, Sophie s'est coupée de tous ceux qui lui voulaient réellement du bien et qui ont énormément donné, et notre groupe a fini par se disloquer. Personnellement, j'ai beaucoup perdu à cause de tout cela. Je ne passais plus assez de temps auprès de mes enfants, et mon mariage a volé en éclats. […]

Pour une raison que je ne me suis jamais expliquée, Sophie était sous l'emprise de Mme Marchand. Notre comité a joué un rôle de garde-fou un moment, mais ça n'a pas suffi. Un jour, au ministère, j'ai forcé la porte de son bureau pour la mettre en garde contre son amie. C'est à peine si elle m'a écoutée, elle n'a même pas relevé la tête et m'a seulement dit de partir. Depuis, elle m'évitait chaque fois que nous nous croisions, comme si j'étais pestiférée.

Je comprends mieux aujourd'hui. […] Pour moi, Mme Marchand a une grande part de responsabilité dans tout ce qui s'est produit par la suite et les derniers événements. […]

15

« Sophie »

J'ai pris soin de réserver. J'ai demandé à être placée côté rue, là où Hortense travaillait hier soir. « À sept heures et demie. »

L'homme qui m'a répondu n'a pas été très aimable. J'ai reconnu le patron, celui qui, hier soir, a reproché son retard à Hortense. À sa place, je l'aurais envoyé balader, avec ses airs de petit chef. Se faire rabrouer pour une demi-heure de retard, quand on travaille comme elle jusqu'à l'épuisement ! Non, d'entrée, il m'a déplu. Il faudra que je dise à Hortense de ne pas se laisser marcher sur les pieds par ce genre d'individu.

Avec son ton hautain, il m'a bien fait comprendre que dans un établissement comme le sien, on n'aime pas bloquer une table pour une seule personne. Il a eu le toupet d'insister : « Vous ne serez pas accompagnée ? » Comme s'il était si incongru de dîner seule ! Mais je m'en fiche. Seule, je l'ai toujours été… Et ce n'est pas cet imbécile qui m'empêchera de passer la soirée avec ma fille.

Comme la veille, il pleuvait sur Paris.

Dissimulée sous mon parapluie, je l'ai vue sortir de la station Anvers. Elle portait le même imperméable que la veille, boutonné jusqu'au cou. La pluie fine et pénétrante, sur sa tête nue, ne semblait pas la gêner. Elle a marché d'un pas vif jusqu'à la rue de Navarin, pour pénétrer dans le restaurant à dix-huit heures trente « pétantes ».

Marcher dans ses pas m'a procuré un tel bonheur que je me suis promis de revenir l'attendre demain.

J'avais encore appelé Isabelle, à l'heure du déjeuner. Elle m'avait réitéré ses conseils : « Reste discrète. Tu dois la conquérir sans l'affoler. »

J'ai tellement peur qu'elle disparaisse à nouveau de ma vie.

« Elle ne nous échappera pas, ne t'en fais pas », m'avait assuré Isabelle, et ce « nous » sonnait comme une promesse, la certitude que je pouvais compter sur elle.

Elle m'avait annoncé qu'elle me rejoindrait après-demain à Paris et suggéré de ne pas trop me montrer d'ici là au restaurant, « pour ne pas te faire remarquer ». Cependant, elle avait eu l'intelligence de ne pas insister. Ne pas y aller serait au-dessus de mes forces. J'ai trop besoin de la voir, de la sentir. De me répéter : « Regarde ça, comme elle est belle, ton enfant ! » Et de rêver au moment où nous serions réunies.

La journée au ministère a été interminable. Dans l'état d'excitation où j'étais, j'ai bâclé les dossiers qui m'avaient été confiés. Je n'avais pas la tête à réfléchir à quoi que ce soit.

J'ai la table que je voulais.

Hortense prend ma commande avec son sourire engageant. Durant quelques instants, elle est toute à moi. Moi, sa mère. Elle répète d'une voix posée, presque grave, qui contraste avec la finesse de ses traits : « Ce sera donc un radis beurre, un onglet avec des frites, à point, puis une tarte au citron, c'est bien ça ? » Je l'entends presque penser : elle a un sacré appétit, la petite dame…

« C'est ça, mademoiselle.

— On boit quelque chose ?

— Une carafe d'eau. » Je poursuis après un instant d'hésitation : « Vous vous appelez comment ? »

Je connais la réponse mais j'ai besoin de l'entendre.

« Emmanuelle, à votre service, madame ! »

Alors qu'elle dépose mon entrée devant moi, elle s'enquiert : « Vous aimez ? »

Prise de court, je bredouille : « Quoi ? Les radis ?

— Non, mon prénom ! dit-elle avec un petit rire.

— C'est quoi, déjà ?

— Emmanuelle.

— Oui, naturellement, je suis bête… Oui, bien sûr, c'est joli… » Je hais soudain ce prénom qu'il lui a donné. Je brûle de lui annoncer qu'en réalité elle s'appelle Hortense. Je dissimule mon trouble en me concentrant sur mon assiette. Mon cœur s'emballe.

Je ne mange pas, j'engloutis mes radis jusqu'au dernier.

« Ils étaient bons, dites-moi ! lance-t-elle en emportant mon assiette toute propre. Je vous apporte la suite ?

— Oui, merci. »

Pour éviter de la dévorer des yeux, tandis qu'elle s'affaire de table en table, je dévore mon plat, jusqu'à la dernière frite. Puis le dessert, jusqu'à l'ultime cuillère. Je termine tout sans m'interrompre, jusqu'à la nausée.

Une voix me souffle de tout lui raconter, tout de suite, sans plus attendre. Une autre, celle d'Isabelle, celle de la raison, d'être patiente.

Je déteste l'impression que je vais laisser à mon enfant, celle d'une femme sans âge renfrognée et triste. Déplacée, au milieu de cette jeunesse bruyante. Près du comptoir, je la vois discuter avec Julia, la jolie petite qui m'a servie hier. Elles jettent un regard dans ma direction et je m'inquiète, est-ce qu'elles parlent de moi ? Se moquent-elles de ma piètre dégaine ? Je vois Hortense hausser les épaules.

Je n'y tiens plus et me lève, laissant sur la table trois billets de vingt euros, sans attendre la monnaie.

Je ne pars pas. Je m'enfuis. Je ne dois pas rester une seconde de plus ici.

Un couple de trentenaires s'avance déjà pour s'emparer de ma table pas encore débarrassée. Ils ont été les plus prompts.

Au moment où je pousse la porte, j'entends derrière moi : « Madame ! »

Je me retourne. C'est Hortense. Elle brandit mon parapluie : « Vous alliez l'oublier. »

Je m'en saisis. Je murmure un rapide : « Merci, Hortense. »

Elle sourit : « Non, moi c'est Emmanuelle ! »

Je n'ai pas la force de me reprendre. C'est le moment, dis-lui la vérité. Mais il est trop tôt, et le courage me manque. Elle pose la main sur mon bras, m'obligeant à me retourner. Je résiste de mon mieux à l'émotion qui monte en moi. Je ne lui offre que mon profil.

Elle murmure : « Merci beaucoup pour le pourboire.

— Ce n'est rien », parviens-je à articuler.

Elle tient toujours mon coude, finit par le lâcher.

« J'espère vous revoir bientôt », dit-elle.

Je crois que si j'étais restée quelques secondes de plus, elle m'aurait embrassée. Je bredouille : « Promis, je reviens bientôt.

— Super ! À bientôt, alors…

— Oui, bientôt.

— Et n'oubliez pas : demandez Emmanuelle ! »

Pourquoi n'ai-je pas fait durer cet instant de grâce ? Au lieu de cela, je m'éloigne sans répondre ni me retourner.

Dehors, je néglige mon parapluie. La pluie qui redouble m'indiffère. Au contraire, je m'en délecte, lui offrant mon visage.

Arrivée à l'angle de la rue, invisible depuis le restaurant d'où, peut-être, elle me suit des yeux, je dois m'appuyer contre une voiture, saisie de vertige. Là, entre deux sanglots, je vomis dans le caniveau. Encore courbée, haletante, je regarde se disperser, emporté par la pluie, tout ce j'ai ingurgité trop vite.

Rentrée chez moi, sans prendre le temps d'enlever mon imperméable, je saisis le téléphone pour appeler Isabelle. Je lui raconte ma soirée dans les moindres détails. Comme j'ai dû résister à l'envie de tout révéler à Hortense. Sa gentillesse lorsqu'elle m'a dit qu'elle espérait me revoir bientôt.

« Tu as été parfaite, me félicite mon amie.

— Mais maintenant, qu'est-ce que je vais faire ? »

Son conseil résonne comme un ordre : « Il faut que tu te lies avec elle. Apprends à la connaître. Deviens son amie, pousse-la à te faire des confidences…

— Viens-tu à Paris après-demain ?

— Plutôt deux fois qu'une ! J'ai trouvé quelqu'un pour s'occuper d'André, ne te fais pas de souci. Allez, essaie de dormir.

— Isabelle !

— Oui ?

— Merci pour tout ce que tu fais pour moi. Sans toi…

— Quoi, sans moi ? Tu me remercieras le jour où tu serreras ta fille dans tes bras. »

Ces derniers mots, je me les répète en poussant la porte de la chambre d'Hortense. Je m'allonge avec précaution sur le bord du lit, pour ne rien déranger. Je me sens bien, apaisée.

Je m'endors avec le nom de ma fille comme un écho dans ma tête. « Hortense, Hortense, Hortense… » Qu'il est beau, le prénom que je lui ai choisi ! Hortense, comme la poupée qui ne me quittait jamais, lorsque j'étais enfant.

Déposition de Mlle Julia Malet, 22 ans, le 29 juin 2015.
Extrait du procès-verbal.

[...] Je travaille comme serveuse au restaurant de l'hôtel My Love depuis deux ans afin de payer mes études. Le travail est difficile et le patron pas commode. [...] Emmanuelle est arrivée il y a environ six mois, elle nous avait rejoints en renfort pour la période chargée des fêtes. Au début, on n'a pas compris pourquoi Maxime (c'est le gérant) l'avait engagée, même à l'essai, parce qu'elle n'avait pratiquement aucune expérience dans la restauration. On s'est dit qu'elle devait être pistonnée, ce ne serait pas la première ni la dernière... Et puis elle était très jolie. Ça compte dans ce genre de restaurant ! Cependant, alors que nous pensions toutes que sa période d'essai ne serait pas reconduite, elle s'est très vite et très bien adaptée. [...]

Nous nous sommes tout de suite bien entendues. C'est une fille un peu spéciale, mais directe et naturelle. Comme elle est un peu plus vieille que moi, je ne peux pas dire que nous soyons amies, car nous ne nous voyons pas en dehors du restaurant. Mais tout le monde l'aimait bien, même si elle ne donnait l'impression de chercher à nouer des relations avec personne. Elle gardait ses distances, elle était très discrète et parlait rarement de sa vie. Je savais seulement qu'elle habitait du côté de République. Par exemple, nous n'avons jamais su qui était l'homme qui venait souvent la chercher en scooter à la fin du service. Il n'est jamais entré dans le restaurant, il restait dehors sans ôter son casque. Nous pensions toutes que c'était son petit ami. Je suis tombée des nues en apprenant qu'il s'agissait de son père. [...] Je trouve cette relation un peu étrange.

J'ai été surprise aussi d'apprendre le nombre de pays où elle a vécu. Je ne l'ai jamais entendue y faire allusion. [...]

Mais le plus étonnant, dans cette histoire, c'est la relation entre elle et cette dame. Elle est apparue d'un coup, vers le mois de mars, il me semble, et ensuite, elle est venue presque tous les jours. Pas le type de clientes auxquelles on est habitués ici. Elle réservait une table dans la partie où Emmanuelle servait, toujours seule. De toute évidence, elle ne venait que pour Emma. Un jour, j'ai demandé à Emmanuelle si elle la connaissait. Elle m'a répondu que non, elle ne l'avait jamais vue avant, mais elle était gentille. On a rigolé un peu, je lui ai dit qu'elle avait un ticket, que c'était sûrement une vieille lesbienne... Elle la couvait littéralement des yeux, il faut dire. Une autre fois, je lui ai dit plus sérieusement que je trouvais un peu bizarre qu'elle s'intéresse autant à elle, et qu'elle me faisait un peu peur. Je lui ai même conseillé de se méfier. Cela n'a pas eu l'air de l'émouvoir.

Par la suite, nous n'en avons plus parlé. Franchement, c'était curieux, mais après tout, c'était son affaire. [...] Mais je n'arrive pas à réaliser ce que je viens d'apprendre. Cette histoire est insensée, et je suis malheureuse pour elle. [...]

16

« Sophie »

Je me suis réveillée en sursaut. Je regarde sur ma gauche le petit réveil Winnie l'ourson posé sur la table de nuit rose pâle. Mes parents le lui avaient offert pour son deuxième Noël et il fonctionne toujours parfaitement. Je le remonte chaque jour, sans exception.

Il sera minuit dans moins de dix minutes, cela fait une heure que je suis assoupie.

Je suis toujours tout habillée.

Je me lève en hâte, me dirige vers l'entrée, attrape d'une main mon imperméable. Bien qu'il soit trempé, je l'enfile. Je prends mon parapluie, il me servira de bouclier face à la bourrasque que j'entends secouer mes volets. Et surtout, il me cachera.

Je dévale l'escalier. Je porte un pantalon de velours gris et un simple chemisier de coton blanc. Dehors, le froid humide me saisit.

Mais je n'ai pas le temps de remonter prendre une laine. Et je renonce à ouvrir mon parapluie, tant le vent est puissant. Tant pis, je me lance à découvert.

D'un pas rapide, je traverse la rue des Martyrs jusqu'à l'angle de Navarin.

Arrivée en vue du restaurant, j'entends le moteur du scooter qui tourne au ralenti feux allumés, arrêté en double file. L'homme qui attend ma fille est descendu de son engin. Il ne montre aucun signe d'impatience. La pluie et le vent ne semblent pas le gêner, il reste debout, une main sur le guidon, sans chercher à s'abriter, la tête seule protégée par le casque qu'il a gardé.

Je l'observe en progressant à pas lents sur le trottoir opposé. Il porte un solide blouson de toile imperméable noire qui, d'où je me trouve, lui donne une carrure impressionnante (surtout pour moi, qui suis petite, toute tassée).

Il est grand, mince. On devine un corps tonique et musclé, mais je ne peux lui donner un âge. La trentaine, sans doute ?

La rue est encore animée et l'homme, je crois, ne m'a pas repérée.

Je passe à sa hauteur sans m'arrêter, mais j'ai le temps de déchiffrer le numéro d'immatriculation. 584 EBT 92. Je me le répète en boucle dans ma tête, pour ne pas l'oublier.

« 584 EBT 92. 584 EBT 92… » Je m'abrite sous un porche, et, prudente, j'écris le numéro dans le creux de ma main.

Si j'en crois Isabelle, elle a gardé des « connaissances » (comme elle se plaît à dire) dans la police. Elles pourraient s'avérer utiles, comme ce fut parfois le cas dans le passé. Isabelle appelait ses « connaissances », et les renseignements qu'elle obtenait suffisaient à me rendre le moral.

Bien sûr, il ne s'agissait que de broutilles, des précisions sur les procédures, ce genre de choses… mais j'interdis à quiconque de médire d'Isabelle. Je sais qu'Anne ne s'en est pas privée. Quand j'affirme que sans son appui, jamais pris en défaut, j'aurais sombré, c'est la vérité. Elle a été présente dans les moments les plus difficiles, et Dieu sait s'il y en a eu. Constante, parfois encore plus enflammée que moi lorsqu'un espoir naissait, sa belle générosité et son optimisme m'ont aidée à tenir. Pourtant, qu'avait-elle à y gagner ? Je me suis souvent posé cette question. Elle aura sa part de bonheur quand j'aurai reconquis mon enfant. Elle le mérite presque autant que moi…

Durant toutes ces années interminables, elle a si étroitement partagé ma souffrance et mes déceptions que je me sens à tout jamais redevable.

Maintenant que j'ai ce numéro (il faudra qu'Hortense me parle de ce jeune homme, si ça se trouve, elle est mariée avec lui… mon gendre !), je devrais m'éloigner. Elle va sortir d'un instant à l'autre. Je ne veux pas qu'elle me voie ainsi attifée, à une heure aussi tardive. Elle s'en étonnerait, risquerait de croire que je l'espionne. Une catastrophe qui pourrait réduire à néant le lien ténu créé ce soir, qui ne demande qu'à se renforcer.

En dépit de mes résolutions, je ralentis. Peut-être a-t-il remarqué cette petite femme pitoyable ? J'imagine qu'Isabelle serait choquée en voyant ce que je suis devenue. Je me houspille à voix basse : « Redresse-toi, tu as l'air d'une vieille chouette, tu n'as que cinquante et un ans et tu en parais quinze de plus ! » Mais le malheur pèse trop lourd et depuis trop longtemps sur mes épaules voûtées…

Derrière moi, j'entends un bruit de pas. Je n'y tiens pas et me retourne. Par chance, une camionnette garée là fait écran. Lorsque mon Hortense rejoint son compagnon, il a déjà repris place sur la selle, et la même scène que la veille se répète, comme un rituel. Caché derrière sa visière opaque, il tend un casque à ma fille et, de sa main libre, lui caresse la joue. Un geste d'affection rapide, bâclé. À peine est-elle montée qu'il démarre.

Je n'ai pas bougé, silhouette insignifiante sous la pluie, masquée par la camionnette. Pourquoi ai-je, comme hier soir, le sentiment qu'Hortense se retourne vers moi à l'instant où le scooter prend à gauche ? Comme si elle me cherchait dans l'obscurité et me lançait un message. « Je t'ai vue. »

Je me raisonne, ce n'est qu'une impression, je dois me reprendre. M'en tenir au réel. Je baisse les yeux sur ma main. La pluie a presque effacé le numéro. Ne restent qu'un chiffre et deux lettres. Je ferme les yeux, me concentre, fais appel à ma mémoire.

584 EBT 92.

17

« Sophie »

Je n'arrive pas à le dire, « Emmanuelle ». Elle insiste, exige que je l'appelle par son prénom. C'est devenu une sorte de jeu entre nous. Je me réfugie derrière pour ne pas prononcer ce prénom qui m'arrache les lèvres.

J'ai franchi pour la première fois la porte du restaurant My Love il y a dix jours.

« Ta fille travaille à l'hôtel Mon Amour et toi, tu habites rue des Martyrs, on ne saurait pas mieux résumer ta vie », m'a dit l'autre soir Isabelle.

Elle n'a pas pu me rejoindre à Paris, en dépit de son impatience. Elle ne parvient pas à trouver quelqu'un de fiable pour s'occuper de son mari. Les quelques personnes que les services sociaux lui ont envoyées ne sont pas revenues, le salaire est bien maigre pour les retenir. André est agressif et chaque fois qu'Isabelle tente de le confier à quelqu'un d'autre, il fait des crises, devient injurieux et violent, jusqu'à « se chier dessus », se lamente-t-elle.

« Parfois, j'en ai tellement marre que je l'enferme à clef dans sa chambre et que je le laisse pour aller prendre l'air. Je crois qu'il ne s'en rend même pas compte », me raconte-t-elle avec un petit rire coupable.

Impossible également de trouver un établissement qui l'accepte quelques jours seulement. « Il faudrait que je le place définitivement, mais je n'arrive pas à m'y résoudre. J'ai été heureuse avec lui. Comment l'abandonner, maintenant qu'il souffre de cette putain de maladie ? »

Je la console en lui racontant longuement et dans tous les détails chaque moment passé avec Hortense.

« Pardonne-moi de ne pas mieux t'aider en ce moment, s'excuse-t-elle. Je voudrais tant être à tes côtés... »

Je la rassure : « Pouvoir te parler est déjà énorme pour moi... »

Elle s'en veut aussi de ne pas avoir encore pu me mettre sur la piste du propriétaire du scooter. Elle a perdu de vue « ses connaissances » des Hauts-de-Seine. « Je vais essayer de contacter d'autres copains », affirme-t-elle.

Jour après jour, je me rapproche de ma fille, sans rien dévoiler de mon secret. J'ai le sentiment qu'elle s'est prise d'affection pour la dame un peu étrange qui chaque soir vient dîner, à dix-neuf heures trente précises. Lorsque je quitte le restaurant, vers vingt et une heures, elle me raccompagne à la porte, m'embrasse sur la joue, me souhaite : « Bonne nuit, de la part... d'Emmanuelle ! »

Nous ne nous lassons pas de notre jeu. Chaque fois que je la remercie quand elle me sert, elle me reprend, souriante : « On dit "merci, Emmanuelle", ma chère Sophie ! »

Car désormais, je ne suis plus « madame Sophie », le nom sous lequel je réserve ma table (toujours la même), mais « Sophie » tout court, et cette intimité amicale me ravit.

Je réunis peu à peu des bribes de sa « petite vie sans histoires », selon ses propres termes.

Elle habite dans un studio rue Oberkampf (huit cents euros par mois sans les charges). Elle a une licence de littérature en anglais, décrochée à la Sorbonne, mais elle ne veut pas enseigner. « Je gagne mieux comme serveuse, et je n'ai pas l'âme d'un professeur », m'a-t-elle confié. Cela va faire six mois qu'elle travaille à l'hôtel My Love, « mais j'ai une touche chez les Costes, et, là c'est le jackpot ! » Je n'avais pas la moindre idée de qui étaient ces « Costes », et il a fallu qu'elle m'explique. « Les pourboires y sont royaux, surtout avec les Russes et les Arabes, j'ai une copine qui se fait quatre mille euros par mois, dans un restaurant de l'avenue Montaigne. Au black ! » Au moins, ai-je découvert, avec plaisir, que ma fille, contrairement à moi, a les pieds sur terre.

Elle adore aller au cinéma, se passionne pour les grands classiques.

« Il y a une éternité que je n'ai pas vu un film », ai-je avoué. Je ne peux pas lui dire que la dernière fois, c'était avec son père. Cette ordure.

« Je vous emmènerai à la Cinémathèque, un jour, me promet-elle. Vous adorerez ! »

L'idée me fait frémir de joie, et je crois qu'elle s'en est rendu compte, au vu de son sourire éclatant.

Elle lit beaucoup, en anglais, forcément, « je suis fan de la littérature américaine ». Elle sort parfois avec des amis, mais assez peu, et déteste aller en boîte de nuit (elle aime le calme, ma chère petite, c'était une enfant tellement sage !).

Si elle est quasiment bilingue en anglais, c'est parce qu'elle a passé son enfance à l'étranger. « Avec mon papa ». Le jour où elle me fait cette révélation, le choc est rude. Ces deux petits mots, « mon papa », me bouleversent tant que je reste muette, et manque cette occasion d'en apprendre davantage. J'aurais pu la questionner sur sa maman ! Mais elle poursuit sans s'apercevoir de mon trouble, se met à parler de sa passion pour le théâtre. « Ce que j'aurais voulu, c'est être comédienne. Mais maintenant je suis trop vieille ! Dans une autre vie ! »

Je m'entends répondre d'une voix sourde.

« Il n'est jamais trop tard pour voir se réaliser ses rêves… »

C'est à moi que je pense en disant ces mots. Quelle importance, sa carrière avortée de comédienne ? Je n'aimerais pas qu'elle travaille dans ce milieu, de toute façon, trop de requins.

« Vous êtes gentille, Sophie. »

Je me crispe et une pensée me vient : tu verras comme je suis gentille, quand je serai face à face avec le fumier qui t'a prise à moi. Je lui ferai payer notre malheur, tu peux en être sûre, ma fille.

Mes traits ont dû se durcir, elle fronce les sourcils.

« Vous êtes trop gentille, même, j'en suis sûre. Cela se voit.

— Si tu le dis… »

Mais la découverte qui m'a vraiment laissée sans voix, c'est qu'elle est célibataire. « Eh non, personne, ça va faire deux ans que je suis seule. »

Elle a eu un rire enjoué, comme à son habitude.

« Le seul homme dans ma vie, c'est mon papa ! »

La question s'est imposée dans mon esprit, terrifiante : qui est donc cet homme qui vient la chercher tous les soirs ? Je me suis tue, incapable de la poser. Trop inquiète, aussi, qu'elle découvre que je la surveille.

Isabelle, à qui j'en ai aussitôt parlé, a eu immédiatement la même pensée que moi : « Et si c'était lui ? »

De moi, en revanche, je ne dis pas grand-chose. Que je vis seule, que je travaille au ministère de l'Éducation nationale… que pourrais-je raconter de plus ?

Ma vie, nous aurons tout le temps d'en parler. Quand elle saura la vérité. Quand elle saura quel monstre est ce « papa » qu'elle semble vénérer.

Je le hais encore plus désormais.

Il payera, j'en fais le serment, pour ce qu'il nous a fait.

Emmanuelle s'entête : pourquoi suis-je incapable de prononcer son prénom ? « Il vous déplaît à ce point ? » La voyant soudain si sérieuse, je réponds, les yeux embués, qu'il me rappelle de mauvais souvenirs. J'esquive d'autres questions : « C'était il y a longtemps… »

J'hésite avant de reprendre : « C'était il y a long-temps… Emmanuelle… »

Je veux lui plaire. Faire plaisir à mon enfant, je n'ai plus que ça en tête.

« Super ! Vous voyez, ce n'est pas plus difficile que ça ! »

C'est la première fois que je craque en sa présence. Elle me prend dans ses bras et m'embrasse avec tendresse, bien loin de ces bises amicales échangées à la porte du restaurant. Je me repais de son parfum, délicieux comme l'odeur de mon bébé, de sa peau si douce que je n'ai jamais oubliée.

« Appelez-moi Emma, si vous préférez ! concède-t-elle dans un éclat de rire. Tout ça n'est pas très important.

— Non, en effet, il y a bien plus grave dans la vie, ma chère Emma.

— Bravo, vous progressez à vue d'œil, chère Sophie ! »

La voilà appelée à une autre table, nous en restons là.

Pourtant mon aveu, mes larmes n'ont pas éteint son obstination. Elle reprend son jeu en revenant m'apporter mon dessert.

« Allez, dites-le, Sophie. Les mauvais souvenirs sont faits pour être oubliés. » Elle articule : « EM-MA-NU-ELLLLE », en faisant durer les « L » de façon comique.

Je ris, la défie : « Jamais !

— Je vous aurai !

— Jamais ! »

Et moi, je brûle de m'écrier : Hortense.

C'est pour bientôt, à présent.

Demain, peut-être, si je trouve la force.

En quittant le restaurant, je lui propose de passer prendre un thé chez moi, demain, samedi. « Vers dix-sept heures ? Pour le goûter ? demandai-je, un peu tremblante.

— Pour le goûter ? Je n'ai pas entendu ce mot depuis mon enfance ! réplique-t-elle en riant. Mais, promis, je viendrai goûter samedi, à dix-sept heures pétantes, foi d'Emmanuelle ! »

18

« Sophie »

Je suis debout depuis cinq heures et demie. Je
dors peu, depuis que je vis seule, me réveiller tôt ne
me gêne pas. D'ordinaire, je m'attarde dans mon lit,
en attendant de rassembler assez de courage pour me
lever. Mais pas ce matin.

J'ai eu longtemps la réputation d'une femme ordon-
née, soignée, attentive aux détails, voire maniaque.
C'est l'image que je m'efforçais de donner, et aujour-
d'hui encore j'y tiens. Pourtant, en faisant le tour de
mon appartement ce matin, je réalise à quel point je
me suis laissée aller ces dernières années, sans m'en
rendre compte. Les pièces sont envahies de poussière
et de crasse, accumulées sur les meubles, la vaisselle
qui ne sert jamais, les draps trop rarement changés…
Avec le temps et la solitude, j'en suis arrivée à ne plus
voir les piles de livres abandonnées, la saleté incrus-
tée, les pans de murs au papier peint arraché.

Il est impossible que je me présente ainsi à ma fille.
Aussi, dès l'aube, je m'attaque à redonner vie à ces
lieux. Je décape la crasse dans le lavabo, peut-être

voudra-t-elle se laver les mains ? J'ouvre en grand les volets et fenêtres pour chasser l'odeur un peu âcre qui imprègne tout et faire fuir l'humidité accumulée. Je laisse entrer à flots les odeurs de la ville, les inspire à pleins poumons, et j'éprouve des sensations que je n'ai pas ressenties depuis longtemps.

Je garde sa chambre pour la fin.

Il ne faut pas, lorsque je la lui montrerai, qu'elle découvre une sorte de mausolée, conservé intact depuis qu'on m'a enlevé mon enfant. Même s'il est vrai que, toutes ces années, je n'y ai pas touché. Je dors souvent dans son lit étroit, pour étreindre le souvenir des moments heureux, serrer ses peluches abîmées à force de les tordre.

Il est près de huit heures lorsque j'ouvre les volets de la petite chambre. Je ne me souviens plus de la dernière fois où je l'ai fait. Ainsi inondée de la vive lumière du matin, je me rends compte qu'il est plus que temps d'y mettre de l'ordre. Si Hortense la voyait ainsi, elle ne pourrait qu'être effrayée.

Ce que j'ai sous les yeux, ce n'est pas une chambre d'enfant restée fermée, mais un tombeau, intouché depuis vingt-deux ans.

Jusqu'à ce jour, je n'en avais pas conscience. Au contraire, je me suis toujours refusée à toucher, ne serait-ce que déplacer, quoi que ce soit : son ourson beige, ses Barbie laissées en vrac sur la commode. Pas question de jeter la poupée, offerte par ma mère, dont elle avait arraché les yeux. Je l'avais sévèrement grondée, mais elle s'était expliquée avec candeur :

« C'est pour qu'elle ne voie plus, comme la dame du premier étage. Ce n'est pas juste, je veux que ma poupée soit comme elle. » Un couple d'aveugles vivait au premier étage, à cette époque. Je lui avais pardonné, émue devant son intérêt candide pour le monde, et nous avions joué à être des aveugles.

Je fais le tri dans les jouets trop vieux ou abîmés, mais au moment de les jeter, je ne peux m'y résoudre et les replace tous, parfaitement rangés. J'aligne ses Barbie en bon ordre sur l'étagère. Elle ne peut pas les avoir oubliées, elle y tenait tant. Des dizaines de dessins punaisés au mur, flétris par l'humidité de la pièce, je ne conserve que les plus beaux. Les autres, je les plie soigneusement, dans un tiroir. Elle sera heureuse de voir tout ce qu'elle faisait si bien, toute petite. Je sors ses livres préférés, ceux que nous dévorions ensemble, pour les présenter en bonne place sur la commode.

Pour finir, j'étends un joli édredon coloré sur le lit.

La chambre de ma fille reprend vie, inchangée.

Je rabats les volets, tire les rideaux de velours vert et ferme la porte à clef.

Tout est prêt et présentable pour mon enfant.

Mon ménage terminé, je prends un café puis me prépare. Je me maquille sobrement, juste de quoi dissimuler mes cernes, et m'habille avec soin d'une robe gris perle, oubliée dans l'armoire. Celle que je portais le jour où j'ai participé à cette émission de télévision. Elle est froissée, je dois la repasser. En milieu de matinée, je compte déjà les heures, les minutes, avant la venue de ma fille. Le temps n'en finit pas de passer. Jamais un samedi ne m'a paru aussi long. Cette journée est si particulière.

Je sors acheter des fleurs et des petits gâteaux, j'inonde les pièces de parfum, fait brûler des bougies. J'ai le sentiment de revivre, ce matin, comme si ce grand ménage avait suffi à effacer toutes ces années d'enfer.

À midi, j'appelle Isabelle. Elle me fait promettre d'y aller tout en douceur. « Ne lui parle que si tu as la certitude que le moment est venu, ne te précipite pas. Tu as tout le temps pour dévoiler la vérité à Hortense. Ne gâche pas ta chance ! »

Mais aujourd'hui, j'ai du mal à l'écouter. Je suis obsédée par l'horloge, le temps qui défile si lentement. Encore cinq heures avant qu'elle n'arrive. Et pour la centième fois de cette interminable journée, je déroule en pensée le moment à venir.

Cet instant où elle reviendra chez elle.

D'abord je l'embrasserai, je lui dirai « C'est vraiment gentil d'être venue me voir », je la remercierai pour le petit cadeau qu'elle m'aura apporté (des fleurs, du chocolat ?) et je l'inviterai à entrer. Elle me découvrira dans la robe que j'ai choisie, me trouvera soignée et bien coiffée, me dira que je suis très élégante, que mon petit appartement est très lumineux et que j'ai de la chance d'habiter dans un quartier aussi agréable et commerçant. Bref, une conversation banale, pour commencer. Je préparerai du thé, en la faisant choisir entre les différentes variétés achetées ce matin au Monoprix. Je poserai l'assiette de gâteaux sur la table. Elle se fera prier pour en manger un puis un second.

« Je dois faire attention à ma ligne », plaisantera-t-elle. Et je rirai, moi aussi. Je lui demanderai de parler de sa vie. De ses collègues, de son patron, de ses projets peut-être… On verra bien jusqu'où je peux aller.

Ensuite je lui proposerai de visiter mon petit chez-moi. Nous commencerons par la cuisine, jetterons un œil dans la salle de bains, étincelante, elle sent la lavande, depuis ce matin. Ma chambre, simple et dépouillée, avec seulement quelques étagères de livres. Nous finirons par sa chambre d'enfant. Jusque-là, je n'aurai pas soufflé mot de notre passé, de ma vie sans elle, à la chercher, l'espérer. La vue de son petit lit, avec son ourson beige, son Gégé, posé sur l'oreiller, ses Barbie sur l'étagère, fera peut-être (je l'espère de tout mon cœur) surgir des souvenirs enfouis.

Je me vois alors la prendre par la main, l'inviter à s'asseoir avec moi sur le petit lit et dire le plus doucement possible : « J'ai quelque chose d'important à te raconter. » Elle froncera les sourcils, attentive, troublée peut-être, prête à s'étonner de mes confidences. Alors je dirai d'un trait, sans hésiter : « Ton véritable prénom est Hortense, et tu es ma fille. »

Je l'entends réagir : « Qu'est-ce que vous racontez, Sophie ? »

Je tiendrai fermement sa main, je laisserai probablement échapper quelques larmes, mais j'irai jusqu'au bout de mon récit. Depuis le soir où il me l'enleva jusqu'à cette rencontre inespérée deux semaines plus tôt. Je lui raconterai les efforts déployés pour la retrouver, les moments d'espoir, les déceptions terribles, ma capitulation, après tant d'années. Je lui

montrerai ses dessins d'enfant, ses livres, je lui retra-
cerai notre si courte vie ensemble.

Pour l'instant, alors qu'il reste moins de deux
heures avant qu'elle ne soit là, je ne veux pas penser
à sa réaction. Me prendra-t-elle pour une vieille folle
et partira-t-elle en courant ? Non, il est impossible que
les choses se passent ainsi.

Elle me croira et mêlera ses larmes aux miennes.

Elle posera, bien sûr, une foule de questions, tant
cette révélation lui paraîtra aussi insensée qu'extraordinaire. Je lui montrerai les documents que j'ai
conservés, les rapports de police, les actes d'instruction, les photos de Sylvain, d'elle, bébé et petite fille.

Incrédule, elle fera des recoupements avec ses souvenirs, passera en revue son existence, et comprendra
que tout ce qu'elle vient d'apprendre est la vérité.
L'unique et brutale vérité.

Avec toute l'affection dont je la sens capable, elle
m'attirera contre elle et prononcera un seul mot, ce
mot que j'attends depuis si longtemps. « Maman. »

Je lirai dans ses yeux une extrême gravité, elle par-
tagera ma douleur pour ces années à jamais perdues.
Elle me serrera dans ses bras et répétera, à en perdre la
raison, « Maman, ma maman… ».

Lorsque nos émotions seront apaisées, elle me
racontera ce que fut sa vie sans maman, sans moi. Elle
décidera d'avoir une explication avec « notre bourreau » (car c'est ainsi qu'elle appellera Sylvain). Elle me
promettra de ne plus jamais me quitter. Elle me confiera
que toute sa vie, elle a ressenti un manque, sans se l'expliquer. Elle le sait désormais, me dira-t-elle, « C'est toi
qui m'as manqué. Maintenant, tout s'éclaire… »

Ce soir, elle restera avec moi. Nous parlerons des heures et des heures, nous avons tant de retard à rattraper. Tant besoin de nous connaître. Toute une nouvelle vie à construire ensemble.

Nous ne verrons pas les heures s'écouler, nous irons au bout de la nuit et je la coucherai dans son lit d'enfant. Avant de fermer les yeux, tandis que je déposerai un doux baiser sur son front, elle murmurera : « À demain, Maman. » Je répondrai : « Dors bien, mon Hortense. » J'attendrai de la voir endormie, et je gagnerai ma chambre. Heureuse, simplement heureuse.

Viendra ensuite le temps de la vengeance.

Ensemble, nous le détruirons.

Je me suis assoupie dans mon antique canapé. Je me lève d'un bond, en nage. La pendule de la cuisine indique dix-sept heures passées de trois minutes. Elle sera là d'un instant à l'autre. Je vais rincer mon visage, lisse ma robe, arrange mes cheveux, vérifie que les tasses de thé et les gâteaux secs, les mêmes qu'elle réclamait quand elle était petite, sont bien en place sur la table de verre du salon.

Les secondes, les minutes s'égrènent. Il est déjà la demie. Je vais à la fenêtre. Je tente de l'apercevoir dans la foule qui encombre les trottoirs de ma rue, où les magasins viennent d'ouvrir. Et si ces trois minutes avaient été fatales ? Si elle avait sonné sans que je l'entende et était repartie ? Mais, non, elle aurait insisté. Je crains le pire, aurait-elle eu un accident ?

Aurait-elle tout découvert ?

Dix-huit heures à présent. J'appelle Isabelle, incapable de rester sans rien faire. J'ai tant espéré de la venue de ma fille, elle ne peut pas me faire ça ! Isabelle tente de me rassurer, me conseille de rester calme, de ne pas m'affoler. En vain.

Je lui lance comme si c'était sa faute : « Hortense ne viendra plus, je le sais.

— Elle a dû avoir un contretemps.

— Elle m'aurait appelée. Non, c'est perdu ! »

Je ne veux plus l'entendre. Je préfère raccrocher. À l'instant où je m'apprête à quitter mon appartement, le téléphone retentit. Je me précipite. Mais ce n'est qu'Isabelle, qui me reproche de lui avoir raccroché au nez. Je bafouille des excuses.

« Je te rappelle plus tard.

— Fais attention à toi et ne fais pas de bêtises, ma chérie.

— Promis. »

Que pourrais-je dire d'autre à la seule personne qui me soutient ?

Déjà, je dévale les escaliers, manque de trébucher à la dernière marche. Je pousse un petit cri de douleur. Je me suis tordu la cheville.

C'est en boitillant que j'atteins l'hôtel My Love. Au moins, j'en aurai le cœur net, elle va me dire pourquoi elle n'est pas venue.

Il est dix-huit heures quinze. Je m'installe pour l'attendre là, au comptoir de la salle presque vide. Je commande un Perrier au patron.

« Rondelle ? me demande-t-il.

— Oui, merci.

— Vous êtes là de bonne heure, me dit-il en posant le verre. Vous restez dîner ? J'ai encore quelques tables.

— Probablement…

— Il va falloir vous décider vite, à cette heure, les réservations s'enchaînent. »

J'essaie de faire bonne figure. J'ai envie de le gifler…

« D'accord, gardez-moi une table.

— Bien ! Dans votre coin habituel ?

— C'est ça. »

Les minutes passent. Mon verre est vide.

« Vous voulez autre chose ? »

Je ne réponds pas. Mes yeux restent fixés sur la porte d'entrée. Les serveuses arrivent les unes après les autres. Elles me reconnaissent, me saluent en souriant. Elles sont gentilles, pourtant je dois être un mystère pour elles… Cette vieille femme qui vient dîner seule tous les soirs, dans ce restaurant à la mode.

Sept heures moins le quart. N'y tenant plus, je m'adresse au patron : « Hortense est en retard ?

— Hortense ? s'étonne-t-il.

— Non, pardon, Emmanuelle. »

Prononcer ce prénom maudit m'arrache le cœur.

« Emmanuelle ne travaille pas ce soir. Elle ne travaille jamais le week-end. Elle sera là lundi. »

Une seule question me vient en tête : « Pourquoi m'a-t-elle menti, et méprisée ainsi ? »

Lundi… Je ne pourrai jamais attendre aussi longtemps.

Je sors. J'ai oublié de payer. Je reviens sur mes pas, dépose un billet de dix euros sur le comptoir.

J'entends le patron dire que ce n'était pas la peine. Qu'est-ce qu'il s'imagine, celui-là ? Que je suis une pauvresse qui file sans payer ?

Il faut que j'appelle Isabelle. Elle saura trouver les mots pour lutter contre mon désarroi. Alléger ma peine immense, ce sentiment d'avoir été trahie. Et effacer tout ce que j'avais imaginé pour rendre cette journée inoubliable.

19

« Sophie »

Mais ce soir, Isabelle ne parvient pas à calmer mon angoisse. Ses paroles ne font qu'attiser ma rancœur. D'un ton mauvais, je lui demande d'arrêter de dire des « conneries ». Il faut vraiment que je sois dans tous mes états pour lui parler ainsi, moi qui déteste les jurons et les mots argotiques. Mes parents nous ont élevés dans le respect des bonnes manières et de la politesse. Je ne risque pas d'oublier quelques corrections que nous avons reçues, mes frères et moi.

Cette éducation que j'aurais tant voulu donner à ma fille, si ce monstre ne l'avait pas fait disparaître de ma vie. Je me souviens d'une fessée retentissante que je lui avais administrée, un jour où elle avait dit « merde » en laissant tomber une de ses poupées. C'est la seule fois, je le jure, où j'ai porté la main sur elle. Après cela, je m'étais sentie si coupable et si triste de la voir en pleurs que je n'avais pas dormi de la nuit.

Mais ce soir, le mot m'échappe : « Arrête, j'en ai assez d'entendre tes conneries. » Impossible de me sortir de la tête que j'ai une nouvelle fois perdu ma fille. C'est ce que je lui explique :

« C'est évident, Hortense a raconté notre rencontre à Sylvain. Qui sait ce que ce salopard a inventé pour la convaincre de ne pas venir. Ça ne peut être que ça. Si elle avait eu un empêchement, elle m'aurait appelée pour s'excuser, gentille et prévenante comme elle est. » Son silence me fait craindre le pire : Sylvain l'aura convaincue de ne pas se rendre chez moi, mais surtout il va tout faire pour que je ne la revoie plus, et doit déjà s'activer pour lui trouver un autre emploi, dans un autre restaurant. Si ça se trouve, ils sont en train de fuir Paris. « Tu sais parfaitement, ai-je conclu, de quoi cet homme est capable. Il ira jusqu'au bout, pour me faire du mal. »

Isabelle en a conscience, elle me l'assure, mais je ne supporte pas de l'entendre m'enjoindre à patienter jusqu'à lundi, et s'obstiner à envisager qu'Hortense ait eu un empêchement et ait oublié de m'avertir.

« Écoute, ça fait vingt-deux ans que j'attends mon enfant. Vingt-deux ! Et il faudrait que je me calme ? Que je patiente tranquillement, comme si j'avais toute la vie devant moi ? Tu ne peux pas comprendre… »

C'est inutilement méchant, et ingrat. J'ai tort, je le sais, mais je m'acharne : « Moi qui pensais que tu étais mon amie… »

Mes mots restent en suspens. À sa place, j'aurais raccroché sans insister. On ne peut pas discuter avec une personne que la colère rend sourde. Mais Isabelle répond doucement :

« Je ne t'abandonnerai jamais, ma chérie.

— Je ne suis plus la chérie de personne, depuis longtemps. Hortense est une petite égoïste, voilà tout.

Elle n'en a rien à faire de moi. Mais je suis sa mère, bon Dieu ! »

Sur quoi, je coupe la communication.

Je me suis traînée jusqu'à mon lit, à bout de fatigue. Ma nuit fut hantée de cauchemars, j'entendais Hortense dire que je n'étais pas sa mère, que son père était son héros, qu'elle ne voulait pas de moi, l'étrangère qui l'avait abandonnée. Elle me traitait de vieille folle. Elle répétait qu'elle ne m'aimait pas et ne m'aimerait jamais.

Quand, les orbites vides, elle m'a demandé pourquoi je l'avais égorgée, je me suis réveillée trempée de sueur.

Le dimanche a été une souffrance. Une journée horrible passée à ressasser toutes mes années de malheur, sans un instant de répit.

Je ne suis pas sortie faire ma promenade habituelle jusqu'à la place du Tertre. Enfermée chez moi, volets clos, rideaux tirés, j'ai attendu que les heures s'écoulent, incapable de bouger. Je ne crois pas avoir mangé. Mon téléphone a sonné à plusieurs reprises. C'était peut-être elle et, chaque fois, je me précipitais. Mais ce n'était qu'Isabelle, qui sur mon répondeur s'inquiétait pour moi, me suppliait de répondre. Je n'ai pas décroché et j'effaçais au fur et à mesure ses messages, toujours les mêmes : « Sophie, je t'en supplie, ne fais pas de bêtise. Il faut que tu te calmes. Ce n'est pas si grave que tu imagines… » Et plein d'âneries du même genre.

Aujourd'hui, je n'ai que faire de ses encouragements, de ses conseils, de ses inquiétudes.

156

Je veux être seule avec ma douleur. Des heures durant, je fixe la photo d'Hortense dans son cadre brisé, posée sur mes cuisses.

Je ne pleure pas.

Le soir venu, alors que dehors éclate un nouvel orage et que les grosses gouttes martèlent mes volets clos, je me demande s'il n'est pas temps que j'en finisse avec tout ça. Le téléphone retentit à nouveau, et à nouveau la voix d'Isabelle m'implore. « Ne fais pas de bêtise ! »

Jamais, même dans les pires moments, je ne l'avais envisagé. Dans les plus grandes périodes de détresse surgissait toujours une étincelle qui me raccrochait à la vie. Je crois aussi que je ne voulais pas lui faire le plaisir d'abandonner. Je tenais en me répétant que Sylvain ne remporterait pas cette victoire-là.

Ce soir, le courage m'a désertée. Sylvain triomphe. Et cela m'indiffère.

Je jette un dernier regard à la chambre d'Hortense, referme à clef, puis je vais à la salle de bains. Les anti-dépresseurs, périmés depuis le temps où j'ai renoncé à les prendre, m'attendent dans le tiroir sous le lavabo.

Combien en ai-je en main ? Une bonne vingtaine. Il faut que je m'y reprenne à trois reprises pour les avaler tous.

Je vais m'allonger sur mon lit, le cadre brisé posé sur ma poitrine, j'attends que la torpeur s'empare de moi.

Peu importe la douleur qui tenaille mes entrailles, je me sens étrangement paisible. Finalement, le moment est venu.

20

« Sophie »

J'entends un bruit régulier et lancinant, au-dessus de moi. Je lève les yeux et aperçois une machine imposante qui mesure mon rythme cardiaque. Je garde le regard fixé sur les courbes qui montent et descendent, dans une impeccable régularité. Je suis vivante, allongée dans une chambre d'hôpital anonyme, plongée dans l'obscurité. Dehors c'est la nuit. Je voudrais arracher le tuyau transparent qui relie mon bras droit à un goutte-à-goutte.

Une main anonyme retient la mienne. Je ne trouve pas la force de lui résister et je me laisse emporter par le sommeil.

Lorsque je me réveille, il fait jour.

Assise à mes côtés, je découvre une femme brune, les cheveux longs retenus par une queue-de-cheval. Je me dis qu'elle est belle, très belle même. Ses traits sont tirés, ses yeux rougis, de fatigue sans doute. Son regard est plein de compassion, affectueux. Qui est-elle ? Où suis-je ? Je ne trouve pas de repères dans ce monde étrange.

La femme brune semble percevoir mes interrogations.

« Ma chérie, c'est moi, Isabelle. »

Je reconnais cette voix. Nous parlons ensemble plusieurs fois par semaine au téléphone, mais depuis qu'elle s'est installée en province avec son mari malade, elle ne vient plus jamais à Paris. Il y a des années que je ne l'ai pas vue. « Elle est toujours aussi belle ! » me dis-je. Elle prend ma main, la caresse doucement.

D'un coup, tout me revient en mémoire. Mon désespoir, les cachets avalés avec difficulté. Les coups de hache qui fracassent ma porte. Les pompiers penchés sur moi. L'air soucieux de mes voisins regardant passer le brancard qui me descend dans l'escalier abrupt. La sensation des sangles qui me maintiennent et m'empêchent de glisser. J'essaye de tirer les pans de ma chemise de nuit pour dissimuler mes jambes maigres. Le bruit de la sirène de l'ambulance qui m'emporte me blesse les tympans. Je m'entends dire à un homme devant moi : « Laissez-moi crever. Je le mérite. »

Et sa réponse : « Personne ne mérite de mourir, madame. Nous allons nous occuper de vous. » Je revois son sourire rassurant, puis plus rien. Un trou noir, jusqu'à ce que je me réveille dans cette chambre anonyme, mon amie assise près de moi.

J'ai su plus tard qu'Isabelle m'avait probablement sauvé la vie.

Mon silence l'avait inquiétée, et elle avait fini par appeler un voisin (celui du cinquième, un veuf auquel je crois n'avoir jamais adressé la parole) dont elle avait trouvé le numéro dans les pages blanches. Il était plus d'une heure et il avait fallu qu'elle soit convaincante pour qu'il accepte de descendre sonner chez moi.

« Pas de réponse, lui avait-il rapporté lorsqu'il était remonté, mais j'ai vu de la lumière sous la porte.

— Vous en êtes sûr ?

— Affirmatif ! »

J'ai appris depuis que mon veuf du cinquième est un ancien militaire, et nous avons ri avec Isabelle de ses godillots parfaitement cirés. « Ça doit être parfaitement rangé chez lui, ça pourrait être un bon parti, pour faire le ménage chez toi ! » s'était-elle moquée.

Isabelle lui avait demandé de redescendre et d'essayer d'entrer.

« C'est fermé à clef », lui avait dit le vieux.

Un quart d'heure plus tard, les pompiers défonçaient ma porte.

Que dire face au dévouement d'Isabelle, qui avait pris un train dès le lundi matin pour me voir, laissant André aux soins d'une voisine ? « Merci, merci… Sans toi, je ne serais plus de ce monde. » Je l'ai prise dans mes bras et j'ai pleuré avec elle.

Isabelle n'a pas posé de questions. Elle n'avait pas besoin de me demander les raisons de mon geste. Le geste désespéré d'une femme au bout du rouleau. Elle m'a crue quand je lui ai juré de ne jamais recommencer. « Crois-moi, Isabelle, je ne sais pas pourquoi j'ai fait ça, c'était une énorme bêtise. »

Enfin, nous avons pu parler d'Hortense.

Isabelle avait des nouvelles merveilleuses pour moi. Le soir même de son arrivée à Paris, le lundi, elle était allée dîner à l'hôtel My Love, pour, m'a-t-elle dit, « enquêter sur la disparition d'Hortense ». Ma fille était à son poste, elle n'avait pas disparu comme je l'avais tant redouté. Isabelle m'a taquinée, se vantant d'avoir même échangé quelques mots avec elle. « N'aie pas peur, je n'ai rien révélé du tout ! » (Il n'aurait plus manqué que ça, ai-je pensé, mais j'ai gardé pour moi cette réflexion mal venue…)

« Elle est magnifique, Sophie ! Et elle te ressemble, je t'assure, blonde comme toi ! Quelle joie de la voir enfin… »

J'ai approuvé, m'efforçant de faire bonne figure, mais au fond de moi, comme un poids qui me serrait les tripes, demeurait la même question angoissante. Pourquoi Hortense n'était-elle pas venue ce samedi où je l'avais tant attendue ? Isabelle a haussé les épaules : « Ne te mets pas martel en tête, ma chérie. Ce n'est pas si grave, elle a dû oublier. Ce rendez-vous n'était pas aussi important pour elle que pour toi. Elle est encore jeune, et tu sais comment sont les jeunes… »

Elle m'a encouragée à poursuivre mes efforts. Je devais me rapprocher d'Hortense, et lui révéler rapidement la vérité. « Après ce qui s'est passé, a-t-elle dit, faisant allusion à ma tentative de suicide ratée, tu ne peux pas continuer à vivre avec ton secret. Dès que tu seras remise d'aplomb, tu iras lui parler. Je suis sûre qu'une fois la surprise passée, elle sera très heureuse d'avoir retrouvé sa maman. »

Je suis restée cinq jours à l'hôpital. À ma sortie, Isabelle a tenu à revenir passer quelques jours avec moi, pour s'assurer que je tenais le coup. Son mari, m'a-t-elle affirmé, était parfaitement pris en main et moi, j'avais besoin d'elle. « Il n'y a pas à discuter ! » Elle a refusé mon lit et dormi dans le canapé du salon. Le jour où elle a demandé pourquoi je fermais à clef la chambre d'Hortense, j'ai rétorqué un peu sèchement qu'il n'y avait rien à y voir, contrariée par sa curiosité. Elle était déçue mais n'a pas insisté, et a continué à s'occuper de tout avec zèle, courses, ménage, repas, jusqu'à passer régulièrement durant la nuit, vérifier mon état. C'était inutile, car je me sentais parfaitement bien et n'avais plus du tout l'intention d'en finir. J'ai mieux à faire…

Deux jours après, en fin d'après-midi, nous sommes allées nous promener jusqu'à la rue de Navarin. J'ai eu le temps d'apercevoir Hortense.

« Tu en as de la chance ! » m'a lancé Isabelle. Je ne sais pas ce qu'elle appelle de la chance, mais j'ai approuvé d'un large sourire.

« Et si nous allions dîner au restaurant ? » a-t-elle proposé. Mais je n'ai pas voulu. Je n'avais pas envie de partager Hortense, avec personne.

Le vendredi, Isabelle a dû se résoudre à rentrer chez elle.

« Tu peux partir tranquille, je vais bien, je t'assure.

— Je veux que tu m'appelles tous les soirs, OK ? »

J'ai promis. J'aurais pu promettre n'importe quoi, pourvu qu'elle s'en aille. Non qu'elle soit envahissante, au contraire, elle m'a aidée avec discrétion, toujours efficace et attentionnée. Mais je suis habituée depuis trop longtemps à vivre seule, à agir à ma guise. Il fallait qu'elle parte.

J'avais eu le temps de réfléchir depuis mon séjour à l'hôpital, et j'y voyais plus clair. Ma tentative de suicide était stupide mais elle a eu du bon : elle m'a ouvert les yeux. Je sais désormais ce que je dois accomplir.

Pour me venger, diront certains. Moi je préfère dire : pour me rendre justice.

21

« Hortense »

J'aperçois Sophie, ma cliente solitaire, à l'instant où elle franchit la porte. Elle paraît fatiguée et amaigrie, vieillie. Des mèches grises se mêlent ici et là à ses cheveux blonds. Elle néglige ses teintures, pensé-je. Si elle ne me l'avait pas confié un soir, je serais incapable de lui donner son âge véritable.

Je lui souris, contente de la revoir. Elle me répond d'un petit salut de la main. Je lui indique une table libre dans la partie où je sers.

« Votre table vous attend ! »

Je ne l'ai pas vue depuis deux bonnes semaines. J'avais remarqué son absence, un lundi, après un week-end où je devais aller prendre le thé chez elle. Ce que je n'avais pas fait. Est-ce qu'elle m'en voulait et me boudait ? Mon père avait envie de me voir. J'avais cherché le morceau de papier sur lequel elle avait noté son numéro de téléphone pour la prévenir, et ne l'avais pas retrouvé. Tant pis, je m'excuserai quand elle viendra au restaurant, m'étais-je dit. Nous avions dîné avec l'amie de mon père. Elle, je l'apprécie modérément. Je la trouve un peu trop présente dans la vie de mon papa, limite envahissante, par moments. Mais il tient à ce que je me rapproche d'elle. Je fais de mon mieux, pour lui faire plaisir.

Le lundi, lorsque j'ai descendu la rue des Martyrs, je me suis souvenue de mon rendez-vous manqué, et me suis promis de lui offrir l'apéritif quand elle viendrait. Ce soir-là, j'ai gardé sa table le plus longtemps possible, mais à vingt heures, Maxime m'a ordonné de la libérer pour ces deux lourdauds qui patientaient en sirotant un Aperol Spritz, la nouvelle boisson à la mode. C'est dingue le nombre que Maxime en prépare chaque soir. Entre nous, les filles, on appelle ça les « Aperol con ». Lancer « un autre Aperol con pour la six ! » suffit à nous amuser.

Les jours passant, je n'ai plus pensé à Sophie. Pourtant, à la voir reparaître ce soir, j'éprouve un curieux sentiment de soulagement.

Elle semble affaiblie et progresse lentement jusqu'à sa table. Je m'avance pour l'aider mais elle repousse poliment mon bras. « Ça va aller », murmure-t-elle. Je n'insiste pas. Peut-être a-t-elle des problèmes de santé ? Tandis que je lui apporte la carte, je m'excuse de lui avoir fait faux bond. J'invente une explication : « J'ai dû aller voir une amie qui a des problèmes de cœur… Je suis désolée, j'avais perdu votre numéro de téléphone et je n'ai pas pu vous prévenir. Vous ne m'en voulez pas, j'espère ?

— Bien sûr que non… Et ton amie, elle va mieux ? »

Je mens : « Ce n'est pas encore ça…

— Tu lui diras qu'on se remet toujours des peines de cœur. »

Je file en cuisine. Lorsque je reviens, elle me tend un nouveau Post-it où est inscrit son numéro de téléphone.

« Ne l'égare pas, cette fois !

— Promis ! »

Malgré tout, elle n'a vraiment pas bonne mine. Je lui demande si elle a été malade, j'en rajoute un peu : « Je me suis inquiétée de ne pas vous voir pendant si longtemps.

— Il ne fallait pas, ma petite. J'avais des vacances à prendre. Je suis allée dans ma famille, en Bretagne.

— J'adore la Bretagne. Vous étiez dans quel coin ?

— Les Côtes-d'Armor. Paimpol. Tu connais ?

— Non… Moi je suis du Sud. Mais j'ai vécu avec mon père sur une petite île, à un moment, dans le golfe du Morbihan. C'est très beau, mais nous n'y sommes pas restés très longtemps. Mon père a la bougeotte ! »

Je la vois se raidir l'espace d'une seconde, je poursuis : « J'étais petite mais je m'en souviens bien. Nous vivions comme des hippies… C'était chouette. Je n'allais pas encore à l'école… C'est mon père qui m'a appris à lire.

— Ça m'a l'air d'un drôle de zigoto, ton père. Il faudra que tu m'en parles. Mais je croyais que tu avais vécu à l'étranger ?

— Oui, mais plus tard.

— Eh bien, tu dois en avoir, des choses à raconter ! Moi j'ai si peu voyagé…

— Ah ça, nous, au contraire, on n'a pas cessé de bourlinguer. Mon père ne tient pas en place, je vous dis.

— Comment s'appelle-t-il ? me demande-t-elle abruptement.

— Antoine.

— Ah. Antoine comment ?

— Durand. Pourquoi ?

— Antoine Durand… c'est bien commun, banal, comme nom… dit-elle d'un air songeur. Ainsi, tu es Emmanuelle Durand ?

— C'est ça, depuis toujours ! »

À nouveau, je vois son visage se crisper. Elle se ressaisit.

« Bien, qu'est-ce qu'il y a de bon, ce soir ?

— Nous avons un onglet aux oignons confits en plat du jour. Ça vous tente, Sophie ?

— Ah, non. Ça ne me dit rien… Emmanuelle. » Elle a souri. Mais, étrangement, sa voix est dure. Elle annonce sans ouvrir la carte : « Je prendrais un poireau vinaigrette et un sorbet à la fraise.

— Pas de plat ? Le navarin de veau aux pruneaux est super !

— Non, je n'ai pas très faim. »

Je lui fais remarquer qu'elle a l'air un peu amaigri et fatigué. Elle réplique avec un haussement d'épaule : « Bien au contraire, je suis en parfaite santé ! »

Je n'en crois pas un mot mais je n'insiste pas. Je la connais suffisamment pour savoir qu'elle n'est pas du genre à raconter sa vie. J'ai oublié de lui proposer un apéritif. De toute façon, elle aurait refusé, j'en suis sûre.

Je m'éclipse. D'autres tables attendent et Maxime n'aime pas qu'on s'attarde avec les clients. Nancy, qui sert dans l'arrière-salle, annonce : « Deux Aperol

con, barman ! » Il lève les yeux au ciel puis me lance :
« Alors, elle est revenue, ta vieille ? »

Je hausse les épaules.

« Je ne la connais pas plus que toi.

— Oui, eh bien, tu l'expédies rapido, j'ai besoin de
la table pour huit heures et demie.

— À vos ordres, patron !

— J'aime quand tu me parles comme ça. »

Quel sombre connard, me dis-je. Cela doit se lire
sur mon visage, car il m'apostrophe : « Ne fais pas ta
maligne avec moi, Emmanuelle. Des filles qui veulent
bosser ici, il suffit que je me baisse pour en ramasser
des pelletées. »

Je me le tiens pour dit et file en cuisine chercher
mon poireau vinaigrette.

Cet enfoiré serait capable de me virer du jour au
lendemain. Un jour, je le planterai comme un con,
mais je ne lui donnerai pas le plaisir de me foutre à la
porte. Mon père me l'a toujours dit, il faut décider de
son destin et ne jamais laisser personne te l'imposer.
Combien de fois ne m'a-t-il pas répété, comme une
profession de foi : « La liberté, Emmanuelle, il n'y a
rien de plus beau dans la vie ! La liberté, c'est mon
credo ! »

Mon enfance, puis ma jeunesse se déroulèrent ainsi
avec lui. Dès qu'un endroit lui devenait insupportable,
nous partions.

Et j'ai aimé ça. Cette vie de bohème, faite de
départs précipités, de valises remplies à la hâte, d'ob-
jets laissés derrière nous. Je me souviens de contrées
ensoleillées, où j'espère retourner un jour. Il est arrivé

qu'un endroit me déplaise, et que je réclame qu'on s'en aille. Mais je n'ai jamais eu voix au chapitre. C'est lui qui décidait. Toujours.

Il y avait aussi ces femmes qu'il fréquentait, qu'il semblait adorer et que parfois j'aimais au point de vouloir les appeler « Maman », ce qui le faisait rire. Il savait, contrairement à moi, que ces liaisons si passionnées ne dureraient pas. Et du jour au lendemain, il les abandonnait, sans un au revoir, sans montrer le moindre regret. À certaines périodes de mon enfance je m'en suis étonnée. Mais c'était devenu une sorte d'habitude et j'ai cessé de vouloir appeler quiconque « Maman ». Toutes étaient promises, tôt ou tard, à disparaître de notre vie.

« Nous ne fuyons pas, nous partons pour d'autres aventures ! » m'expliquait-il gaiement. Et cela me plaisait. Aussi, je sais qu'un jour je claquerai la porte de cet endroit, même si je n'y travaille que depuis six mois.

Toutes ces années, je n'ai jamais eu le temps de me faire des amies. Mais je n'en avais pas besoin. Je l'avais, lui, et cela suffisait.

C'est sans doute pour cela que je ne me lie à rien ni à personne.

Tandis que je débarrasse son assiette à peine entamée, nos regards se croisent. Dans le sien, je lis de la curiosité. Elle semble se demander pourquoi une jeune femme comme moi éprouve un tant soit peu d'intérêt pour une petite dame entre deux âges comme elle.

Je ne le sais pas non plus, mais je voudrais m'asseoir face à elle, discuter, l'écouter me raconter ce qu'est sa vie aujourd'hui. Ce qu'elle fut autrefois. Quels secrets se cachent derrière cette façade de fragilité et de tristesse ?

Qui est-elle vraiment ?

Voilà pourquoi, ce soir, je vois son retour avec soulagement et avec plaisir.

Je suis bien décidée à ne pas la lâcher.

22

« Hortense »

Le temps trop bref où elle est restée, j'ai senti son regard peser sur moi. J'avais l'impression qu'aucun de mes faits et gestes ne lui échappait.

« Il n'a pas l'air commode, ton patron, me glisse-t-elle quand je lui apporte son sorbet à la fraise.

— Bof, je m'en moque.

— Tu as bien raison. Moi non plus, je n'aime pas les gens qui jouent aux petits chefs.

— C'est un con.

— Je suis encore d'accord avec toi, Emmanuelle. Il a une tête de con ! »

Notre éclat de rire est parti tout seul et de bon cœur. Maxime a dû comprendre que nous parlons de lui, à son air mauvais, mais ce n'est pas moi qu'il fixe lorsque je repasse à sa hauteur. Sophie soutient son regard méprisant. Je n'en suis pas certaine, mais je crois qu'il est le premier à détourner les yeux.

Cette petite femme me surprend. Elle a l'air d'avoir une sacrée volonté.

Je la vois poser trente euros sur la table puis se lever avec difficulté. Elle n'a pas touché à son sorbet. J'entends Maxime me dire : « La deux se barre. Débarrasse vite, j'ai deux pédés qui poireautent. »

Il n'est que huit heures et quart.

Sophie louvoie entre les tables. Elle chancelle, se retient au dossier d'une chaise, s'excuse auprès de la cliente assise là. Je me précipite.

« Appuyez-vous sur moi, Sophie. Je vais vous aider.

— Merci », dit-elle dans un murmure. Elle semble souffrir. Sans mon aide, je crois bien qu'elle serait tombée.

Je lui demande si elle rentre chez elle.

« Oui, c'est juste à côté, ne t'inquiète pas. Je vais me débrouiller.

— Je vous raccompagne. »

Je lui demande d'attendre un instant, le temps d'aller prévenir Maxime.

« Je la ramène chez elle.

— En plein service ?

— Elle ne se sent pas bien. Elle habite à cinquante mètres. Je reviens vite.

— OK, mais n'abuse pas, Emmanuelle. Ma patience a des limites. »

Je me retiens de lui dire que je n'en ai rien à foutre, de sa patience. Mon père lui aurait déjà depuis longtemps balancé son poing dans la figure.

« Tu préfères être obligé d'appeler le Samu ? Ça ferait désordre, non ?

— C'est bon, j'ai dit ! Mais fissa, on a besoin de toi, ici.

— Je ne serai pas longue. »

Dehors, avec le petit vent frais, elle semble reprendre des forces. Je refuse de la laisser rentrer seule.

« Comme tu voudras. Mais je ne voudrais pas être responsable...

— Responsable de quoi ?

— Qu'il te prenne en grippe et te renvoie.

— Ne vous inquiétez pas, Sophie. De toute façon, j'en ai rien à faire de ce connard. »

À nouveau, nous éclatons de rire. Elle peine à marcher, je la soutiens de mon mieux.

Nous entrons dans son immeuble. J'appelle l'ascenseur.

« Tu peux me laisser, maintenant. Ça ira.

— Vous êtes bien sûre ?

— Certaine, ma fille. »

Elle a eu une drôle de façon de dire « ma fille ». Sur l'instant, tandis que j'attendais que l'ascenseur s'immobilise à son étage et que j'entende claquer sa porte, je n'y ai pas vraiment fait attention.

Ce n'est qu'en regagnant le restaurant que ces deux mots, « ma fille », résonnent dans ma tête. Ce petit nom affectueux me touche.

23

« Hortense »

Mon père, du plus loin que je me souvienne, m'a toujours protégée, couvée, diraient certains. Un jour, j'étais déjà adolescente, il m'avait confié qu'il ne supporterait pas qu'il m'arrive quelque chose. « Je n'y survivrais pas », avait-il ajouté très sérieusement.

Aujourd'hui encore, j'ai beau lui assurer que je suis trop grande pour qu'il se fasse du souci, il n'aime pas me savoir seule dans le métro la nuit. « Ce n'est pas un endroit sûr pour une jeune et jolie femme de vingt-cinq ans », répète-t-il, mi-sérieux mi-amusé pour justifier qu'il tienne à venir me chercher à la fin de mon service, ou à me commander un taxi quand il n'est pas disponible. « Avec moi, tu seras toujours en sécurité. »

Je veux bien le croire. Durant toutes ces années passées aux quatre coins du monde, il m'a toujours « gardée à l'œil », comme il disait. Je me moquais de lui en le traitant de « mère juive ». Il répondait, avec une conviction qui me bouleversait, qu'il n'avait que moi, que j'étais sa « seule raison de vivre et de se battre ». Mon enfance avec lui pourrait paraître chaotique à des gens « normaux ». Mais je le répète, j'ai adoré cette vie nomade, où aucun jour ne se ressemblait, et je regrette souvent qu'il ait finalement décidé de rentrer vivre à Paris.

« C'est ton pays de naissance, il est temps que tu y trouves ta place. »

Venir en France me fit l'effet d'un plongeon dans la vie réelle. Nous sommes arrivés il y a trois ans, et les premiers mois furent difficiles. Je ne trouvais pas ma place, tout était compliqué, les gens agressifs, sans intérêt. La vie ici me semblait fade, en comparaison de ce que nous avions connu.

Je ne me faisais pas d'amis, les cours de langue à la Sorbonne, où je m'étais inscrite, ne m'intéressaient pas. Mon père m'encourageait à fréquenter des étudiants, mais je ne leur trouvais aucun attrait. Les garçons étaient imbus d'eux-mêmes, pétris d'une ambition ridicule, les filles jouaient les pimbêches.

Je quittais rapidement les quelques garçons auxquels je me liais. Plus ils se disaient amoureux, plus je fuyais. J'aime pourtant les hommes et l'amour. J'ai eu mon premier flirt à quinze ans et j'avais dix-sept ans la première fois que j'ai « couché » avec un homme, sur une plage de Morro de São Paolo, dans le nord du Brésil. Jamais mon père ne l'a su.

En comparaison, ces Français me paraissaient décevants, sans fantaisie.

J'ai plusieurs fois demandé à mon père de repartir. Je n'aimais rien ici, lui disais-je. Il m'assurait que je finirais par apprécier cette nouvelle vie. « Et puis, je suis là, moi ! » concluait-il gentiment.

Un soir, dans l'appartement où nous habitions, à Bois-Colombes, il m'annonça qu'il fallait que je commence à voler de mes propres ailes, et qu'il avait trouvé pour moi un studio dans le onzième. « Cela me coûte de me séparer de toi, m'avait-il juré. Mais tu es trop grande pour continuer à vivre avec ton vieux père. » J'avais un peu pleuré, protesté que je ne voulais pas le quitter. Mais sa décision était prise, et, toute ma vie, ses décisions ont été des ordres. Cette fois encore, je lui avais obéi.

Mon père est un homme auquel on ne dit pas non.

Mais je savais bien pourquoi il souhaitait m'éloigner. Une femme était venue s'installer chez lui, une de ces Françaises maniérées. Plus toute jeune, proche de la cinquantaine, mais encore très jolie, je suis bien obligée de le reconnaître. Mince, musclée, la poitrine refaite (ça, j'en suis sûre !), coquette et toujours bien habillée, quoique avec un brin de vulgarité, les cheveux teints d'un noir de jais, pour dissimuler ses premières mèches grises. Mon père a toujours aimé ce genre de pétasses.

Jusque-là, ça ne m'avait jamais gênée, plutôt amusée au contraire, j'ai toujours bien aimé les petites amies de mon père. Et d'ailleurs, elle faisait beaucoup d'efforts pour me plaire. Pourtant, d'entrée, elle m'avait déplu. Plus elle se montrait gentille et attentionnée, plus je me méfiais. Je la trouvais calculatrice, arrogante, et n'appréciais pas la façon dont elle s'était imposée dans notre intimité. Elle s'était crue chez elle dès l'instant où elle avait fait son entrée chez nous.

Le plus dur n'était pas d'être obligée de voir cette femme au quotidien, mais l'attitude de mon père à son égard. Il semblait tenir à elle et je ne supportais pas de les voir s'embrasser en ma présence, ni la façon dont il l'enlaçait. Je ne lui ai jamais fait la moindre remarque sur elle et, de son côté, il continue à faire mine que tout va bien entre nous deux.

C'est sans doute une espèce de jalousie mal placée, mais je me sentais face à une rivale, qui m'avait volé mon papa. Mais je n'avais pas envie de lutter, et surtout pas qu'elle puisse voir que je la craignais. J'avais donc préféré déménager dans le studio qu'il avait loué pour moi, me disant qu'elle ne ferait pas long feu. Je connais la chanson, me rassurais-je. Comme pour toutes les autres, mon père se lassera bientôt de toi, ma vieille…

Mon père était ravi : « Je suis sûr que tu vas t'épanouir. Et puis, ne crois pas que tu n'auras plus ton vieux papa sur le dos, ma fille ! » avait-il plaisanté. Il avait ajouté en m'embrassant tendrement : « Tu resteras toujours l'amour de ma vie, tu le sais bien. »

Elle avait renchéri, de sa voix mielleuse, et j'avais eu l'impression qu'elle me défiait : « Tu as bien de la chance, Emmanuelle, d'avoir un appartement pour toi toute seule. Moi, à ton âge, j'étais forcée de vivre chez mes parents. J'aurais tant voulu être indépendante. »

C'était il y a deux ans. Aujourd'hui, ils sont toujours ensemble, et mon père, contre toutes mes attentes, ne semble pas prêt à l'envoyer balader. Je ne sais pas pourquoi, peut-être à cause de la façon dont quelquefois ils évoquent le passé, il m'arrive d'avoir le sentiment qu'ils se sont connus il y a longtemps. Quand j'ai un jour posé la question à mon père, il a simplement haussé les épaules, en disant qu'il aurait bien aimé, avant de changer de sujet. Désormais, je reste le plus possible à l'écart de leur couple, malgré les efforts de mon père pour nous réunir. Je préfère le voir seul. Je sais bien que ma réaction le peine, mais c'est plus fort que moi. Il semble trop heureux en sa compagnie et son attitude me blesse.

Mon départ officiel eut lieu un samedi, en fin de matinée. Il tint à me conduire chez moi, d'un « coup de scooter ». Il se tourna vers elle, qui dressait déjà la table, avec deux assiettes seulement :

« Je serai de retour pour déjeuner, Isabelle chérie. »

24

« Hortense »

L'appartement sent la lavande. Il est propre, parfaitement rangé. La décoration, sans âme. Les meubles sont un peu usés mais confortables. Chaque chose semble avoir une place, immuable. Les deux animaux empaillés me laissent la même impression désagréable, mais Sophie s'est requinquée. Elle paraît avoir repris du poids, retrouvé son entrain.

« Quand nous aurons fini de déjeuner, je voudrais te montrer quelque chose. »

Elle a parlé avec cette voix dont je goûte de plus en plus la douceur. Elle s'apprête à me révéler quelque chose d'une réelle importance pour elle, j'en ai l'intuition.

« Montrez-moi, maintenant ? dis-je, intriguée.

— Non, tout à l'heure, ça ne presse pas. »

Elle ajoute, mystérieuse : « C'est un grand secret que je vais te confier. Mais nous avons le temps. Continue à me parler de toi. »

Je n'insiste pas et poursuis mon récit. Ce sont souvent les mêmes histoires qui reviennent, mais elle ne semble pas s'en lasser. Et moi non plus ; faire ressurgir ces années joyeuses au côté de mon père est un plaisir inépuisable.

C'est la troisième fois que je viens chez elle, trois samedis de suite. Les premières fois, c'était pour prendre le thé, mais aujourd'hui, elle m'a invitée à déjeuner. Comme lors des précédentes visites, elle m'abreuve de questions sur mon passé, se montre curieuse de tout, tour à tour sérieuse et amusée. Parfois, elle ponctue mon récit d'une exclamation : « Quelle vie tu as eue, ma fille ! »

Tout à l'heure, son regard s'est assombri d'un coup, voilé d'une infinie tristesse. Qu'est-ce qui a pu provoquer cette réaction soudaine ? Je venais de parler de Lucia, cette policière que mon père avait eu le projet d'épouser à Belo Horizonte, tellement, me disait-il, il était amoureux.

« J'étais tellement contente, ai-je expliqué à Sophie. Je lui ai donné ma bénédiction ! De toutes les femmes avec lesquelles nous avons vécu, Lucia est celle que j'ai préférée. Elle était belle, affectueuse, elle m'aimait autant que je l'aimais. C'était comme une maman pour moi, et d'ailleurs, je l'appelais Maman ! »

Son visage a pris une expression perdue, hagarde. Inquiète, j'ai pris sa main.

« Quelque chose ne va pas, Sophie ?

— Non, ce n'est rien... Il fait un peu chaud... »

J'ai bien vu qu'elle mentait. L'évocation de Lucia, la belle Brésilienne que mon père voulait épouser, l'avait bouleversée. Je ne voulais pas l'attrister, aussi j'ai poursuivi d'un ton désinvolte : « Mais bien sûr, il n'y a pas eu de mariage, comme d'habitude. Un jour, peu après, nous avons filé vers Rio, sans même lui dire au revoir. »

Un sourire est revenu sur ses lèvres.

« Et à Rio, il y a eu une autre femme ! Une autre maman ! »

J'avais dit ces mots sur le ton de la plaisanterie, mais un peu aussi pour la tester. Comme je m'y attendais, je l'ai sentie se refermer à nouveau.

Je termine mon thé au jasmin. J'attends patiemment qu'elle soit prête à me faire ses révélations. Au fil de nos rencontres et de nos discussions, j'ai beaucoup parlé de moi. D'elle, je n'ai rien appris, ou si peu. Elle s'arrange pour ne jamais répondre à mes questions.

« Ma vie n'est pas très intéressante, la tienne est bien plus passionnante », prétexte-t-elle systématiquement.

Les volets de l'appartement sont à demi fermés, plongeant le salon, seulement éclairé par une lampe de verre, dans une torpeur silencieuse et apaisante, que seul trouble le bruit du ventilateur. Dehors, le chaud soleil de mai abrutit la capitale. Jamais Paris n'a connu pareille canicule si tôt dans l'année. Trente-deux degrés, lorsque j'ai sonné, à midi pile. Elle n'aime pas que je sois en retard et je suis contente de lui faire ce petit plaisir. Elle m'a accueillie avec le plus beau des sourires. Je ne portais qu'une robe légère, mais j'étais en nage. Elle m'a proposé de prendre une douche et j'ai longuement profité de l'eau froide. Après quoi, elle m'a prêté un fin peignoir, qui sentait la cannelle.

C'est ainsi habillée que je déjeune en sa compagnie. Suspendue à un cintre, ma robe sèche devant une fenêtre.

Je suis surprise d'apprécier autant ces visites. Je me sens bien, ici. Maintenant, je ne souhaite qu'une chose : qu'elle me parle d'elle, de sa vie. N'a-t-elle pas promis de me monter quelque chose d'important ? Je cache mon impatience en parlant de tout et de rien.

Elle a presque une trentaine d'années de plus que moi, nous avons peu de choses en commun, pourtant nous avons sympathisé dès ses premières soirées au restaurant. Je la raccompagne parfois chez elle, en dépit des regards noirs de Maxime. Nous discutons au bas de l'escalier. Je l'entends monter les marches et j'attends qu'elle referme sa porte avant de repartir. Je la regarde me faire signe de la fenêtre de son appartement et lui envoie un bisou avant de disparaître rue de Navarin.

C'est difficile à expliquer, mais chaque jour je sens croître ma curiosité pour cette femme et j'éprouve pour elle une affection grandissante. Elle m'attire, sans que je veuille en approfondir les raisons, et les soirs où elle ne vient pas au restaurant, ceux où je ne travaille pas, elle me manque un peu. Sa fragilité me touche, ses mystères m'intriguent.

Si je m'accroche ainsi à elle, c'est que je voudrais qu'elle me les dévoile.

Je n'ai parlé à personne de cette amitié un peu bizarre, même pas à mon père à qui, d'ordinaire, je ne cache rien. Je le connais : il se ferait du souci à me voir fréquenter une vieille recluse, et m'encouragerait à passer du temps avec des jeunes de mon âge.

Sophie est mon jardin privé, que je ne veux partager avec quiconque. Est-ce qu'à mon âge, je cherche encore une maman ? C'est comme si sa présence comblait un manque en moi. Et j'ai parfois le sentiment qu'il en va de même pour elle.

Lorsque je suis arrivée, le petit appartement exhalait les senteurs du poulet grillé au four.

« Je suis sûre que tu adores ça, m'a-t-elle dit. Surtout le pilon, hein ? »

C'est vrai, depuis toute petite, le poulet grillé est mon plat favori.

Je me suis régalée de salade de pommes de terre (« ce sont des rattes, m'a-t-elle expliqué, les meilleures patates ! ») et de sorbet au cassis, elle a eu l'air content. « Rien ne me rend plus heureuse que de te faire plaisir, a-t-elle murmuré. Avec toi, j'ai retrouvé le goût de cuisiner.

— Vous l'aviez perdu ?

— Oui », s'est-elle contentée de répondre, d'une voix si lasse que j'ai eu envie de la prendre dans mes bras. Mais je n'ai pas osé, de peur peut-être qu'elle me repousse et de gâcher la douceur de ce moment.

Je pose ma tasse sur la table de verre. Je me lance.

« Alors, Sophie, et ce grand secret ?

— Ah, oui ! » feint-elle de s'étonner. Elle se lève.

« Viens, suis-moi. »

Nous avançons dans le couloir plongé dans l'obscurité. Elle retient ma main quand je la tends vers l'interrupteur. Au bout, il y a cette pièce dont j'avais essayé de pousser la porte samedi dernier, en sortant de la salle de bains. Elle était fermée à clef.

Elle s'arrête devant la porte, sort une clef de sa poche, la tourne dans la serrure.

« Entre », dit-elle de sa voix si douce.

Mon cœur bat à tout rompre : je sens que derrière cette porte se trouve sa vie, sa vérité. De fines gouttes de sueur perlent à nouveau sur mon front.

Je pose la main sur la poignée, j'ouvre quand, d'un geste brusque, Sophie me retient.

« Non, pas maintenant, dit-elle d'un ton sans appel.

— Qu'y a-t-il, Sophie ?

— Je n'ai pas le courage aujourd'hui... Une autre fois... » Je m'étonne : « Le courage ? »

Elle ne répond pas et, prestement, referme la porte et glisse la clef dans la poche de sa veste de soie grise. Je n'insiste pas. Mais ce revirement soudain n'a fait qu'attiser davantage ma curiosité. Que se cache-t-il ici ? Devrais-je insister ? Elle m'avait parue si proche, pendant quelques instants...

Au moment où la porte s'est entrebâillée, j'ai eu la vision furtive d'une pièce plongée dans la pénombre et deviné un lit. Un petit lit. Une chambre d'enfant.

« Comme vous voudrez Sophie... Une autre fois, peut-être... »

Inutile de la pousser dans ses retranchements. Cette pièce recèle un lourd secret et un jour, je le sais, elle me le révélera. C'est une question de temps et de patience.

Peut-être n'a-t-elle pas encore suffisamment confiance en moi ? Je sens toujours chez elle une réticence, une retenue. Comme si se dévoiler lui ferait atteindre un point de non-retour. Elle a jugé que le moment n'était pas venu.

Dans ses yeux, je vois de la tristesse. Mais elle l'efface d'un sourire.

« Allons prendre notre thé », déclare-t-elle.

Je répète : « Comme vous voudrez », masquant ma déception. « Mais rapidement. Il va falloir que j'y aille. »

Je reprends ma robe à présent sèche et vais me changer à la salle de bains. Puis je reste debout dans le salon, ma tasse à la main. L'idée de m'attarder m'est soudain insupportable.

« Tu ne t'assois pas ? »

Je regarde ma montre : « Il est presque quinze heures… »

Je sens qu'elle brûle de me demander ce que j'ai à faire. Elle sait que je ne travaille pas ce soir.

« Un petit copain ? s'amuse-t-elle.

— Je ne peux rien vous cacher, Sophie !

— Tu en as de la chance !

— Oui, vous pouvez le dire… »

Je me force à sourire.

Malgré son insistance, je n'ai pas envie de lui parler du désert de ma vie amoureuse, de mes difficultés à établir une relation durable avec un homme. Pourtant, c'est bien avec un homme que j'ai rendez-vous : mon père. Nous dînons ensemble ce soir. Pourvu qu'il ne m'impose pas sa pétasse…

184

Je voudrais mon papa pour moi toute seule, comme avant... Sur le seuil de la porte, elle dépose deux baisers rapides sur mes joues.

« Et comment s'appelle-t-il, ce veinard ? demande-t-elle.

— Quel veinard ?

— Eh bien, ton amoureux !

— Ah ! Ça, c'est mon secret... À chacun les siens, Sophie. »

Je vois qu'elle accuse le coup, qu'elle hésite un instant. Va-t-elle se raviser, me faire entrer dans la pièce interdite ?

« Passe une bonne fin d'après-midi, ma fille. Je viendrai dîner mardi au restaurant.

— À mardi, alors. »

Je m'éloigne en toute hâte. Tandis que j'attends l'ascenseur, j'ai l'impression glaçante de sentir son œil posé sur moi, à travers le judas.

Je dissimule mon trouble en me réfugiant dans la cabine. Et là, d'un coup, sans savoir pourquoi, je fonds en larmes.

25

« Sophie »

J'ignore si elle m'a entendue. J'ai fait le moins de bruit possible pour me caler contre la porte, l'œil dans le mouchard.

Je profite du spectacle de ma fille, seule sur le palier. Elle attend l'ascenseur avec des signes d'impatience. Petite, elle était déjà comme ça, boudeuse, colérique quand quelque chose ne lui convenait pas. Je la gâtais sans doute trop... Cela ne durait pas, je la calmais très vite. Une petite fessée ou une tapette sur les doigts et elle cessait ses caprices... Chez les Delalande, ce ne sont pas les gamins qui font la loi !

J'aime sa robe bleu ciel, mais pas tellement la façon dont elle a retenu ses cheveux blonds par un bandeau assorti, et surtout ces deux anneaux d'argent, trop grands, qu'elle porte aux oreilles. Cela ne lui va pas du tout. Parfois, je retrouve dans certaines de ses attitudes la même vulgarité que chez Sylvain. Je me fais la réflexion, tandis que je la détaille de la tête aux pieds, que si c'était moi qui l'avais élevée, elle aurait une autre allure. Bien plus distinguée.

Et elle ne serait pas obligée de faire la boniche dans un restaurant pour gagner sa vie. Je n'aurais pas permis cela. Elle aurait eu une vie stable, à Paris, et je l'aurais envoyée dans les bonnes écoles. Aujourd'hui, elle aurait une belle situation dont je serais fière.

C'est une raison de plus de ne pouvoir pardonner à cet homme qui, par son égoïsme, a gâché la vie de ma fille en lui imposant cette existence de gitan. Cette idée augmente encore ma peine depuis que je l'ai retrouvée. Hortense méritait mieux. Je vais en avoir, du travail, pour remettre tout cela d'aplomb. Mais ça ne me fait pas peur, j'ai le reste de ma vie à lui consacrer.

La voilà qui disparaît dans l'ascenseur (les jeunes semblent ne plus savoir prendre les escaliers, de nos jours...).

Ce matin, lorsque je me suis levée, sur le coup de six heures, j'étais vraiment décidée à lui révéler la vérité. Allongée dans son petit lit, j'avais établi un plan et tout imaginé quand, après le déjeuner, je la conduirais dans sa chambre d'enfant.

Me représenter nos retrouvailles, inlassablement, m'a donné confiance. Je me suis assoupie quelques minutes, puis me suis réveillée, tout excitée, tellement impatiente.

Je me suis dépêchée de faire une dernière inspection, ai vérifié que tout était en ordre dans sa petite chambre, mis la table, posé sur le guéridon le vase où je placerai le petit bouquet de roses jaunes qu'elle m'offre à chacune de ses visites. J'ai décroché, comme à chaque fois qu'elle vient, le cadre brisé avec sa photo et suis allée le cacher dans sa chambre. J'ai préparé le déjeuner. Enfin je me suis postée à la fenêtre, pour guetter son arrivée. Quand je l'ai aperçue dans sa robe légère, se faufilant au milieu de la foule, j'étais heureuse.

Pourquoi au dernier moment, ai-je fait machine arrière ? J'avais tout si bien programmé, tant rêvé au bonheur qui nous attendait.

J'en ai eu soudain la conviction : j'étais prête, mais pas elle. Il y avait eu pendant le déjeuner des phrases qui m'avaient troublée, des mots qui m'avaient déstabilisée.

Et maintenant, c'est presque avec soulagement que, depuis ma fenêtre, je la regarde sortir de mon immeuble et remonter la rue des Martyrs, de son pas pressé.

Mais le temps travaille pour moi. Mardi, je n'irai pas au restaurant. J'irai mercredi. Elle devra m'attendre.

« Sois patiente », m'a dit Isabelle.

Il faut que je l'appelle pour lui raconter. Elle m'avait enjoint à la prudence, n'était-ce pas encore un peu tôt ? Il faut que je dise à cette amie si chère qu'elle avait raison.

26

« Sophie »

Elle ne se serait pas arrêtée devant la boutique de chaussures un peu plus haut, rien ne serait arrivé.

C'est ce genre de magasins où se pressent les jeunes du quartier. On n'y trouve rien à moins de quatre-vingts euros et cela n'a pas l'air de les gêner. La boutique ne désemplit pas, à croire qu'il suffit aujourd'hui de vendre des chaussures qui partiront en lambeaux à la première pluie pour faire fortune. Il est bien loin le temps où une bonne paire de chaussures faisait plusieurs années. Je le reconnais, en vieillissant, j'ai de plus en plus de mal avec cette société de consommation où semble se complaire ma fille. Dans l'avenir, il faudra que je m'applique à lui redonner le sens des valeurs.

La rue des Martyrs, je l'ai vue changer du tout au tout en quelques années, investie par des dizaines de jeunes couples avec leurs enfants, et surtout avec leurs poussettes. Autrefois, quand je promenais Hortense dans son landau, j'avais soin de ne bousculer personne, en particulier les vieux qui menaient ici une vie agréable. Aujourd'hui, la rue leur appartient, à eux et leur marmaille bruyante.

Il faut vivre avec son temps, me dit Isabelle, je suis trop vieux jeu...

Penchée à ma fenêtre, je l'aperçois, immobile devant la vitrine. Samedi dernier, alors que je l'accompagnais jusqu'au métro, elle m'avait montré une paire de souliers, des espèces de ballerines argentées que j'avais trouvées en toute franchise assez laides, et d'apparence inconfortables. Pour lui faire plaisir, je m'étais extasiée. « Elles t'iraient parfaitement ! » Des chaussures « très tendance », mais qui « coûtaient un bras », m'avait-elle expliqué. Encore une de ces expressions nouvelles. Mais en effet, cent vingt euros pour des chaussures qui feront à peine une saison, ça n'a pas de sens...

Hortense m'avait entraînée dans la boutique. Évidemment, la vendeuse avait trouvé que les ballerines lui allaient à merveille. Elle avait posé son doigt sur l'orteil d'Hortense, comme pour une petite fille : « La pointure est parfaite ! » Avant de s'enquérir d'un ton mielleux : « Alors, on les prend ?

— Je ne sais pas, je vais réfléchir... » avait répondu Hortense.

La vendeuse n'avait pas insisté, « je vais réfléchir » signifie « je ne les prends pas », elle connaît la clientèle. Elle avait repris les chaussures, les avait rangées dans leur boîte, l'air pincé. Nous lui avions fait perdre son temps, je l'entendais presque penser : « Quand on n'a pas les moyens, on n'entre pas dans ce genre de magasin. » Désormais, quand je passe devant, je fusille du regard cette mijaurée qui se croit au-dessus

190

de tout le monde alors qu'elle n'est qu'une simple vendeuse.

« Elles sont trop chères pour moi », m'avait soufflé Hortense tandis que nous ressortions.

Je lui aurais volontiers fait ce cadeau. J'ai largement les moyens, je gagne 2 652 euros net au ministère, et je dépense peu. Mais je jugeais le prix disproportionné, et j'ai craint aussi qu'elle trouve étrange que je lui fasse un tel cadeau. Il était trop tôt pour que je la gâte comme quand elle était enfant. J'avais lancé sur le ton de la plaisanterie qu'elle allait devoir patienter jusqu'aux soldes. À voir sa moue, je m'étais soudain demandé si elle ne s'attendait pas à ce que je dise : « Allons, je te les offre. »

J'avais avancé vers le métro, sans autre commentaire. Nos adieux, en haut des marches de la station Anvers, avaient été moins chaleureux que les fois précédentes.

L'idée m'était venue que son intérêt pour moi n'était peut-être pas désintéressé. Était-elle, comme son ordure de père, attirée par mon argent ?

Il est grand temps de tout lui révéler, et d'en finir avec ce jeu de cache-cache.

Lorsqu'elle apprendra la vérité, elle oubliera ces histoires de chaussures. Notre amour sera puissant et vrai. J'ai passé la semaine cramponnée à cet espoir.

Mais je n'ai pas aimé la façon dont, tout à l'heure, elle a dit maman en parlant de cette fille au Brésil.

La seule qui ait droit à ce titre, c'est moi !

Je ne lui ai pas proposé aujourd'hui de la raccompagner au métro. Un nuage avait voilé notre relation naissante et je ne me sentais pas d'humeur à marcher avec elle.

Je sais comment dissiper ce trouble : il suffirait que j'achète ces horribles chaussures. On verra…

Depuis mon poste d'observation, je la vois hésiter, les yeux sûrement pleins de convoitise fixés sur ces foutues godasses. D'un coup, elle se décide, pénètre dans le magasin, pour en ressortir quelques minutes plus tard, les ballerines argentées aux pieds. Je suis un peu déçue. Je ne pensais pas ma fille si frivole et dépensière. Elle ne tient pas cela de moi, c'est sûr. Sans doute de Sylvain, il a toujours été prodigue, avec l'argent des autres…

L'idée me vient sur un coup de tête. Malgré la chaleur, j'attrape mon imperméable, suspendu dans l'entrée. Il me camouflera, qui sait jusqu'où va m'entraîner ma lubie ?

J'ai décidé de la suivre. Je veux savoir où elle va. Je ne l'ai pas crue quand elle m'a dit qu'elle allait retrouver un petit ami. Elle reste muette à ce sujet, tandis qu'elle parle de son père avec tant d'admiration et d'amour… J'ai compris depuis longtemps que la vie affective de ma fille est un désastre, et que Sylvain en est le responsable.

J'ai la certitude qu'elle va le rejoindre, lui.

27

« Hortense »

Je ne regrette pas mon achat. C'est vrai, cent vingt euros, c'est plus que je ne gagne en une soirée, mais comme dit mon père, il n'y a pas de mal à se faire du bien. Il m'approuvera, j'en suis sûre, trouvera mes nouvelles chaussures magnifiques. De toute façon, pour lui, tout ce que je fais est « magnifique ».

J'aime la façon dont il appréhende les événements de la vie. Avec légèreté. Comme si (à part moi, bien sûr) rien n'avait pour lui de réelle importance.

J'en ai eu la preuve toutes ces années passées ensemble, sans attaches, seulement lui et moi.

Je me souviens parfaitement du jour où je lui ai demandé où était ma maman. J'avais cinq ans et demi, c'était la fin de l'après-midi et nous marchions le long d'une plage (je ne me rappelle pas où, en revanche). Il me portait sur ses épaules. Je lui avais dit que je ne voulais pas mouiller mes pieds, mais en réalité, j'avais peur que les grosses vagues m'emportent.

Il m'a reposée sur le sable. Nous nous sommes assis au sommet d'une petite dune. Il m'a pris les mains.

« Il fallait bien qu'un jour tu me poses cette question…

— Elle est où, ma vraie maman ? ai-je insisté.

— Surtout ne m'interrompt pas, Emmanuelle. Ce que je vais te raconter ne va pas te faire plaisir. »

J'ai voulu parler, mais il a posé sa belle grande main sur ma bouche.

« Ta mère nous a abandonnés quand tu étais toute petite. C'est pour ça que tu ne te souviens pas d'elle. Elle a disparu du jour au lendemain, sans une explication.

— Elle ne m'aimait pas ? »

Il a mis du temps avant de répondre :

« C'est ça, ma chérie, elle ne t'aimait pas, pas assez. Pas autant que moi, en tout cas… »

Il m'a prise sur ses genoux et m'a dit qu'elle s'appelait Nathalie. J'ai répondu qu'elle ne me manquait pas, que je l'avais, lui, et que je l'aimais très fort. Je revois encore son sourire de contentement.

Quelques années après, je devais avoir six ou sept ans, il m'a appris qu'elle était morte dans un accident de la route. Après cela, nous n'avons plus jamais évoqué cette mauvaise mère.

Acheter cette paire de ballerines m'a fait oublier la gêne que j'ai éprouvée aujourd'hui en compagnie de Sophie. Je me suis sentie terriblement mal à l'aise à partir du moment où, l'air dur, elle a subitement refermé la porte de la pièce mystérieuse. Je me suis esquivée, sans lui laisser le temps de proposer de me raccompagner jusqu'à Anvers. C'est devenu une sorte de rituel entre nous, après ces visites du samedi. Je ne voulais pas la froisser, mais cette fois, je n'en avais pas envie.

Pour tout dire, j'avais hâte de partir. Qu'elle reste donc dans son appartement triste à mourir ! Elle me dit qu'elle habite là depuis plus de trente ans, c'est incroyable ! Ce lieu est sans vie, sans âme, totalement anonyme, trop parfaitement rangé, trop propre. « Je suis une maniaque du rangement, m'a-t-elle expliqué très sérieusement. Il y a deux choses dont j'ai horreur : la poussière et le désordre. » Elle a ajouté, avec un sourire qui laissait voir son orgueil : « J'ai toujours été comme ça. Toute petite, je repassais toujours derrière ma mère quand elle faisait le ménage, et je lui montrais mon chiffon couvert de poussière ! » Puis elle a éclaté de rire : « Et j'adore faire la vaisselle. Hors de question que j'achète un jour une machine. Ça lave mal ! »

Comme elle venait d'évoquer sa mère, j'en ai profité pour la questionner à son sujet. D'un coup, elle est redevenue sévère, et elle a répondu d'un ton presque cinglant : « Ma maman est décédée il y a longtemps, il y aura dix-neuf ans dans quatre-vingt-huit jours.

— Je suis désolée, Sophie. Elle doit beaucoup vous manquer, ai-je murmuré, confuse.

— Une maman manque toujours à sa fille. Mais je préfère ne pas en parler », a-t-elle répondu froidement.

J'ai compris qu'il valait mieux changer de sujet, et pour le ménage, je me le suis tenu pour dit. Je lui ai promis de l'inviter chez moi mais ce jour-là, j'aurai intérêt à faire un sacré déblayage. Je suis comme mon père, je ne me sens bien que dans le désordre.

La première fois que j'étais entrée chez elle, les deux animaux empaillés qui trônent sur une commode dans le salon m'avaient sauté aux yeux. Un épervier et une belette, bec et mâchoire grands ouverts, effrayants. Elle m'a dit qu'elle les avait naturalisés, c'est le mot qu'elle emploie, elle-même. « C'était ma grande passion, autrefois. J'ai appris les techniques quand j'étais gamine, auprès d'un voisin taxidermiste. J'aurais pu en faire mon métier, mais mes parents voulaient que j'entre dans la fonction publique. J'ai dû empailler une bonne trentaine d'animaux, à une époque. J'ai tout donné et n'ai conservé que ces deux-là. » Elle a ajouté, en prenant chaque bête en main : « Tu aimerais en avoir une ? »

J'ai décliné son offre en cachant mon dégoût. Me réveiller au côté d'un pareil spectacle, très peu pour moi !

Chez elle, des napperons brodés sont étalés sur chaque meuble. Au mur des reproductions de toiles du Louvre, achetées, m'a-t-elle confié, à la boutique du musée il y a une dizaine d'années, et quatre tableaux au point de croix, représentant des animaux : un chien, un chat, un ourson et un lapin. La semaine dernière, pour être aimable, alors que je trouve l'ensemble vraiment moche, je lui ai demandé si c'était difficile à coudre et si cela prenait beaucoup de temps. Elle m'a répondu sur un ton un peu sec : « On ne dit pas coudre, mais broder. » Avant d'ajouter : « Ce n'est pas moi qui les ai faits, c'est ma meilleure amie qui me les a offerts. »

J'ai été surprise d'apprendre qu'elle avait une amie fidèle depuis plus de vingt ans. Quand je l'ai questionnée, je m'attendais à ce qu'elle coupe court à la discussion, comme à chaque fois que je me permets une question touchant à son intimité. En dépit de nos nombreuses rencontres, je ne sais pratiquement rien de sa vie, à l'exception de quelques anecdotes sans relief. Chaque fois que je l'interroge, je me heurte à un mur.

À ma surprise, elle a été intarissable sur « sa grande et meilleure amie », une femme formidable « qui ne l'a jamais déçue, à l'inverse de nombreuses autres personnes… » Elle vit dans le Sud-Ouest où elle se consacre à son mari atteint d'une sorte d'Alzheimer précoce, si j'ai bien compris. « Il n'a pas soixante ans, le malheureux, et c'est tout juste s'il la reconnaît, la pauvre Isabelle. »

Amusée, je lui ai dit que l'amie de mon père s'appelait aussi Isabelle. Je l'ai vue se figer. Elle m'a dévisagée un moment, silencieuse, puis a rétorqué d'un bref : « Ah bon ? » Elle a souri : « C'est drôle, le hasard… »

Laissant sa phrase en suspens, elle a disparu à la cuisine pour faire du café. Nous en sommes restées là, et n'avons plus reparlé d'Isabelle.

Je m'arrête en haut des marches de la station Anvers pour chercher mon passe Navigo dans mon sac. Un crissement de freins brutal me fait me retourner. Je me régale du spectacle des deux conducteurs qui s'engueulent, c'est fascinant de voir comment, pour un rien, les gens sortent de leurs gonds. Pour un peu, ces deux types en viendraient aux mains.

Alors je l'aperçois, avançant sur le boulevard, à une cinquantaine de mètres de moi. Je reconnaîtrais entre mille sa silhouette trapue, la tête légèrement inclinée, ses épaules voûtées.

Elle doit crever de chaud sous cet imperméable gris.

Elle est sans doute en route pour sa promenade habituelle jusqu'à Montmartre. Nous y serions sans doute allées cet après-midi, comme nous l'avons déjà fait plusieurs fois, sans mon départ précipité.

Je l'observe qui traverse le boulevard en dépit des voitures qui la frôlent. Déterminée comme à son habitude, elle force le passage avec des gestes fermes de la main, obligeant les autos à s'arrêter.

Elle regarde partout sauf dans ma direction. Elle ne m'a pas vue.

Je ne lui fais pas signe et m'engouffre dans la station.

À chacune son chemin, comme dit la chanson. Je la fredonne en marchant vers le bout du quai.

28

« Sophie »

Je suis assez fière de ma performance : j'ai réussi à suivre Hortense sans me faire repérer jusqu'à Bois-Colombes. Je ne m'y étais jamais rendue auparavant, je connais très mal la banlieue de Paris, dans l'ensemble.

J'ai failli faire demi-tour à plusieurs reprises, tant les risques que je prenais me paraissaient insensés. Plus nous nous éloignions de Paris, plus il me serait difficile de justifier ma présence, si elle me remarquait. Je préparais des prétextes : je me rendais chez une amie pour passer la soirée et « je n'en revenais pas moi-même, de la croiser ici ! ». Non, elle trouverait ça bizarre, le mieux serait de lui avouer la vérité en m'excusant. Je lui dirais que je ne savais pas ce qui m'avait pris, je l'avais suivie sur un coup de tête, je lui demanderais de me pardonner « cette idiotie ». Ma franchise et ma gêne l'attendriraient.

Le moment le plus éprouvant fut celui où je dus la suivre dans le tramway pour ne pas la perdre, mais par chance, elle était concentrée sur son téléphone. Pendant tout le trajet, il l'a accaparée à un tel point qu'elle ne faisait attention à rien ni à personne. À présent, je marche derrière ma fille dans une large avenue bordée de hauts immeubles vieillis par les années.

C'est incroyable à quel point les jeunes sont rivés à leur portable. Elle progresse, traverse les rues sans le quitter des yeux, comme hypnotisée. Parfois elle s'arrête, m'obligeant à ralentir, et je la vois tapoter fébrilement. Quand nous serons réunies, pensé-je, il faudra que je la libère de cette stupide addiction. Je soupire pour moi-même : ah, j'en aurai du travail ! Mais, je l'avoue, cette perspective n'est pas pour me déplaire…

Nous avons parcouru cinq cents mètres environ, et nous arrivons près de la terrasse d'un bar-tabac, L'Aviateur, qui ne semble pas bien reluisant. J'ai l'impression que c'est là qu'elle se rend, elle a rangé son portable dans son sac et pressé le pas.

Je ralentis. Il est dix-sept heures et douze minutes, et malgré le soleil qui inonde le trottoir, je relève soigneusement le col de mon imperméable.

Elle pénètre dans le café sans un regard pour les tables du dehors, exposées en pleine chaleur. Elle semble impatiente.

Rentrer à sa suite serait trop risqué, aussi je continue prudemment mon chemin, et passe lentement devant le bar. Je la vois aller tout droit au fond de la salle et se pencher sur un homme de dos, qu'elle embrasse sur la joue. D'abord, je ne distingue que ses épaules massives, son crâne rasé. Mais, à l'instant où je vais dépasser l'établissement, il m'offre son profil.

Plus nous approchions du but, plus je me préparais à le voir. Je me raisonnais, m'efforçais de calmer ma respiration, presque impatiente d'en finir.

Pourtant, j'ai été foudroyée quand je l'ai reconnu.

Le choc me fait vaciller, encore plus violent que lorsque j'ai reconnu ma fille avenue Trudaine, quelques semaines plus tôt. Mais, cette fois, il ne s'agit plus de cette émotion intense qui m'avait submergée, au point d'en être paralysée.

La nausée m'oblige à m'éloigner au plus vite, à prendre appui sur un réverbère. Je suis submergée de dégoût et de haine, et les images de mes années de malheur tournoient sous mes yeux jusqu'au vertige. Les souvenirs me tordent les tripes et je vomis mon déjeuner. Je peine à reprendre mon souffle. Je crache, je retiens mes cris, résiste de toutes mes forces au besoin qui me taraude de me précipiter sur lui, de le frapper, de l'agonir d'injures. De prendre mon enfant et le monde à témoin.

Lorsqu'il s'est tourné légèrement, présentant sa joue à mon enfant pour qu'elle y dépose un baiser affectueux, j'ai reconnu mon bourreau. Notre bourreau à Hortense et moi.

Celui qui, aujourd'hui, se cache sous le nom d'Antoine Durand.

La première fois où elle était venue déjeuner chez moi, je l'avais incitée à me parler de lui. J'avais même trouvé la force de prononcer les mots : « ton père ». Il fallait que je sache. J'avais dû l'écouter vanter les louanges de cette ordure pendant une demi-heure interminable. Intarissable, elle m'avait appris qu'il avait fait « tous les métiers du monde », qu'il travaillait maintenant comme encadreur (lui qui ne savait rien faire de ses dix doigts !) et vivait en banlieue.

« Où ça ? avais-je demandé.

— Dans l'ouest, derrière Nanterre. »

J'avais fait bonne figure, raffermissant ma certitude que j'approchais de ma revanche. J'avais bien senti qu'elle pourrait continuer à me raconter sa vie heureuse avec lui des heures durant, mais je n'avais plus posé de questions, car je ne pouvais en endurer davantage. C'était trop douloureux.

Et j'en savais suffisamment.

Un sourire m'avait échappé. Elle s'en était étonnée. Cela me faisait plaisir de la savoir heureuse, avais-je expliqué. Elle avait promis de me le présenter bientôt.

« Rien ne presse, avais-je dit.

— Vous serez conquise, m'avait-elle assuré. Toutes les femmes l'adorent ! »

J'avais changé de sujet en lui proposant une autre part de tarte aux pommes.

« Je suis au régime ! s'était-elle récriée.

— Tu es toute maigrichonne…

— J'ai deux kilos à perdre… » avait-elle rétorqué très sérieusement.

Quand tu me reviendras, avais-je pensé, plus question de régime. Fini, toutes ces bêtises mauvaises pour la santé.

À une époque, j'ai perdu vingt kilos.

C'était il y a quatorze ans. Ma fille en avait onze et toutes les pistes lancées par les enquêteurs avaient échoué. J'en voulais à la terre entière, à commencer par cette juge d'instruction depuis peu chargée de mon affaire, Danielle Quatrepoint. Une grande femme maigre et apprêtée, avec des os saillants et des yeux noirs perçants, que je n'ai jamais vue porter deux fois la même toilette. Sa greffière, qui ne semblait pas l'apprécier outre mesure, m'avait laissé entendre que son mari de dix ans plus âgé qu'elle disposait d'une fortune confortable.

La première rencontre m'avait redonné espoir. « Il était temps que votre dossier soit confié à une femme, m'avait-elle dit d'entrée. Qui mieux qu'une femme, mère de surcroît, peut prendre la mesure de votre désarroi ? » Je m'étais abstenue de lui rappeler que le premier juge désigné était une femme, elle aussi, cette imbécile de Gaboriaud, qui croyait mordicus au suicide de Sylvain.

La juge Quatrepoint avait deux petites filles, m'avait-elle dit : « Je n'aurais pu supporter ce que le père d'Hortense vous a fait ! »

J'avais frémi : « S'il vous plaît, madame le juge, n'employez jamais le mot de père en parlant de lui.

— Bien sûr, bien sûr, s'était-elle reprise. Je comprends parfaitement… Sophie… »

Elle s'était mise à m'appeler par mon prénom et exigeait que je l'appelle Danny, « comme une amie ».

J'avais confiance en elle et il m'avait fallu du temps pour prendre la mesure de son incompétence.

Quelques mois plus tard, ne voyant rien bouger, je lui avais reproché de piétiner, et nos relations s'étaient immédiatement et irrémédiablement dégradées.

« Je crois, madame Delalande, avait-elle répliqué d'un ton piqué, que vous ne vous rendez pas compte des efforts que nous déployons à nouveau avec les enquêteurs depuis six mois. Votre affaire, contrairement à ce vous insinuez, est traitée en priorité. Je suis déçue que vous n'en ayez pas conscience.

— Vos efforts ne mènent nulle part, c'est bien la peine de se démener autant pour n'aboutir à rien du tout, ma chère Danny », avais-je ironisé.

Elle avait refermé avec autorité le dossier ouvert devant elle, en concluant :

« Nous allons en rester là pour aujourd'hui. Je vous contacterai le jour où j'aurai du nouveau. »

Furieuse, j'avais tenu à avoir le dernier mot : « C'est ça, à la Trinité ou à la Saint-Glinglin ! Vous êtes non seulement nulle, mais conne ! »

Je ne lui avais pas laissé le temps de répondre et, sans me soucier des protestations de mon avocat, j'avais quitté son bureau en claquant la porte de toutes mes forces.

Quand il m'avait rejoint dans le couloir, maître Marcantoni m'avait tancée : « Vous n'auriez pas dû vous énerver, madame Delalande. Maintenant, la juge va vous avoir dans le nez. » Il avait ajouté d'une voix sonore, probablement pour qu'elle l'entende :

« Madame Quatrepoint fait tout ce qui est en son pouvoir, madame Delalande. Il serait souhaitable que vous vous excusiez.

— Jamais ! » avais-je répondu d'une voix encore plus forte.

À la suite de cet incident, je m'étais séparée de cet avocat, qui me suivait pourtant depuis le début. Je n'ai jamais regretté d'avoir dit ses quatre vérités à cette mijaurée, mais il avait raison, et, en dépit de mes multiples relances, cette garce, vexée, avait mis de côté mon dossier et refusé dès lors de me recevoir.

Il n'était pas question que j'en reste là. Voilà pourquoi, six semaines plus tard, je m'étais enchaînée aux grilles du palais de Justice, encouragée par Isabelle, aussi révoltée que moi par l'attitude de cette juge. Malheureusement, obligée de rester auprès de son mari, elle n'avait pas pu me rejoindre et m'accompagner dans ma lutte.

Je m'étais allongée sur une natte, j'avais accroché à mon cou une pancarte où était inscrit : « Oubliée par la justice et abandonnée par la juge Danielle Quatre-point » et j'avais entamé une grève de la faim.

Des anonymes m'entouraient, relayaient et soutenaient mon combat, au point que les flics n'avaient pas osé me détacher de force. Chaque fois qu'ils approchaient, la petite foule de sympathisants faisait écran en protestant bruyamment, sous l'œil des caméras.

Pendant dix-huit jours, je ne m'étais nourrie que d'eau vitaminée, un régime radical, et j'avais maigri dangereusement. Mais mon calvaire (rares sont ceux qui savent ce que l'on endure quand on n'avale rien pendant des jours) semblait valoir la peine. En effet, l'enlèvement de ma fille occupait à nouveau les journalistes, dont l'intérêt avait été relancé. Je me rappelle en particulier de ce titre de *France-Soir :* « *Jamais sans ma fille, le combat à mort d'une maman.* » J'avais été interviewée en direct pour la télévision par Patrick Poivre d'Arvor lui-même. À voir l'abondant courrier que j'ai reçu à cette époque, et que je conserve précieusement dans la petite armoire d'Hortense, j'avais alors ému la France entière.

Tout ça, je le lui montrerai quand nous serons réunies, afin qu'elle voie jusqu'où je suis allée dans ma bataille pour elle.

Il m'avait fallu dix-huit jours de souffrance avant de voir mon combat aboutir. À ce que j'avais su, le ministre de la Justice en personne était intervenu pour faire nommer un nouveau juge, un certain Raymond Lassus « C'est un vieux briscard et avec lui, nous savons que tout sera fait pour retrouver votre fille », m'avait assuré le représentant envoyé par le ministre.

J'avais exigé que ce juge vienne me voir en personne avant de cesser mon combat.

« Je ne peux rien vous promettre, après toutes ces années, m'avait-il expliqué, penché sur moi à la grille du palais, mais nous allons reprendre cette affaire par le début. »

Ces quelques mots m'avaient redonné confiance et j'avais accepté d'être hospitalisée, au grand soulagement du public qui suivait passionnément l'affaire, et bien sûr de ma bonne Isabelle.

De fait, le juge Lassus avait sorti les grands moyens, et lancé des investigations tous azimuts, à tel point que je m'étais remise à croire à la possibilité de revoir ma fille. Malheureusement, une attaque cardiaque l'avait terrassé trois mois seulement après son entrée en scène, et il avait été contraint de laisser la place à un successeur, qui n'avait pas montré autant de détermination.

« Cette affaire est maintenant très ancienne, et les équipes sont surchargées de travail », se justifiait-il.

Les pistes que « le vieux Lassus » avait ouvertes s'étaient refermées et mon affaire s'était à nouveau trouvée reléguée au bas de la pile.

Déposition de Mme Danielle Quatrepoint, née le 14 octobre 1968, vice-présidente du tribunal de Versailles, le 30 juin 2015. Extrait du procès-verbal.

[…] Je revois parfaitement cette femme, revêche, pas commode du tout. Elle était en permanence sur le qui-vive, impatiente et exigeante. […] Les juges qui m'avaient précédée m'avaient prévenue de son état d'esprit et m'avaient mise en garde contre ses sautes d'humeur. « Cette histoire l'a rendue paranoïaque », m'avait confié l'un d'eux, et je dois reconnaître qu'il avait raison. […]

J'avais entendu parler de cette affaire bien avant qu'elle me soit confiée, bien sûr, et j'en avais été très émue, comme beaucoup de gens à l'époque. Je me suis efforcée de l'amadouer et de nouer des relations de confiance dès nos premières entrevues. Mais je m'étais leurrée. Elle en voulait à la terre entière et s'est acharnée sur moi comme si j'étais responsable de son malheur. Je peux vous certifier que tout le monde aurait voulu voir élucider cette affaire pénible. J'avais tout repris à zéro, jusqu'aux interrogatoires de tous les témoins, je m'étais rapprochée d'Interpol. J'en ai fait plus pour elle que pour beaucoup d'autres cas similaires, croyez-moi. Mais les investigations n'avançaient pas assez vite à ses yeux et au bout de quelques mois elle m'a prise à partie avec une grande violence. […]

Il était devenu impossible de communiquer avec elle. Je pense qu'elle avait perdu toute lucidité et survivait, comme prisonnière de son destin. J'avais fini par avoir le sentiment qu'elle se complaisait dans sa douleur. Une fois, à l'issue d'un rendez-vous, je m'étais même demandé si retrouver sa fille lui rendrait le bonheur. Avec le recul et au vu des derniers événements dramatiques… […]

Mais pour répondre à votre question, pour moi, c'était une femme en totale détresse et, c'est pour cela que j'admettais ses débordements et ses colères à mon égard. Je n'ai jamais eu le sentiment d'avoir affaire à une folle. […]

29

« Sophie »

Je suis là depuis plus d'une heure, assise à l'ombre d'un abribus, mon sac posé sur les genoux, la tête tournée vers l'entrée du café. Les dessins colorés qui couvrent les vitres de ma cachette me dissimulent, malheureusement ils m'empêchent aussi de suivre « leur manège », à l'intérieur. Régulièrement, je me lève pour les observer de loin.

Lors d'une promenade que nous avions faite place du Tertre, j'avais vu des dessins horribles du même genre sur une camionnette. Hortense m'avait expliqué que cela s'appelait des tags. « Quel drôle de nom, avais-je observé. Il n'y a que les jeunes pour inventer des noms aussi bizarres…

— Vous sortez vraiment d'un autre monde, Sophie ! » s'était-elle exclamée avec ce charmant éclat de rire qui me fait fondre.

Je m'étais retenue de lui répondre : « Oui, vingt-deux ans de malheur. » J'avais juste dit :

« Je suis trop vieille pour toutes ces choses…

— Arrêtez de dire des bêtises ! Vous êtes encore jeune ! »

Puis elle s'était penchée pour déposer un baiser sur mon front. Il faut dire qu'elle me dépasse d'une bonne tête. Elle est aussi grande et fine que je suis petite et trapue, difficile, en nous voyant, d'imaginer qu'elle est ma fille. J'avoue que je suis assez fière, moi qui ai un physique si quelconque, d'avoir mis au monde une enfant si gracieuse et si belle. Quand Isabelle l'avait vue au restaurant, elle avait admis avoir eu du mal à se convaincre que c'était elle, avant de se reprendre avec embarras. J'avais bien compris que c'était pour me faire plaisir qu'elle avait évoqué des ressemblances « frappantes ». C'est faux, de moi Hortense n'a hérité que mes cheveux blonds et difficiles à coiffer.

Je sais depuis toute petite que je suis loin d'être une beauté. Pourtant (quelle idiote j'étais), je le croyais, lui, quand il me susurrait que j'étais « pleine de charme » et qu'il m'aimait ainsi.

Ces « tags » me gênent pour surveiller les entrées et sorties par les deux portes du bar. Au bout de deux heures, je commence à m'inquiéter et à me demander s'ils n'ont pas filé sans que je m'en aperçoive. J'abandonne ma cachette et avance sur le trottoir vers le café, pour en avoir le cœur net. La terrasse est clairsemée à cette heure, et je les distingue sans peine, ils n'ont pas bougé. J'ai même le temps de la voir rire aux éclats. Je détourne la tête, hâte le pas, de peur qu'elle ne m'aperçoive. Je sens la frustration me gagner. Que peut-il bien lui raconter pour l'amuser ainsi ? Les rires de mon enfant devraient m'être réservés. J'enrage de ce moment d'intimité entre ma fille et cette ordure. Elle rira moins, le jour où elle apprendra la vérité sur ce salaud qui semble tant l'amuser, me dis-je pour me réconforter.

Une idée me vient : et s'ils étaient en train de se moquer de moi ? Je la repousse, me raisonne. C'est absurde. Et impossible, pas ma fille, ce serait trop injuste.

Je fais demi-tour et retourne à ma cachette. Ces rires, je les lui ferai payer. Je m'assois, forçant une grosse femme avec un gamin sur ses genoux à se pousser. Je glisse la main dans mon sac. Il est bien là.

Ce revolver, Isabelle me l'avait donné il y a vingt-deux ans, quand Sylvain avait ressurgi dans ma vie. Elle le tenait de son père. Je l'avais vu chez elle, et il avait fallu que j'insiste avant qu'elle me le cède. « Je me sentirais plus en sécurité si j'avais cette arme chez moi », lui avais-je dit. Je lui avais assuré que je ne l'utiliserais jamais.

Récemment, elle m'a demandé si je l'avais toujours. J'ai menti, raconté que je m'en étais séparée depuis longtemps. Sa réponse m'a surprise : « Dommage ! J'aurais bien aimé que tu lui colles de ma part une balle entre les deux yeux, le jour où tu te retrouveras face à ce salopard ! » Nous avons bien ri, ce jour-là.

Elle ignore que cette arme ne quitte plus mon sac depuis l'enlèvement d'Hortense.

Ne suis-je pas la mieux placée pour savoir ce dont cet homme est capable ?

Aujourd'hui, tandis que ma main caresse la crosse lisse, je me demande si j'aurais le courage de l'uti-liser s'il me menaçait à nouveau. Il faut du courage pour tirer sur un homme, même si celui-ci est le pire monstre que la terre ait porté.

Mon cœur bat si fort que je ferme les yeux. Je sens des gouttes de sueur couler sur mes tempes.

« Ça va, madame ? »

J'ouvre les yeux et découvre les visages de la grosse femme et de son fils tournés sur moi. Je dois avoir un drôle d'air car le gamin semble plus effrayé que curieux.

Je réponds d'un lapidaire « oui, tout va bien », qui signifie « de quoi je me mêle ? ». La femme n'insiste pas. Je referme mon sac, sens son regard posé sur mon dos tandis que je me lève d'un bond en voyant Hortense et son père quitter le café.

Je les observe sans bouger.

Je n'aime pas la tendresse qu'elle a pour l'embrasser, ni la façon dont il lui caresse la joue. Ils se séparent. Elle repart dans ma direction. Pourvu qu'il ne lui vienne pas l'idée de prendre le bus ! Je ne peux pas sortir de mon abri sans qu'elle me voie, je suis prise au piège. Je me rassois, baisse la tête, ajuste mes lunettes de soleil, ferme les yeux, me recroqueville, dans une tentative dérisoire de disparaître.

Cette imbécile de voisine revient à la charge : « Vous êtes sûre que tout va bien madame ? » Je lâche un « fous-moi la paix » et, par chance, elle ne réplique pas.

Je sens flotter devant moi le parfum ambré de ma fille. Pendant quelques secondes je me prépare au pire, le cœur battant à tout rompre, puis je tourne la tête. Hortense est loin sur ma droite. Je soupire avec soulagement. Elle ne m'a pas vue.

Plus loin, à une centaine de mètres à gauche, j'aperçois la haute silhouette de Sylvain, son crâne chauve. Il va tourner à droite. Je me décide instantanément, il ne faut pas que je le perde. Je dois savoir où il vit. À l'instant de quitter l'abribus, je jette un œil vers Hortense. Elle s'est arrêtée, semble hésiter. Soudain elle rebrousse chemin, traverse l'avenue et court vers lui. Je l'entends l'appeler. Ils disparaissent à l'angle de la rue.

Je me lève précipitamment, passe sur mon épaule la bandoulière de mon sac noir en simili croco en heurtant le gamin, remets mes lunettes noires et leur emboîte le pas.

Je suis totalement déterminée, à présent. Je sens contre ma hanche le poids rassurant du revolver.

Derrière moi, j'entends la grosse femme dire au petit : « Elle est méchante, la vieille dame, ne la regarde pas. »

30

« Hortense »

Après des moments pareils, je pardonnerais n'importe quoi à mon père. Il aurait mitraillé à la kalachnikov des enfants à la sortie de l'école, étranglé de vieilles femmes sans défense, volé les économies d'un grabataire, qu'il aurait ma bénédiction ! Je le lui ai dit et nous avons éclaté de rire. Il m'a avoué d'un air grave qu'hier il avait abusé d'une nonagénaire après l'avoir bourrée de drogue du violeur, et nous avons déroulé une longue litanie de crimes plus sordides les uns que les autres, dans une surenchère qui nous arrache des larmes de rire à chaque nouvelle invention. Cette complicité que nous avons est si précieuse...

Nous nous sommes calmés en prenant conscience que notre petit jeu nous valait des regards grincheux des autres clients. Mais il nous a fallu encore un bon quart d'heure avant de nous décider à partir.

Il n'y a rien que j'aime plus que ces moments où je me sens seule au monde à ses côtés. Où j'ai la certitude d'être l'unique personne qui compte à ses yeux.

Il donnerait sa vie pour moi, j'en suis certaine.

Lorsque je dors, un rêve me vient parfois. Toujours le même. Mon père m'emporte dans ses bras. D'abord il marche, puis il court, de plus en plus vite. Derrière nous, une rumeur s'amplifie ; c'est une foule de gens haineux qui veulent nous attraper. J'ai peur qu'il m'abandonne mais il sourit, rassurant. Alors, pour leur échapper, nous nous envolons par-dessus des villes, des forêts, des océans. Je suis si heureuse que je voudrais que cet envol magnifique ne s'arrête jamais. Mais il montre des signes de fatigue. Il dit que je suis trop lourde, qu'il n'a plus la force de continuer à fuir. Nous nous posons sur la cime d'un arbre immense. Nous sommes si haut que nous apercevons à peine la foule qui hurle mon nom. Je l'entends murmurer que nous sommes sauvés. Alors je me réveille, satisfaite.

Je me rappelle que, petite, j'allais me blottir dans ses bras pour lui raconter ce rêve. Je lui demandais ce qu'il signifiait. Il me répondait en me couvrant de baisers qu'il voulait dire que nous étions heureux ensemble, que nous n'avions besoin de personne et que cela durerait aussi longtemps que nous serions en vie. J'insistais, dans ma naïveté de petite fille : « Toute notre vie ?

— Plus longtemps encore ! » proclamait-il.

Je ne sais pourquoi c'est à ce rêve que je pense, tandis que je m'éloigne de lui. Je viens de le quitter, et il me manque déjà. Je n'ai pas voulu aller jusqu'à chez lui, comme il me l'a proposé. Il n'a pas insisté, il sait que je n'ai pas envie de croiser Isabelle. Je n'ai rien de précis à lui reprocher, elle m'a toujours entourée d'attentions. Mais lorsque nous sommes tous les trois, j'ai le sentiment que mon père m'échappe. Il n'est plus tout à fait le même, celui qui me répétait que je suis la seule personne importante pour lui. Je sens bien que cette femme a pris une grande place dans sa vie, bien plus que toutes celles qui ont croisé notre route par le passé.

Ce rêve, il y a des années que je ne l'ai plus fait. Certains soirs, je prie pour qu'il revienne. En vain. Au réveil, je ne me souviens plus de quoi a été peuplé mon sommeil.

« Aujourd'hui, peut-être, ou alors demain… » Je me prends à fredonner cette chanson oubliée en approchant du tram. J'aimerais qu'il soit avec moi pour la chanter, comme nous le faisions. Je me retourne pour lui faire signe. Trop tard, il s'engage déjà à droite. L'immeuble où il vit est à deux ou trois cents mètres plus loin. Tant pis pour moi. J'entends approcher le tramway. J'hésite. Je sais que mon père ne m'en voudra pas si je change d'avis pour le rejoindre, au contraire, il sera content que j'accepte de passer la soirée avec eux. Après tout, je n'ai rien de prévu ce soir. Alors, sur un coup de tête, je rebrousse chemin. Je traverse l'avenue, indifférente à la circulation, hâte le pas, je cours presque maintenant, il faudrait que je vole ! Je crie son nom et il se retourne enfin.

Il s'arrête pour m'attendre, avec un sourire. « Isabelle sera heureuse, elle aussi ! » me dit-il.

Allez savoir pourquoi (bien plus tard je me demanderais quel troisième sens m'y a poussée), je me retourne alors pour regarder derrière nous. Je ne cherche rien en particulier, je regarde simplement.

216

Et je vois une silhouette disparaître dans l'entrée d'un immeuble, sur le trottoir opposé.

La vision a été furtive. Je n'y prêterais pas davantage attention si je n'avais le sentiment que la personne a voulu se cacher. Je vois son ombre sur le pas de la porte, immobile. Elle doit se croire invisible. Il me semble avoir vu un imperméable gris, une silhouette semblable à celle de Sophie. Je voudrais en avoir le cœur net, mais mon père m'entraîne déjà.

Que ferait-elle ici, tout près de chez mon père ?

Arrivée chez lui, au cinquième étage, je me précipite à sa fenêtre après un rapide bonjour à Isabelle. Je me penche, fouille l'avenue du regard à la recherche d'un imperméable. Je ne vois rien, j'ai dû rêver.

« Qu'est-ce que tu regardes ? Tu ne viens pas embrasser Isabelle ? » demande mon père de sa voix que j'aime tant.

« Et si je vous invitais au resto ? » lance-t-il. Isabelle applaudit avec ravissement, moi, je ne peux me défaire de la boule d'angoisse qui me serre la gorge.

Elle ne m'a pas quittée de la soirée. Ni de la nuit.

31

« Hortense »

Je ne la pensais pas menteuse. Secrète, oui. Cachot-
tière, peut-être. Mais pas menteuse…

Pourtant, elle m'a salement menti, j'en ai la conviction.

Elle n'est pas venue hier, comme elle l'avait promis
quand nous nous étions quittées samedi. Je l'ai attendue
en vain, en lui gardant une table. Son absence m'a
gênée, déstabilisée même. Va-t-elle à nouveau disparaître plusieurs semaines, comme elle l'a déjà fait ?
N'y tenant plus, en milieu de service, je déserte le restaurant pour courir jusqu'au bas de son immeuble. La
lumière que je vois filtrer derrière les épais rideaux
me rassure en partie. Malgré tout, depuis que je crois
l'avoir aperçue à Bois-Colombes, samedi, les questions
me taraudent. Ces quatre dernières nuits, j'ai eu du mal
à m'endormir, échafaudant des dizaines d'hypothèses
pour tenter d'expliquer sa présence là-bas.

À certains moments, je me convaincs que tout cela
n'est que le fruit de mon imagination. Cette silhouette

à peine entrevue était bien trop éloignée, et qu'aurait-elle pu faire ici ? Me suivre ? Cela n'a aucun sens. Notre relation, pour atypique qu'elle soit, ne résulte que d'un concours de circonstances. Une sorte de curiosité mutuelle, un peu d'ennui aussi, nous a réunies. Elle, un peu trop seule et sans enfants, apparemment, moi, un peu sauvage, déracinée, tentée de trouver une maman, au moment où je sens que mon père me délaisse... Qu'est-ce qui me prend, à aller m'imaginer qu'elle m'espionne ? Dès que j'aurai franchi la porte de la pièce où elle garde son secret, le mystère tombera, et je découvrirai qu'il était bien futile.

Je souris, l'idée que cette petite femme inoffensive puisse comploter est ridicule.

Et puis l'angoisse reprend le dessus. Je laisse délirer mon esprit. Non, ce n'est pas par simple désœuvrement qu'elle s'est liée d'amitié avec moi. Cette femme en a après moi, après mon père. Elle nous veut du mal.

Samedi soir, j'ai fini par avaler un Lexomil pour me calmer.

Bien sûr, au matin, la raison l'emporte : je me fais du cinéma et mes angoisses sont grotesques. Sophie s'est prise d'affection pour une fille dont elle a l'âge d'être la mère, voilà tout.

Mais les doutes reviennent à la charge. Il faut que je sache. Est-ce que je suis en train de devenir complètement parano ? Je ne parviens pas à me raisonner.

Voilà pourquoi j'ai été si déçue de ne pas la voir mardi et pourquoi, ce soir, alors que la salle est comble, je lui déniche une table, ignorant les regards assassins de Maxime.

Sophie semble de bonne humeur. Elle est souriante, commande entrée, plat et dessert. Après une terrine de campagne, elle déguste son navarin de veau,¹ lentement, jusqu'à la dernière bouchée. À présent, c'est au tour de la mousse au chocolat ! Elle prend ses aises, c'est interminable, je sens que je vais devoir subir les foudres de Maxime.

Pour une vieille dame, elle a un solide appétit le soir. Je dis vieille, elle ne l'est pas, mais elle le paraît à sa dégaine, sa manière de s'habiller, son air abattu, son visage gris et aux rides profondes qui encadrent ses yeux. Le jour où elle m'avait confié son âge, cinquante et un ans, je n'en étais pas revenue. Je lui en aurais donné facilement dix de plus. En fait, elle n'a pas d'âge.

« Vous avez presque le même âge que mon papa, avais-je dit, histoire de dissimuler mon embarras.

— Oui, je sais.

— Comment ça ? avais-je demandé, surprise.

— Je veux dire, c'est logique », avait-elle rectifié précipitamment, comme si je l'avais prise en faute. Sa gêne m'avait étonnée.

À présent, elle m'inquiète.

Nous n'avons pas eu le temps de parler pendant le service, aussi ai-je tenu à la raccompagner après son repas.

Il est déjà près de dix heures quand nous parvenons devant son immeuble.

Je lui trouve l'air fatigué.

« C'est à cause de la chaleur, répond-elle. Je dors mal.

— Vous n'aviez pas l'air en forme samedi dernier non plus…

— Ah bon ?

— Du moins, c'est ce qu'il m'a semblé. »

Je la regarde taper son code avec nervosité. J'insiste :

« Êtes-vous sortie ?

— Quand ça ?

— Samedi, après que je suis partie.

— Non, non. Pourquoi me demandes-tu ça ?

— Comme ça, simple curiosité. J'aime vous savoir en forme et d'ordinaire vous montez vous promener à Montmartre… Il faut vous ménager. Avec cette chaleur…

— Tu as raison. Justement, j'étais fatiguée et je suis restée chez moi. Je me suis fait une soupe que je n'ai même pas terminée et je suis allée me coucher. J'ai dormi comme une souche. »

Le code, après trois tentatives, finit par fonctionner. Elle m'embrasse, une seule bise sur le coin de ma joue. Elle demande :

« Je t'attends pour déjeuner samedi ?

— Bien sûr !

— À samedi alors ! »

Ombre furtive et pressée, elle disparaît dans le couloir sans allumer la lumière.

La porte claque. Je reste à la contempler quelques secondes, bras ballants. Avec cette certitude : elle m'a menti.

32

« Sophie »

Je l'ai trouvée bien arrogante, mercredi dernier.

Quel besoin a-t-elle de me raccompagner jusqu'à mon immeuble, comme si j'étais impotente ? J'ai jeté un regard en coin à son patron ; il semblait fulminer de la voir s'éclipser ainsi. Ce qui se comprend, le restaurant était plein et les serveuses débordées.

Mais je me suis bien gardée de lui faire la moindre remarque. Hortense, je m'en aperçois de plus en plus, est du genre susceptible. Elle a des côtés enfant gâtée, la faute à ce minable qui a dû lui passer tous ses caprices. Pour moi, la règle en matière d'éducation des enfants, c'est d'être juste mais sévère quand cela est nécessaire.

Je repense à ce jour où nous étions allées à la piscine des Halles, quelques jours après que le fumier était revenu dans ma vie. Déjà, à l'époque, je n'aimais pas trop me montrer en maillot, mais cela lui faisait tellement plaisir que j'acceptais de l'emmener, si elle avait été bien sage. C'était sa récompense. Installée dans les gradins, je lisais en la laissant barboter dans le petit bain, qu'elle avait interdiction de quitter. Au bout d'un moment, elle venait me chercher pour que je me baigne avec elle. Je finissais toujours par céder et nous jouions à nous asperger.

Cette fois-là, fatiguée, j'avais refusé de laisser mon livre pour jouer avec elle. Quand j'avais relevé les yeux, elle avait disparu. Je m'étais précipitée vers le grand bain, affolée, pour la retrouver dans les bras du maître-nageur. Sans son intervention, elle se serait peut-être noyée, c'est du moins ce que m'avait dit le responsable de la piscine, d'un ton sévère, comme s'il m'accusait, moi, d'être une mauvaise mère ! Le maître-nageur avait plongé alors qu'elle suffoquait au milieu des nageurs qui ne s'apercevaient de rien, les imbéciles. « Par chance, Mathieu l'avait vue s'approcher du grand bassin. Vous lui devez une fière chandelle, madame. »

J'en avais été quitte pour une immense frayeur et l'obligation de supporter les regards réprobateurs des parents qui avaient assisté au sauvetage de ma fille. Hortense pleurait, répétait que ce n'était pas sa faute, on l'avait bousculée, elle avait glissé et était tombée dans la piscine. Sur le moment, je m'étais abstenue de la gronder et nous étions allées rapidement nous rhabiller. Dans le métro, elle avait bien vu que j'étais fâchée contre elle. Je tenais fermement sa main, l'obligeant à me suivre sans discuter. Elle avait voulu se coller contre moi, mais je l'avais repoussée. Elle n'arrêtait pas de s'excuser, ce qui avait eu pour seul résultat de m'énerver davantage. Une fois rentrées à la maison, je l'avais envoyée au lit, privée de dîner et de ses Barbie, que j'avais emportées avec moi.

Elle était une petite fille désobéissante qui avait fait beaucoup de peine à sa maman, lui avais-je dit, après lui avoir ordonné d'arrêter de pleurnicher comme un bébé. « Que serais-je devenue si je t'avais perdue ? Tu veux vraiment rendre ta maman malheureuse ? » Puis, avant d'éteindre et de plonger sa chambre dans le noir (elle avait peur de l'obscurité totale), la sentence était tombée : « Pour la peine, nous n'irons plus jamais à la piscine. Ça t'apprendra à obéir ! »

Elle savait que je ne plaisantais pas, et plus jamais elle n'avait réclamé d'y aller.

Hier, malgré le regard noir de son patron, elle a tenu à m'accompagner, tout ça pour me poser des questions stupides. Pourquoi veut-elle savoir ce que j'ai fait samedi après-midi ?

Ses questions m'ont troublée. Pourquoi cet interrogatoire, qu'a-t-elle cherché à me faire dire ? Il est impossible qu'elle m'ait repérée, j'ai été d'une telle prudence ! Je les ai suivis de loin, rasant les murs. J'ai failli me faire prendre, au moment où ils ont traversé l'avenue mais j'ai eu le réflexe de m'engouffrer immédiatement sous le porche d'un bâtiment de briques rouges. De là, je les ai vus entrer dans l'immeuble en face. Ils discutaient, riaient. J'ai patienté quelques instants, observant la façade. Au cinquième étage, j'ai vu des rideaux s'ouvrir, puis une fenêtre et je me suis reculée en distinguant le visage d'Hortense. J'ai longtemps attendu avant de quitter ma cachette et de m'éloigner en toute hâte, remettant mes projets à plus tard.

J'avais le plus important, je savais où il vivait.

Dès que je suis revenue chez moi, j'ai appelé Isabelle pour lui raconter mon escapade.

« Te rends-tu compte des risques que tu as pris ? s'est-elle inquiétée.

— Ne t'en fais pas, la chance est de mon côté, désormais », ai-je répliqué.

Elle m'a un peu agacée avec ses injonctions à la prudence. Surtout quand, d'une voix ingénue que je ne lui connaissais pas, elle m'a demandé si j'étais certaine que c'était lui. J'ai eu le malheur de reconnaître que je ne l'avais vu que de dos et de profil, et que maintenant il était chauve. Je lui avais maintes fois décrit son épaisse tignasse brune. Sentir qu'elle doutait m'a mise hors de moi.

« Tu ne me crois pas ? ai-je lancé, furieuse.

— Si, si, bien sûr, s'est-elle récriée, mais ses protestations sonnaient faux.

— Bien, puisque tu penses que je suis folle, je préfère raccrocher. »

Ce que j'ai fait. Mon téléphone a sonné à plusieurs reprises, mais j'ai refusé de répondre tant j'étais en colère. « Qu'elle reste donc à s'occuper de son mari gâteux ! »

Dimanche, regrettant mon emportement, j'ai tenté de l'appeler pour me faire pardonner, lui expliquer que de revoir mon bourreau vingt-deux ans après m'avait mis dans tous mes états. J'étais certaine qu'elle comprendrait.

Mais elle n'a répondu à aucun de mes appels, ni aux nombreux messages laissés ce jour-là. Finalement, à bout de nerfs, j'ai menacé : « Isabelle, si tu ne me rappelles pas dans les cinq minutes, je considérerai que tu n'existes plus pour moi. »

Dans mon dernier message, laissé à minuit passé de cinq minutes, je tranchai :

« J'ai compris, Isabelle, c'est terminé. Je ne rappellerai plus et ne t'adresserai plus jamais la parole… Tu n'es plus mon amie. Je te souhaite bien du plaisir avec ton mari débile. Tu n'es bonne qu'à lui torcher le cul ! »

Je suis très rarement vulgaire, mais cela m'a défoulée. La sentence était méritée, me semblait-il, elle n'avait pas le droit de m'abandonner comme ça, à un moment aussi décisif. Le constat était clair : finalement, dans la vie on ne peut compter que sur soi-même.

Aujourd'hui, c'est l'esprit serein que j'attends Hortense. J'ai préparé une salade de tomates, un poulet grillé comme elle aime (si je l'avais écoutée, enfant, nous en aurions mangé à tous les repas !) et une salade de fruits frais. Tout va pour le mieux : le menu me semble parfait, je vais une fois encore avoir ma fille rien que pour moi, et je connais l'adresse de notre bourreau. Le temps est mon meilleur allié désormais, car j'ai toutes les cartes en main.

Je ne lui tiens plus rigueur de son manque de tact, mercredi dernier. Les jeunes sont prompts à s'emballer (ne l'étais-je pas moi aussi, à son âge, si je repense à la facilité avec laquelle je m'étais laissé séduire par ce fumier ?).

Bizarrement, Isabelle ne me manque pas tant que je l'avais redouté. J'ai l'impression d'avoir déjà pris mon parti de son absence. Ce qui va suivre me regarde moi seule…

Oui, dans la vie, il ne faut compter que sur soi.

33

« Hortense »

Avant qu'on passe à table, elle a tiré les volets pour empêcher la chaleur de la mi-journée d'envahir son appartement. Elle paraît apaisée, gaie et heureuse de m'accueillir, elle semble avoir oublié le malaise que j'ai senti en elle mercredi soir. La table est élégamment dressée. Elle ouvre le four pour arroser le poulet rôti dont l'odeur me fait venir l'eau à la bouche, malgré ma fébrilité.

« Il est presque cuit, annonce-t-elle. Tu as faim ?

— Oui, Sophie. Il a l'air délicieux.

— Il peut l'être, à douze euros le kilo… »

Elle a pris un ton cassant, qui m'étonne, mais sans autre remarque, elle débarrasse la table du vase où, les fois précédentes, j'ai disposé les roses que je lui avais apportées. Aujourd'hui, j'ai oublié.

Je me suis presque forcée pour venir, l'esprit tendu, plein de questions que je ne suis pas sûre de pouvoir lui poser.

De mon côté, je reste sur la mauvaise impression que j'ai eue à l'entendre mentir. Mon trouble était tel que j'ai été incapable de retourner travailler. J'ai inventé une histoire pour Maxime. « La vieille ne s'est pas sentie bien, j'ai dû appeler les pompiers. » Je ne suis pas sûre qu'il m'ait crue mais il ne s'est pas mis à hurler ni à me menacer de me renvoyer, comme je m'y attendais, et s'est contenté de répondre : « Ta vieille, il va falloir qu'elle arrête de nous casser les couilles... »

Je n'ai pas cessé d'y penser, de chercher des explications logiques à son mensonge. Sans y parvenir. Si c'est bien elle que j'ai vue, pourquoi m'a-t-elle suivie ? J'ai tenté de me raisonner. Même si je ne me suis pas trompée, ce n'est pas si grave : c'est une vieille curieuse, qui a besoin de s'occuper. Prise la main dans le sac, elle ne pouvait que mentir, gênée de m'avoir espionnée. Pourtant mon malaise, presque de l'anxiété, reste lancinant, et je ne parviens pas à m'en défaire.

Je m'efforce de faire bonne figure. Cependant, alors qu'elle me sert mes deux pilons parfaitement dorés, elle s'inquiète : « Tu n'as pas l'air dans ton assiette, ma fille. Quelque chose te perturbe ?

— Non, non, tout va bien. C'est la chaleur probablement...

— La chaleur a bon dos, Emmanuelle. Tu sais que tu peux tout me dire. »

Pour changer de sujet, je demande : « Vous étiez en petite forme mercredi, vous aviez l'air d'avoir froid. Vous êtes malade ?

— Tu sais, à mon âge, on est rattrapés par des tas de petits problèmes. Je suis une vieille dame de cinquante et un ans !

— Ce n'est pas vieux, vous êtes encore très jeune ! »

Son sourire s'efface. « Si tu le dis… » murmure-t-elle. Puis, après un bref silence, elle ajoute, comme pour elle seule : « Cinquante et une années sans grand intérêt. Sauf… »

Sa phrase reste en suspens. Va-t-elle enfin me dire ?

« Sauf quoi, Sophie ? Racontez-moi.

— Sauf… »

L'instant, d'un coup, se charge d'émotion. Son désarroi est palpable, et je me sens prise d'un élan d'affection pour cette femme aux blessures secrètes. Malgré ma méfiance, j'oublie presque les questions qui me hantent depuis une semaine. Elle me fait de la peine.

Mais je ne dois pas laisser s'envoler ce moment. Je saisis sa main, la caresse. Elle baisse les yeux, je la sens prête à fondre en larmes. Je parle avec douceur, tente de la réconforter :

« Il n'y a rien de plus beau que la vie, dis-je bêtement. C'est ce que je me répète quand je n'ai pas le moral.

— Ma vie… Tu sais, elle n'est pas bien brillante. »

Je me lève, vais vers elle, la prends dans mes bras. Elle s'abandonne contre moi. Maintenant elle sanglote.

« Ne pleurez pas, Sophie. »

C'est tout ce que je trouve à dire.

L'instant d'après, elle s'écarte, essuie ses joues mouillées du revers de sa manche : « Finissons ce poulet, il va refroidir.

— Ça va ?

— Bien sûr que ça va ! Excuse-moi, juste un petit moment de spleen. Regarde, c'est terminé ! »

Elle efface une ultime larme au coin de son œil, et m'offre un large sourire.

« Je suis en pleine forme, ne t'en fais pas ! » lance-t-elle.

Je me rassieds, j'attaque mon pilon. Mais je ne vais pas renoncer en si bonne voie.

« Avez-vous été mariée ?

— Tu es bien curieuse, Emmanuelle. Mais, non, jamais. »

Son œil devient malicieux : « J'ai eu des hommes dans ma vie ! J'ai été jeune, moi aussi ! »

Je ne sais pourquoi, je n'y crois pas. Son petit rire me semble forcé. Mais autant entrer dans son jeu, dans l'espoir qu'elle se livre enfin. J'en sais si peu sur elle.

« Vous êtes un peu coquine, alors ?

— Il ne faut rien exagérer...

— Moi je crois que si ! Vous n'avez jamais eu d'enfants ? »

Elle répond, comme si la question était sans importance : « Si. Une fille, mais elle a disparu.

— Disparu ? Que voulez-vous dire ?

— Elle est morte...

— Morte ? »

J'ai presque crié.

« C'était il y a longtemps. C'est la vie. Parlons d'autre chose... »

Je suis abasourdie, horrifiée par sa révélation. J'insiste : « Mais c'est terrible, Sophie ! Vous avez dû souffrir affreusement ! »

Le silence se fait. Je le romps d'une petite voix.

« Comment s'appelait-elle ?

— Tu veux vraiment le savoir ?

— Bien sûr.

— Hortense, voilà, petite curieuse…

— Hortense… C'est un joli prénom… »

Je tends la main pour reprendre la sienne, j'ai envie d'en savoir plus, de connaître tous les détails de ce drame. Mais elle s'écarte et se lève.

« Je n'ai pas envie d'en parler aujourd'hui. S'il te plaît, ne gâchons pas une si belle journée. Finis ton poulet, je suis sûre qu'il est froid. »

Je me force à avaler un morceau. Cette révélation m'a coupé l'appétit.

« Ça va, c'est encore tiède.

— J'ai préparé une salade de fruits, mais il me reste de la glace à la pistache. Qu'est-ce que tu préfères ? »

Je fais un sourire contraint : « La salade de fruits, j'adore ça. »

Elle marque sa satisfaction : « Elle est délicieuse, tu verras. J'y ai mis des feuilles de menthe fraîche. »

Mais elle s'est à nouveau refermée, et je sais que je n'obtiendrai rien de plus aujourd'hui. Elle en a déjà dit beaucoup ; un jour prochain, elle m'en révélera davantage. Je songe à la pièce du fond, réalisant que j'ai percé son mystère : elle y cache les souvenirs de son enfant disparue, et d'une vie remplie de souffrances.

Voilà ce dont je me persuade tandis qu'elle prépare le café en chantonnant. Je jurerais que c'est une comptine enfantine.

34

« Hortense »

C'est à la dernière gorgée de café que les choses se sont gâtées.

Vraiment gâtées.

Nous avions terminé notre tasse et Sophie m'a demandé si j'en voulais une seconde. J'ai accepté, il faut dire que, trempés dans le café, ses gâteaux secs sont un régal. Elle les achète dans le quinzième. « Je traverse tout Paris pour toi », précise-t-elle à chaque fois en les disposant dans une soucoupe de porcelaine de Gien, à côté de ma tasse. À l'exception de samedi dernier, je suis toujours repartie avec une « petite réserve pour ma semaine », comme elle dit.

Passé le moment perturbant où elle a évoqué la mort de sa fille, nous avons achevé le repas agréablement, en discutant de tout et de rien. C'est-à-dire de moi, essentiellement. Elle est curieuse de tout et a un don pour vous tirer les vers du nez et attirer les confidences. Presque à mon insu, je lui ai confié mon salaire, inventé les noms de mes derniers amoureux (celui de Saturnin l'a fait éclater de rire, « c'est un canard, ton copain ? »), puis une fois encore, la conversation a glissé sur ma vie avec Papa.

Elle me demande, comme en passant :

« Et cette femme, dont tu m'as parlé, la compagne de ton père, comment est-elle ?

— Sympathique, mais je la vois peu… »

Je réponds succinctement, je n'ai pas envie de parler d'elle. Mais elle insiste :

« C'est tout ? Tu n'es pas très bavarde. Elle est jolie ? Elle a quel âge ?

— Eh bien, jusqu'à présent, il les choisissait plus jeunes. Elle a plus de cinquante ans. Mais bien conservée, je dois dire. Le genre cinquantaine flamboyante, piquante, apprêtée, toujours tirée à quatre épingles. Plutôt sexy, quoiqu'un peu trop maquillée à mon goût…

— Tu n'as pas l'air de l'apprécier beaucoup.

— Si si…

— Oh la petite menteuse ! » dit-elle en souriant.

Cette femme a vraiment des antennes, mais elle a raison, je suis incapable de cacher mes réserves à l'égard d'Isabelle.

« Elle s'appelle comment, déjà ?

— Isabelle.

— Ah oui, c'est vrai ! Isabelle comment ? »

Son ton est un peu trop léger, ses paroles sonnent faux.

« Je n'en sais rien. »

C'est la pure vérité, c'est un peu absurde, je m'en rends compte soudain, mais je ne connais pas le nom de famille de la femme qui vit avec mon père depuis deux ans. Sans doute n'ai-je pas envie d'en savoir plus sur elle… Qu'elle reste une étrangère.

J'ai l'impression de l'avoir vue frémir. Mais j'ai pu me tromper. Elle est à nouveau impassible, le visage de marbre, un peu effrayante. Ses yeux sont rivés sur les miens.

Je n'ai plus envie de parler d'Isabelle, mais Sophie poursuit, indifférente à mon trouble que je ne parviens pas à dissimuler, à cette angoisse qui m'étreint brusquement.

« Comment se sont-ils rencontrés, ton père et cette Isabelle ?

— Je ne sais pas exactement, j'ai cru comprendre qu'ils se connaissaient avant, il y a longtemps, quand mon père vivait à Paris.

— Vraiment ? C'est intéressant ! C'était il y a combien de temps ? »

J'ai l'impression de répondre à un interrogatoire, je ne comprends pas pourquoi elle veut savoir tout ça, mais je m'exécute, comme anesthésiée. Si je gagne sa confiance, peut-être se dévoilera-t-elle enfin ?

« Mon père ne me l'a jamais dit précisément. Lorsque nous sommes revenus, il l'a retrouvée et depuis, ils vivent ensemble.

— Ah oui ? À Paris ? »

Comme si tu ne le savais pas, me dis-je. Je tente de la piéger :

« Non, à Bois-Colombes. Vous connaissez ?

— Bien sûr. C'est derrière Nanterre.

— Vous y êtes déjà allée ?

— Jamais, je crois. Qu'est-ce que j'irai fabriquer là-bas ? Je ne sors jamais de Paris sauf, de plus en plus rarement, pour aller voir ma famille en Bretagne.

— Ah oui, à Paimpol, c'est ça ? Vous avez des frères et sœurs ?

— Oui, mais je n'ai pas envie de parler d'eux. Une autre fois. Raconte-moi plutôt, qu'est-ce qu'elle fait dans la vie, cette Isabelle ? »

Qu'est-ce qui peut bien l'intéresser à ce point chez Isabelle ? C'est peut-être juste sa curiosité maladive pour tout ce qui me concerne. Je n'ose pas l'envoyer balader. Lorsqu'elle est ainsi, déterminée à savoir, tel un animal qui a trouvé une proie, il est difficile de lui faire changer d'avis.

« Elle travaille dans une banque, il me semble, mais je n'en suis pas sûre.

— Eh bien, elle n'a pas l'air de t'intéresser tellement, la banquière ! Tu ne l'aimes pas beaucoup, hein ? Elle n'est pas gentille avec toi ?

— Si, elle est très gentille. Je n'ai pas vraiment d'atomes crochus, disons… »

Sophie plisse les yeux, reste silencieuse, puis reprend d'une voix sourde, comme si la question qu'elle s'apprête à poser lui coûtait : « Elle est belle ?

— Oui… Elle est plutôt jolie.

— Le genre grande blonde, je parie ?

— Eh bien non, elle est brune, un noir de jais. Une crinière assez voyante, d'ailleurs, souvent tenue en queue-de-cheval. Mais vous êtes drôlement curieuse, pourquoi est-ce qu'elle vous intéresse à ce point ?

— Je suis très curieuse, en effet, et c'est ta vie, ça m'intéresse, dit-elle calmement avec un grand sourire.

Je t'aime beaucoup, tu sais ? Donc si j'ai bien compris, ton père est très amoureux, alors ?

— Je crois... J'évite de me mêler de leurs affaires...

— Eh bien moi, je pense que tu ne l'aimes pas parce qu'elle t'a pris ton père... »

Mon sang ne fait qu'un tour.

« Personne ne me prendra mon père, Sophie ! »

Elle se lève sans rien dire, nous ressert du café. Il est tiède. Je le bois en silence, sentant son regard posé sur moi. J'ai l'impression d'être prise dans des filets. Je me secoue.

« Bon, il faut que j'y aille.

— Déjà ? s'étonne-t-elle. J'espérais que nous irions nous promener jusqu'à la butte. Avec ce beau temps... »

Je ne dois pas céder. Je me lève. Je n'ai qu'une envie : m'éloigner d'elle. Je mens :

« Je suis désolée, j'ai rendez-vous avec une amie pour aller au cinéma.

— Vous allez voir quoi ? »

Prise de court, je balbutie : « Un vieux film avec Humphrey Bogart, je ne sais plus trop, c'est elle qui a choisi... »

Mais elle ne lâche pas.

« Vous avez rendez-vous dans le quartier ?

— Non... au Saint-André-des-Arts. »

Ma réponse manque de conviction, mais elle semble s'en satisfaire.

« File alors, je ne voudrais pas te mettre en retard... mais samedi prochain tu m'accompagneras à Montmartre. Promis ? »

En cet instant, la perspective de revenir ici ne m'enchante guère. Je me force à répondre d'un ton guilleret : « Promis ! »

Elle me prend par les épaules pour m'embrasser. Je me laisse faire.

Cette fois, je prends l'escalier. Je n'ai aucune envie de sentir ses yeux m'espionner à travers le mouchard. Je me sens déstabilisée, j'ai de plus en plus l'impression désagréable qu'elle dissimule un secret dans lequel je joue un rôle. Mais lequel ?

Arrivée dans la rue des Martyrs, je me force à ne pas lever la tête vers sa fenêtre d'où, j'en suis certaine, elle m'observe.

Je retourne en tous sens ses derniers mots, prononcés d'un ton pensif, au moment où elle m'ouvrait la porte.

« Isabelle... C'est bizarre, mais je n'ai jamais aimé ce prénom. Tu l'aimes, toi ? »

Je n'ai pas voulu discuter, et j'ai répondu d'un ton indifférent : « C'est un prénom comme un autre...

— Comme un autre, dis-tu ? Pas pour moi. »

35

« Sophie »

Ma petite Hortense a filé par l'escalier (ce n'est plus une enfant, je sais, mais cela me fait du bien de dire petite, surtout maintenant que je prends conscience de l'étendue de notre malheur). J'ai eu à peine le temps de refermer la porte qu'elle avait déjà disparu. J'ai les jambes en coton, je titube, je ne trouve pas la force d'aller à la fenêtre pour la regarder partir. Je me laisse tomber dans mon vieux fauteuil tout élimé. Je n'ai jamais nettoyé les taches de sang sur la toile grise, sous l'accoudoir de droite, les années ne les ont pas effacées, juste fait noircir. Je pourrais, les yeux fermés, poser le doigt sur chacune d'elles. Lorsque j'étais tombée à terre, ligotée à ma chaise, me débattant de toutes mes forces pour me délivrer et alerter les voisins, j'avais donné des coups de pied si furieux qu'il avait basculé et que je l'avais souillé avec mes blessures à la jambe.

Je suis stupéfaite de ce que je viens de découvrir.

Cette ordure d'Isabelle !

238

J'étais tellement ébranlée que je suis restée prostrée de longues minutes, incapable de bouger ou même de pleurer, sentant monter en moi une tornade haineuse. J'ai peine à y croire. Une nouvelle fois, c'est tout un pan de ma vie qui s'effondre, dévasté : toutes ces années où j'ai eu une confiance totale en ses conseils, son amitié, son affection, son amour…

J'ai cru à tout cela.

Tout n'était que mensonges, pour mieux me piéger.

Je suffoque et la tête me tourne. Je voudrais disparaître, ne rien avoir entendu. C'est trop dur, insoutenable. Réaliser à quel point j'ai été trompée en accordant ma confiance, ma vie, à cette femme. Ces vingt-deux années de recherches vaines et dérisoires défilent dans ma tête.

C'était donc elle, cette silhouette entrevue samedi à Bois-Colombes, derrière la fenêtre de l'appartement au cinquième. Plus j'y pense, plus je reconnais son allure, son port de tête. Je revois sa chevelure brune.

Petit à petit, je reprends pied et je réalise l'ampleur de sa trahison. Je lui ai tout donné et elle m'a tout pris. Mon échec est sa victoire.

Tout devient clair, désormais. Isabelle est depuis le début la complice de Sylvain. Beau comme il l'était, il l'a probablement séduite lorsqu'il tournait autour de la crèche. Je le sais assez fourbe pour la convaincre de sa bonne foi. Cette imbécile l'a cru, forcément. Il a dû me décrire comme un monstre, une mère indigne, qui refusait qu'il voie « sa fille ». Je suis sûre qu'elle l'a approuvé, qu'ils ont échafaudé ensemble ce plan effrayant pour me la prendre. Sa gentillesse pour moi, ses messages, ses encouragements, tout ça n'était qu'un stratagème pour gagner ma confiance. C'est elle qui l'a aidé à se cacher et s'enfuir. Qui serait allé fouiller chez celle qui me soutenait le plus dans cette terrible épreuve ? Ah, elle s'est montrée habile ! Je n'ai jamais douté de sa sincérité quand elle se prétendait ma meilleure amie... Et au fil du temps, elle est parvenue à écarter tous ceux qui m'entouraient, au point d'être la seule personne à qui je parlais. La seule.

Ils ont dû bien rire, quand elle m'a poussée avec cette dinde d'Anne à aller m'humilier dans cette émission de télévision, et après, quand elle m'a mise entre les pattes de ce soi-disant voyant. Des conversations entières me reviennent en mémoire. Je l'entends me répéter inlassablement de ne pas perdre espoir, que, tôt ou tard, mon enfant chérie me reviendra. Mille détails ressurgissent, ses promesses, son amitié feinte... Et cette fois, il y a tant d'années, où une photo de Sylvain s'était échappée de son portefeuille. Je m'étais étonnée, il ne me semblait pas connaître cette photo. Mais je l'avais crue quand elle m'avait assuré que c'était moi qui la lui avais donnée, pour qu'elle puisse le reconnaître, si besoin.

J'entends encore ses exclamations enthousiastes quand je lui ai dit que j'avais retrouvé Hortense, avenue Trudaine. Ils ont dû si souvent jubiler à mes dépens. J'enrage à l'idée que j'ai été leur proie, leur jouet, pendant toutes ces années. Elle m'a contrôlée pour le protéger. Je comprends, maintenant : elle a tout inventé, cette vie loin de Paris auprès d'un mari handicapé que je n'ai jamais vu. Et qui n'existe probablement pas. Ou pire, qu'elle laisse crever à petit feu, dans sa province. Le plus probable est qu'ils n'ont jamais perdu le contact, peut-être même le rejoignait-elle régulièrement à l'étranger ? Et lorsqu'il a regagné la France, ils se sont remis ensemble, continuant à se jouer de moi et à me surveiller.

Tout est clair, dans son manège pervers : ne m'avait-elle pas poussée à attenter à mes jours, avec ses insinuations mielleuses ?

Je ne peux taire ma colère. En cet instant, je crois que je la hais encore plus que lui. J'attrape le téléphone et tout ce que j'ai sur le cœur, je le lui dis. Je ne lui laisse pas le temps de se défendre, de chercher à me manipuler. Je veux qu'elle sache que je sais, qu'elle entende mon dégoût. Je raccroche rageusement, je ne veux pas l'entendre, tout ce qu'elle pourrait dire ne serait que mensonges.

Je n'ai pas bougé de mon fauteuil de la soirée, ignorant le téléphone qui a sonné à plusieurs reprises. Vers minuit, j'entends son dernier mensonge : elle affirme ne pas comprendre ce qui se passe, ose me dire que je lui fais peur, qu'il faut que j'arrête de la menacer, sinon elle ira porter plainte chez les flics. Ma fureur m'empêche presque de respirer. Dans le long message que je lui laisse dans la nuit, je promets de lui faire la peau, je l'insulte, la couvre d'injures. N'est-ce pas ce qu'elle mérite, pour ce qu'elle a fait ?

Ces mots lâchés dans ma fureur me soulagent d'un coup. Je me lève et gagne la chambre d'Hortense, emportant avec moi le cadre brisé. Ici, entourée de ces souvenirs d'enfant, je m'apaise. J'échafaude tous les scénarios de ma vengeance. Vais-je me rendre chez ces ordures demain pour les confondre ? Je me plais à les imaginer tremblant de peur à mes pieds, mon pistolet braqué sur eux. Je tirerai d'abord sur leurs jambes, puis sur leur ventre. Je savourerai leur souffrance jusqu'à ce qu'ils crèvent. Où dois-je aller les dénoncer à la police ? Je les vois, mains menottées dans le dos, visages cachés sous une couverture, poursuivis par une horde de journalistes et de photographes, sous les huées de la foule indignée. Et moi, à l'écart, jouissant de ma victoire. J'aurai ma fille à mes côtés et nous serons heureuses.

Dans la rage de mes rêves de vengeance, j'ai presque oublié ma pauvre enfant. Quel tort terrible ils lui ont fait ! N'est-il pas temps qu'elle apprenne la vérité ? Qu'elle aussi ait sa revanche ?

Je remercie la chance, ce merveilleux hasard, qui l'a mise sur mon chemin quelques semaines plus tôt.

Je souris, embrasse sa photo dans le cadre. Le verre brisé m'entaille les lèvres. Je pose mon doigt sur la plaie minuscule et suce le sang tiède. Je ferme les yeux. Je revis cet instant où, interdite, je l'ai reconnue. Je la revois, assise à l'arrière du scooter conduit par ce monstre, se retourner vers moi.

Alors, une pensée nauséabonde me vient. Je la repousse de toutes mes forces, mais elle s'insinue, sournoise, implacable… Et si ce hasard miraculeux n'en était pas un ? Non, c'est impossible, pas ma petite fille. Elle ne peut pas être leur complice, ce serait trop… cauchemardesque. Je tente de reprendre pied en invoquant les moments d'intimité que nous avons partagés au fil des semaines, luttant contre l'impression de voir s'accumuler, une à une, des preuves contre ma propre enfant. Je les repousse de toutes mes forces. C'est impossible, complice, elle ne m'aurait jamais parlé d'Isabelle.

Non, Hortense est comme moi, leur victime, la proie innocente de ces bourreaux.

Je pleure.

J'ai peur.

Je me recroqueville dans le petit lit de ma fillette pour fuir mon cauchemar. Il n'y a que dans cette position que je retrouve un semblant de paix.

36

« Sophie »

Je n'ai pas dormi. Toute la nuit, j'ai ressassé ce que j'ai découvert hier. Je m'en veux tant d'avoir fait confiance à cette femme. Enlever mon enfant ne leur a pas suffi. Pourquoi un tel acharnement à me torturer ? Et pourquoi elle ? J'ai beau me creuser la tête, je ne lui ai jamais fait de mal. Quelle perversité faut-il pour persécuter quelqu'un avec une telle cruauté ?

Au matin, ma décision est prise : je n'irai pas les affronter, ni les dénoncer à la police. Et surtout, je ne dirai pas un mot à Hortense. Avant tout, je dois trier le vrai du faux. Pour comprendre. Ensuite je réglerai cette histoire à ma manière avec ces pervers.

Je me rends compte à présent que j'ai eu tort de dévoiler mon jeu à Isabelle. Puis-je réparer mon erreur ? Si j'essayais de m'excuser ? Non, le mal est fait… Comment vont-ils réagir ? Vont-ils disparaître à nouveau, avec Hortense, m'abandonnant à ma solitude désespérée ? Que veulent-ils, au fond ? Que je mette fin à mes jours ? Se délecter à me voir souffrir ?

Une nouvelle bouffée de hargne et de dégoût me submerge en la revoyant, à mon chevet, à l'hôpital.

Ma détresse est sans fond, face à toutes ces questions. Mais la plus douloureuse est de savoir quel rôle Hortense a joué dans tout cela. Je ne peux croire qu'elle soit complice, je préfère penser qu'elle est, elle aussi, une victime manipulée par ce couple de monstres.

Rester enfermée devient insupportable. J'ai du mal à respirer, il faut que je prenne l'air.

Lorsque j'arrive sur la place du Tertre, le soleil, magnifique, se lève sur Paris. J'ai tout à coup le sentiment qu'il n'y a pas de plus beau spectacle au monde.

Assise sur les marches, je reprends vie dans la chaleur du jour naissant, contemple le spectacle de ma ville qui s'éveille. Il m'emporte. Je pense à ma petite fille, je voudrais tant qu'elle soit à mes côtés. Comme autrefois, quand nous montions jusqu'au sommet de la butte par la rue Lepic, elle endormie dans sa poussette, moi ahanant dans la pente raide (cette poussette si lourde, qui est restée pliée dans un coin de sa chambre).

C'est ici que cette ordure m'avait embrassée pour la première fois.

Je me souviens de tout.

Je le connaissais depuis une semaine seulement. Il avait demandé à me revoir avec tant d'ardeur... J'avais accepté immédiatement.

C'est moi qui avais proposé un tour à Montmartre quand nous avions eu fini de déjeuner. J'avais fait des efforts pour me coiffer et m'habiller, je me sentais un peu trop apprêtée, tandis que lui était comme à son habitude, parfaitement à l'aise, dans son jean et son tee-shirt noir. Légèrement hâlé, les cheveux mi-longs retenus par un élastique, comme cela se faisait à l'époque, il était si beau, et moi j'étais si fière de marcher à ses côtés. Il m'avait offert une glace, fraise-framboise, et j'avais voulu lui montrer les peintres que j'aimais. Lui préférait les caricaturistes. Il avait tant insisté que j'avais fini par accepter de me faire dessiner par l'un d'eux, un Polonais. J'étais rouge de honte sous les yeux rieurs des touristes qui le regardaient faire. Sur le dessin, j'avais un grand nez, de grosses joues, de petites jambes. Le résultat avait amusé Sylvain. Il s'était moqué gentiment de moi : « Regarde comme tu es jolie ! »

Imbécile que j'étais : j'avais avalé toutes ses salades et lorsqu'il m'avait attirée à lui, j'avais cru m'évanouir de bonheur.

Tout cela s'était passé ici, tout près de l'endroit où je suis assise.

Je sais exactement combien de fois nous nous étions arrêtés sur le chemin du retour pour échanger un baiser. Je le sais parce que je les réclamais en comptant, comme une petite fille. Encore un. Un autre. Un dixième. Onze. Le douzième devant ma porte, et je n'avais pas hésité un instant lorsqu'il m'avait demandé : « Tu me montres ton appartement ? »

Il l'avait trouvé « vraiment chouette » et « situé dans un super quartier qui allait prendre de la valeur dans les années à venir ». Je lui avais fait à dîner, des tomates farcies qu'il avait « adorées ».

J'aurais voulu qu'il finisse la nuit avec moi, mais il était parti avant l'aube.

Jamais je n'avais été aussi malheureuse et fébrile que ce dimanche-là et les jours suivants. Il ne m'avait donné aucune nouvelle. Je m'étais désolée, je l'avais détesté, pour mieux me jeter dans ses bras lorsqu'il était revenu sonner le mardi soir, un bouquet de roses jaunes à la main. Il ne m'avait pas donné une excuse ni une explication. Et par la suite, chaque fois qu'il disparaissait, je ne lui demandais rien. J'étais trop heureuse qu'il revienne.

Aussi avais-je un moment gardé espoir, après lui avoir annoncé que j'étais enceinte. Mais je m'étais trompée. Il n'était jamais reparu et je l'avais haï de nous avoir abandonnées, sans un regard en arrière.

Je ne l'avais revu que deux ans et onze mois plus tard (mille cent vingt-deux jours, oui, j'aime la précision), m'attendant à la sortie du ministère. Il était revenu dès le lendemain, mais je l'avais menacé avec tant de force qu'il s'était éclipsé. Tous les jours qui avaient suivi, je quittai le bureau l'estomac noué, regardant de tous côtés pour voir s'il était là à m'attendre. Mais il ne s'était plus montré, et, les jours passant, je m'étais convaincue d'en être débarrassée.

Et puis, ce samedi-là, il avait ressurgi ici même, à trois mètres des marches où je suis assise, à l'endroit où nous nous étions embrassés pour la première fois.

Il s'était approché de la poussette, sans même me saluer, et jamais je n'oublierai ses premières paroles : « Comme elle est mignonne, ma petite Hortense. Ma fille ! » Il avait voulu l'embrasser, mais je l'avais repoussé en l'injuriant. Je lui avais craché au visage qu'il n'avait aucun droit sur elle et il m'avait répondu, les yeux plantés dans les miens : « C'est ce que nous verrons. Fais attention, Sophie, tu pourrais le regretter… »

Je m'étais enfuie avec ma fille et il n'avait pas cherché à nous suivre.

Tandis que je revis cette scène, une question se fait jour, que je ne m'étais jamais posée : comment avait-il su son prénom, Hortense ?

J'ai désormais la réponse, écrite noir sur blanc devant mes yeux : il était déjà de mèche avec cette salope d'Isabelle. C'est elle qui le lui avait dit.

La rage me reprend. Je sors de ma léthargie et me lève. Je vais retourner à Bois-Colombes. Je n'ai aucun plan en tête. Je sais seulement qu'il faut que j'y aille.

En moi grandit une impérieuse nécessité. Celle de les châtier.

Déposition de M. Piotr Mankovitz, artiste, place du Tertre, 25 juin 2015. Extrait du procès-verbal.

[…] Je suis de nationalité polonaise, né le 26 juin 1958 à Wroclaw. Marié, trois enfants. […] Je travaille place du Tertre depuis trente ans, je suis caricaturiste. Je suis arrivé en France en 1984 comme réfugié politique. […]

Je reconnais parfaitement ma signature sur le dessin que vous avez trouvé au domicile de Mme Sophie Delalande. Je l'ai réalisé il y a vingt-quatre ans, comme l'indique la date inscrite au verso. […] Je n'ai toujours connu la personne que j'ai dessinée que sous le nom de « madame Sophie ». J'ignore son nom de famille. Depuis plus de vingt ans, elle passe me saluer quasiment tous les week-ends. Parfois elle prend de mes nouvelles et de celles de mes enfants. Elle ne m'a jamais fait de confidences sur sa vie. […] Il y a très longtemps, elle venait avec un bébé, une petite fille. Par la suite, je l'ai toujours vue seule, mais je n'ai jamais posé de questions. Je dois dire que je la trouve triste et attachante, très gentille. […] J'ai réalisé pour elle le portrait de la fillette que vous m'avez montré, daté de mai 2010. C'est elle qui me l'a fait faire, sur photo. Je me souviens qu'elle a ri quand elle l'a découvert. Elle m'a dit que c'était un cadeau d'anniversaire pour sa fille âgée de vingt ans. Elle semblait vraiment contente quand je le lui ai montré. [...]

QUESTION : Vous souvenez-vous du jour où vous avez réalisé le portrait de Sophie Delalande ?

RÉPONSE : Mes souvenirs sont assez précis, oui, j'ai une excellente mémoire, et ils m'avaient un peu intrigué. Le genre de personnes dont on se demande ce qu'elles font ensemble... Elle n'était pas très jolie et lui avait vraiment tout du play-boy. C'était elle qui avait voulu un portrait, il me semble, lui disait que c'était cher, toujours les mêmes histoires, les peintres de Montmartre sont des escrocs, etc. Nous faisons honnêtement notre travail et je loue ma place très cher... Elle avait l'air de nager en plein rêve, et l'embrassait à tout bout de champ, mais lui n'avait pas l'air très proche d'elle. Pour parler franchement, il m'a fait l'effet d'un gigolo pas sympathique du tout.

QUESTION : Un gigolo ? Qu'est-ce qui vous a fait penser ça ?

RÉPONSE : Oui, un type entretenu, quoi ! Je me souviens qu'il a dit qu'il lui offrait le dessin, mais en fait, c'est elle qui a fini par payer, ça m'avait frappé. Si c'est pas un gigolo, ça ! Ils n'avaient pas l'air très bien assorti, mais elle le dévorait littéralement des yeux.

QUESTION : Reconnaissez-vous sur cette photo l'homme qui accompagnait Mme Delalande le jour où vous avez fait sa caricature ?

RÉPONSE : Je crois, oui, un beau mec, très brun… je vous l'ai dit, il ne passait pas inaperçu, mais c'est vieux, je peux me tromper… Ce que je viens d'apprendre est horrible, est-ce que vous pouvez m'expliquer ce qui s'est passé ? […]

Le matin du 14 juin, je suis arrivé vers sept heures, j'aime bien arriver tôt. Je l'ai vue tout de suite, assise sur les marches de l'escalier qui descend vers Barbès, il n'y avait quasiment personne, à cette heure-là. Je me suis approché d'elle avec mon Thermos, histoire de causer et de partager un café. Elle n'a pas bronché, elle regardait la vue sur Paris, il faut dire que c'est beau, de cet endroit. Elle semblait… tourmentée. Je lui ai dit quelque chose du genre : « Ça n'a pas l'air d'aller, ma petite dame… » C'est vrai qu'elle me faisait de la peine, assise, là toute seule. […] Je lui ai proposé du café, mais elle n'a pas dit un mot. Je n'ai pas insisté. Quand les gens ne veulent pas discuter, il vaut mieux les laisser tranquilles. J'aurais peut-être dû, si on avait parlé, peut-être que… Mais bon, avec des si… Ensuite, le temps que j'installe mes chaises elle avait disparu. […]

37

« Hortense »

Lorsque mon téléphone sonne, sur le coup de dix heures, j'espère que c'est Papa. Quand j'étais petite, j'adorais le trouver assis sur le bord du lit à attendre que je me réveille. Mais non, c'est Maxime, de l'hôtel My Love, qui me demande de venir prendre le service de la mi-journée. Il ne s'excuse même pas de me réveiller. Il m'explique qu'Amandine a été renversée par une voiture, elle est « out pour un bon mois », et il a une liste de réservations « longue comme le bras pour le brunch ». Il promet de me payer double. Je n'ai pas le cran de refuser, et je lui dis oui.

Moi qui venais juste de m'endormir. J'ai passé une partie de la nuit les yeux grands ouverts, à retourner en tous sens ce que je sais de Sophie. Peu de choses, en fait. Je ne l'ai jamais vue payer autrement qu'en liquide, au restaurant, jamais de chèque ni de carte, pourtant ce n'est pas donné. Rien non plus n'est indiqué sur sa porte. Comment se fait-il que je n'ai jamais pensé à lui demander son nom de famille ?

Je ne sais vraiment pas ce qui m'arrive. C'est ridicule, Sophie est juste une vieille dame trop solitaire, en mal d'affection, un peu intrusive, sans doute… Mais j'ai beau me raisonner, je sens planer sur moi une menace sourde. Dans quel piège suis-je tombée, moi qui pensais maîtriser la situation ?

Elle est dangereuse. Je le sens.

Je vomis mon café dans les toilettes puis j'examine mon visage dans le miroir de la salle de bains. Je suis livide, j'ai une tête de déterrée, et j'ai l'air d'une folle. Je m'effraie moi-même.

Je dois absolument en parler à Papa. Lui saura me dire quoi faire. Je l'appelle sur son portable, mais il ne répond pas. Il est encore tôt, soit il dort, soit il fait son jogging. Je suis tentée de foncer à Bois-Colombes, mais je me suis engagée pour le brunch, maintenant. Quelle imbécile, je ne sais pas dire non… J'irai le voir dès que le service sera terminé. Mais ce qu'il va me dire, je le sais. Il va me gronder quand je lui raconterai que j'ai continué à voir Sophie. Je l'entends d'ici : « Franchement, Emma, tu n'as rien d'autre à foutre que de fréquenter des vieilles ? Tu vas arrêter de la voir une bonne fois pour toutes, je te l'ai déjà dit. » Je lui ai parlé de Sophie samedi dernier au bar. Sa réaction m'a surprise, car il s'est fâché, ce qui lui arrive rarement avec moi : « Dans quel pataquès tu t'es fourrée, Emma ? Tu vas me faire le plaisir de laisser tomber cette bonne femme ! Je ne vois pas ce qu'elle peut t'apporter. » Puis il a voulu que je lui raconte tout depuis le début, et mes visites chez elle, jusqu'à cette pièce fermée à clef et ce grand mystère qu'elle semble cacher.

Il a levé les yeux au ciel, m'a traitée de bécasse, l'air agacé. « Qu'est-ce que tu crois découvrir, ma pauvre fille ? Tu ferais mieux de fréquenter des gens de ton âge, au lieu de toujours t'enticher de vieilles cinglées bizarres comme tu le fais. Ça devient une maladie… »

Combien de fois ai-je déjà entendu ce refrain : « Tu ferais mieux de sortir avec des jeunes de ton âge » ? C'est vrai, je me sens souvent plus à l'aise avec des personnes plus âgées que moi, surtout les femmes. Je ne saurais dire pourquoi j'aime tant leur compagnie. Ça me rassure. Une copine m'avait dit un jour que je cherchais à compenser l'absence de cette mère que je n'ai pas connue… J'avais trouvé ça un peu bête, mais quand je pense à Sophie, cette idée me terrifie soudain.

Isabelle y est allée de son couplet, elle aussi : « Les vieux, ce n'est pas pour les jeunes. Tu es belle, tu es jeune, ma petite… Sors, amuse-toi, profite de la vie. La jeunesse n'est pas éternelle… Regarde-moi ! »

J'ai répondu qu'elle est toujours très jolie et elle a répliqué, avec un large sourire : « Mais tu ne m'as pas connue à vingt ans. J'étais magnifique ! »

Mon père a approuvé, alors je lui ai demandé, un peu par provocation : « Qu'est-ce que tu en sais ? Tu la connaissais, à vingt ans ? » Il a souri : « J'aurais bien aimé ! » Isabelle a ajouté qu'elle me montrerait des photos si j'étais sage, et nous en sommes restés là. Ces fameuses photos, je les attends toujours.

Bref, ils ne comprenaient pas quel plaisir j'avais à fréquenter cette femme, mais ça ne les a pas empêchés de continuer à me poser tout un tas de questions à son sujet. Il a fallu que je décrive la façon dont elle s'habille, se coiffe, que je raconte son travail, ce qu'elle me fait à déjeuner. Tout cela a paru bien les amuser. Papa a ricané en prenant Isabelle à témoin :

« Ah, c'est pas beau de vieillir... C'est moche, le troisième âge.

— Emmanuelle, si un jour, on devient comme ça, je te demande comme un service de salubrité publique de nous faire piquer ! a-t-elle renchéri.

— Ma chère Isabelle, je te ferai piquer bien avant ! » ai-je répliqué.

Je leur ai dit qu'ils étaient méchants, mais j'avoue qu'ils ont réussi à me faire rire.

Parler de Sophie nous a occupés une grande partie du dîner. Je la défendais, assez mollement, à vrai dire : « Elle est très gentille, je l'aime bien » ; tandis qu'ils en rajoutaient, avec des : « Ta mamie doit être couchée, à cette heure ? » et autres grand-mère, vieille schnock, etc.

Malgré leur hilarité, l'histoire de la pièce interdite a piqué leur curiosité.

Nous nous sommes régalés à imaginer quels secrets inavouables pouvaient y être cachés, ainsi que des stratagèmes pour le découvrir. Isabelle a suggéré que je mette un somnifère dans son café, pour lui prendre la clef. Mon père m'a dit de faire une empreinte de ses clefs avec de la pâte à modeler, pour revenir fouiller son appartement pendant qu'elle serait au travail. Tout cela nous a bien divertis, mais au moment de nous séparer, alors qu'il me mettait dans un taxi, mon père m'a ordonné de ne plus jamais la revoir, avec le plus grand sérieux.

« Mais comment faire ? Elle vient presque tous les soirs au restaurant ! ai-je argumenté.

— Ignore-la, et n'accepte plus ses invitations, point barre. Tu trouveras bien un prétexte, et tu n'as rien à gagner dans cette histoire. Tu as une tête à faire peur, ces jours-ci. »

Bien sûr, avec tout ça, je n'ai pas osé dire que j'avais cru l'apercevoir quand je l'avais rejoint, et que j'avais l'impression qu'elle me surveillait.

J'aurais dû parler à ce moment, et je m'en veux tellement, maintenant. Il aurait été à mes côtés.

Tandis que j'enfile ma jupe en jean, l'uniforme du restaurant, je repense pour la centième fois à cette chambre, fermée à double tour, dont elle a refermé la porte, à la toute dernière seconde, me laissant juste le temps d'apercevoir un lit d'enfant. Est-ce le mausolée sinistre de cette fille qu'elle a perdue ?

Je dois parler à mon père. Tant pis s'il se fâche. Il prendra les choses en mains et, le connaissant, ira lui parler pour me sortir de mes angoisses.

Il est ainsi, mon père, il m'a toujours protégée.

Mais pourquoi ne répond-il pas à mes appels ?

38

« Hortense »

Lorsque je sors de mon immeuble, j'ai un réflexe un peu idiot. Je scrute la rue pour m'assurer qu'elle ne me surveille pas, tapie quelque part. J'envoie un nouveau texto à mon père. Dans le premier, j'avais seulement écrit : « Bonjour dimanche ! Gros bisous. Emma. » J'avais ajouté deux smileys, l'un avec des cœurs à la place des yeux et l'autre avec des lunettes de soleil, en référence au splendide soleil qui inondait mon studio.

Maintenant je tape d'une main nerveuse : « Pas de nouvelles, bonnes nouvel ? » À l'instant où je l'envoie, je réalise que je n'ai pas fini d'écrire le mot « nouvelles ».

Dans la rue, c'est plus fort que moi, je ralentis, me retourne, accélère au point de presque courir. J'ai le sentiment qu'elle pourrait être là, à me suivre. Et si elle était allée à Bois-Colombes ? Ne sait-elle pas où habite mon père ?

Dans le métro, ma réaction me paraît délirante. Qu'ai-je, qu'avons-nous, à craindre d'elle ? Je suis une imbécile qui fait tout un cinéma d'une histoire parfaitement banale. Je hoche la tête avec dépit. Quelle conne de m'être intéressée à cette femme et de me mettre dans un état pareil ! C'est bien fait pour moi… Je me jure de ne plus jamais aller chez elle et de garder mes distances la prochaine fois où elle viendra au restaurant, comme me l'a conseillé mon père. Pour ne pas la froisser, je lui expliquerai que je travaille désormais le week-end et que je ne peux plus aller déjeuner chez elle. S'il le faut, je dirai à Maxime qu'il peut désormais compter sur moi le samedi et le dimanche. Sophie finira par se détacher de moi. C'est ce qu'il y a de mieux à faire.

Je me sens plus résolue tandis que je passe le portillon à Anvers.

Papa ne m'a toujours pas répondu. Cela n'a rien d'inquiétant, il lui arrive souvent de sortir sans son portable. Je me rappelle brusquement qu'il avait parlé d'aller se promener « un de ces jours » aux Puces. Voilà où il est allé, il fait si beau ! Et il n'a pas voulu me réveiller ce matin pour me prévenir. Je suis vraiment idiote de me prendre ainsi la tête, mais il va m'entendre, quand je l'aurai au bout du fil. Je vais lui interdire de sortir sans son portable, désormais. Il répondra : « Promis, plus jamais ! Je ne savais pas que ma fille ne pouvait pas se passer de moi une matinée ! »

Je dirai : « Qu'est-ce que tu veux, tu es l'homme de ma vie ! », nous éclaterons de rire et il proposera de venir me chercher cet après-midi, après le service.

J'envoie un nouveau texto, lapidaire : « Appelle-moi, je suis inquiète. »

Avenue Trudaine, je décide d'appeler Isabelle, même si je n'aime pas trop passer par elle pour avoir des nouvelles de mon père. Elle, au moins, ne se sépare pas de son portable. Je tombe sur sa messagerie. J'essaie à nouveau. En vain. Je ne laisse pas de message.

Il est déjà onze heures trente, je suis en retard. Tant pis, Maxime n'a pas intérêt à me faire chier. Après tout, je lui rends service.

Quelle imbécile d'avoir accepté de travailler aujourd'hui... J'hésite à rebrousser chemin. Mais bosser m'obligera à penser à autre chose.

J'arrive en vue de l'immeuble de Sophie, un peu plus bas. Je lève les yeux vers le troisième étage : ses volets sont clos. Je l'imagine errant dans la pénombre de son trois pièces vide et triste à mourir. Pauvre femme, me dis-je, son quotidien doit être une horreur. Je hâte le pas en voyant un jeune homme sortir de son immeuble, il retient la porte en attendant quelqu'un, allume une cigarette. Une jeune fille sort à son tour, et j'ai juste le temps d'arriver à la porte avant qu'elle ne se referme. Qu'est-ce qui m'a pris ? Franchement, je l'ignore. Je me retrouve dans le couloir plongé dans la pénombre, à tâtons, j'allume. J'hésite maintenant à monter jusqu'au troisième. Je ne veux pas la voir, et je n'ai pas le temps. J'avise les boîtes aux lettres, une dizaine, sur ma gauche. Je déchiffre les noms un à un. Il y a des Favier, des Tramont, des Azhar, ici, un prénom, une initiale, là un M. et Mme Franck Bugeaud, mais nulle part de Sophie. Pas même un « S ». Pourquoi n'ai-je jamais pensé à regarder les boîtes aux lettres avant aujourd'hui ?

Une porte s'ouvre au fond du couloir. Un homme d'une cinquantaine d'années apparaît, remontant de la cave, manifestement. Je sursaute, comme prise en faute. Il me demande d'un ton inquisiteur :

« Vous cherchez quelqu'un ? »

Je réponds en tapotant mon sac à main : « Oui, madame Sophie. J'ai une lettre pour elle. »

Il fronce les sourcils :

« Une madame Sophie ? Je ne vois pas.

— Je n'ai que son prénom, je… j'ai dû me tromper d'immeuble.

— Vous êtes au quarante-deux bis, ici, quel numéro cherchez-vous ?

— Excusez-moi… J'ai dû me tromper.

— Ça arrive. »

De toute évidence, il attend que je décampe. Je repars vers la sortie, dissimulant au mieux mon trouble. Ainsi, elle cache bel et bien son identité. L'angoisse m'étreint à nouveau. Avant d'appuyer sur le bouton de la porte, je me retourne vers lui pour une dernière tentative : « C'est une dame qui habite au troisième étage droite.

— Je vous répète que vous faites erreur. »

Qu'est-ce que j'ai à perdre ? J'insiste : « Il n'y a personne au troisième droite ?

— Au troisième droite, c'est Mme Delalande, mademoiselle. Mademoiselle comment, au fait ? »

Sans répondre, je m'exclame maladroitement : « Ah, oui, c'est ça. Sophie Delalande ! »

Je m'attends presque à ce qu'il rectifie le prénom, mais non, il ne dit rien, il se campe devant l'ascenseur, histoire de me faire comprendre que je n'ai pas intérêt à monter. Il dit fermement : « Il vaut mieux que vous partiez maintenant. Donnez-moi votre enveloppe, je la glisserai sous la porte de Mme Delalande. »

Il ne va quand même pas appeler la police, ce connard ? J'ouvre la porte et m'esquive, aussi anéantie que furieuse.

Tandis que la porte se referme, je l'entends lancer dans mon dos : « Et votre lettre, mademoiselle ? »

Dans quelle histoire est-ce que je me suis fourrée ? Par bonheur, la sonnerie de mon portable retentit. Papa rappelle enfin. Je fouille mon sac, le trouve à la cinquième sonnerie, et décroche sans prendre seulement le temps de lire le nom qui s'inscrit. C'est Maxime.

« Qu'est-ce que tu fous ?

— J'arrive ! Je suis là dans cinq minutes

— Ne me laisse pas tomber, Emmanuelle. Il y a un monde fou, on a besoin de toi illico.

— J'arrive, je te dis, je suis rue des Martyrs, là !

— Grouille ! »

Je coupe et rappelle mon père. Sa messagerie se met en route au moment où j'arrive au My Love. Il est en effet bondé. Je me faufile au milieu des couples et de leurs marmots qui encombrent l'entrée.

Maxime s'exclame : « Tu prends la terrasse. Avec ce soleil, ils veulent tous y être. Et range-moi ce téléphone. »

Je m'aperçois que j'ai toujours mon téléphone collé à l'oreille. Je lui réponds dans un souffle, la première phrase qui me passe par la tête :

« Quelle chaleur !

— Oui, eh bien espérons que ça ne va pas tomber. Ça sent l'orage. C'est pas le moment qu'il se mette à pleuvoir sur la terrasse. »

Son business, il n'y a vraiment que ça qui l'inté-resse. Je suis déjà exaspérée.

Je me mets au boulot, mais je voudrais être ailleurs. Surtout pas ici, à perdre mon temps avec ce paquet d'imbéciles.

Déposition de M. Franck Bugeaud, 63 ans, comptable, demeurant 42 bis, rue des Martyrs, 75009 Paris, le 15 juin 2015. Extrait du procès-verbal.

[...] Je remontais de ma cave. Il était 11 heures 36, précisément, j'ai regardé ma montre. Le comportement de la jeune femme en question m'a paru étrange, pour ne pas dire suspect. Elle disait rechercher une certaine madame Sophie, vous parlez d'un nom ! Elle a prétexté d'une lettre qu'elle devait déposer dans la boîte de cette personne, mais j'ai tout de suite compris que c'était une invention, car elle n'avait rien à la main. De nos jours, il faut se méfier de tout le monde. Elle a insisté et j'ai fini par me rappeler que cette pauvre Mme Delalande s'appelle Sophie, mais elle n'a pas voulu me donner sa fameuse lettre, comme de juste... Je suis sorti derrière elle dans la rue pour voir où elle allait, je l'ai vue traverser en direction de la rue de Navarin. Pour moi, à ce moment-là, cette fille traînait pour faire un mauvais coup. Il n'y a pas que des Romanos dont on doit se méfier, lieutenant. C'est pour cela que j'ai attendu qu'elle disparaisse rue de Navarin avant de remonter chez moi. Je me souviens qu'elle téléphonait en traversant la rue et qu'elle n'a pas réagi quand une voiture l'a klaxonnée. [...] Je ne l'avais jamais croisée dans notre immeuble. [...]

QUESTION : Depuis combien de temps habitez-vous l'immeuble ?

RÉPONSE : Nous avons emménagé au deuxième droite en novembre 2005, l'ancien appartement des Loubet. C'est un trois pièces, identique à celui de Mme Delalande.

QUESTION : Êtes-vous déjà allé chez elle ?

RÉPONSE : Moi jamais, mais mon épouse, oui, une fois, il y a deux ou trois ans. Il y avait une infiltration d'eau au niveau de la pièce du fond. Ma femme m'a dit qu'elle était restée dans l'entrée, Mme Delalande ne l'a pas invitée à entrer, mais elle a promis de faire le nécessaire pour les travaux et l'assurance. Et en effet, elle a fait réparer la tuyauterie très rapidement et a payé sans faire d'histoires les travaux de peinture qui ont dû être effectués chez nous, cinq cents euros. J'ignore si elle a sollicité son assurance.

QUESTION : Est-ce que vous la croisiez souvent ?

RÉPONSE : Oui, presque tous les jours dans l'escalier de l'immeuble, elle avait des horaires très réguliers et ne prenait jamais l'ascenseur. Mais c'était bonjour, bonsoir. Elle venait rarement aux réunions de copropriété. C'était une voisine discrète, elle recevait peu, voire jamais, à notre connaissance. C'est pour cela que j'ai été surpris d'apprendre qu'elle fréquentait cette fille.

QUESTION : Avez-vous déjà entendu des bruits venant de chez elle ?

RÉPONSE : Comme je l'ai dit, elle était plutôt discrète. On entendait surtout son téléphone sonner, j'ai l'impression qu'elle passait beaucoup de temps au téléphone, mais bien sûr, nous n'entendions pas les conversations.

QUESTION : Que s'est-il passé la soirée du 14 juin ?

RÉPONSE : Nous avons entendu un grand cri et puis plus rien.

QUESTION : cela ne vous a pas inquiétés ?

RÉPONSE : Un peu, ma femme a baissé le son de la télévision, mais comme on n'a plus rien entendu, nous avons repris notre programme. Nous nous sommes seulement demandé si le bruit venait de chez Mme Delalande.

QUESTION : Quelle heure était-il ?

RÉPONSE : Juste un peu plus de vingt heures. Le journal télévisé venait de commencer. Mais quelques minutes plus tard, nous avons entendu des cris et des bruits violents. Cette fois, ça ne faisait aucun doute qu'ils venaient d'au-dessus de chez nous. C'était effrayant, et ma femme a eu peur. Elle n'a pas voulu que je monte voir et a tout de suite appelé la police. […] Celle-ci s'est présentée à peine un quart d'heure plus tard. Il s'agissait de deux policiers en tenue que nous avons accompagnés au troisième droite. Pendant tout ce temps, les cris et les bruits venant de l'appartement n'ont pas cessé. Plusieurs voisins attirés par ce remue-ménage nous ont rejoints sur le palier. Les policiers ont sonné. […] Après avoir vu cela nous n'avons pas été autorisés à les suivre. Mais aussitôt nous avons tous compris la même chose : un drame venait de se produire chez Mme Delalande. (...)

QUESTION : Étiez-vous au courant de l'histoire de sa fille enlevée par son géniteur ?

RÉPONSE : Oui, comme tous nos voisins, je pense, même si nous, nous avons emménagé bien plus tard. Cette histoire a beaucoup marqué les habitants de l'immeuble. Mais de ce que je sais, elle n'en parlait à personne.

QUESTION : Que pensiez-vous d'elle ?

RÉPONSE : Elle nous faisait de la peine. C'était une histoire si triste, terrible. On ne peut souhaiter à personne de subir une chose pareille. Nous n'avons jamais eu l'occasion de l'évoquer avec elle, je ne pense pas que nous aurions osé, de toute façon. Sophie Delalande était si discrète, comme une ombre. [...]

39

« Hortense »

Tout m'agace. Les filles qui se disputent les tables où elles ont repéré les clients qui laisseront de bons pourboires (elles ont de l'expérience et se trompent rarement), tous ces couples et leurs marmots qui ne tiennent pas en place, Maxime derrière son comptoir qui me jette des regards noirs chaque fois que j'attrape mon Samsung. Je n'ai toujours pas de réponse à tous les textos et messages adressés à mon père. J'enrage de son silence, il répond toujours rapidement, d'habitude. Je commence à vraiment m'inquiéter. Je ne cherche plus à cacher mon anxiété dans les messages que je lui laisse, mais je me sens ridicule, et ça m'énerve encore plus de penser à son amusement quand il les découvrira. Je lui demande de venir me chercher à la fin de mon service, je lui dis que je suis une idiote, que je l'aime, qu'il me tarde seulement de l'entendre et de le voir. « Tu m'emmèneras boire un coup après le boulot et tu pourras te moquer de moi tant que tu voudras ! »

C'est le dernier message que je viens de laisser. Le vingtième depuis ce matin, peut-être davantage. Je ne compte plus.

Moins d'un quart d'heure plus tard, je n'y tiens plus et pose mon plateau sur le comptoir pour sortir à nouveau mon téléphone.

« Tu peux me dire ce que tu branles, avec ce téléphone ? s'exclame ce connard de Maxime.

— À ton avis ? Je téléphone, justement…

— Je ne te paye pas pour téléphoner, et les clients attendent, Emmanuelle. »

Bizarrement, il n'aboie pas comme d'habitude, et me parle presque gentiment.

« Qu'est-ce qui se passe, Emmanuelle ? Tu as l'air dans tous tes états, tu as un problème ?

— Il ne se passe rien du tout. J'ai juste besoin de joindre quelqu'un. Je te rappelle que je n'étais pas censée bosser, aujourd'hui, je suis là pour te dépanner, OK ?

— Bon, vas-y. Mais fais gaffe avec les clients, tes problèmes, ils n'en ont rien à foutre.

— Ça, je le sais. »

Je colle mon oreille au combiné. J'entends une fois de plus la voix de mon père enregistrée, puis cela coupe et une voix anonyme m'avertit que la boîte vocale de mon correspondant est pleine.

J'en pleurerais.

« Dis-moi ce qui te met dans cet état, Emmanuelle, insiste Maxime quelques minutes plus tard. Je peux peut-être faire quelque chose ? »

Je m'éloigne avec mon plateau sans répondre. Je l'entends d'ici : « En voilà une grande fille qui panique parce qu'elle n'arrive pas à joindre son papa ! »

Une fille assise en terrasse m'interpelle : « Eh, mademoiselle, j'attends ma carafe d'eau depuis un quart d'heure, tu m'as oubliée ? »

Qu'est-ce qu'elle se permet de me tutoyer, cette conne, avec son jean et ses Louboutin ? Je l'ai déjà vue ici, une emmerdeuse en chef qui se croit divine. Elle vient régulièrement avec son mec, ils payent l'addition à tour de rôle, le parfait petit couple moderne, quoi. Le genre de filles que je ne supporte déjà pas en temps normal, alors aujourd'hui… Je me retiens de lui dire où elle peut se la mettre, sa carafe…

Je repars à la cuisine et éclate en sanglots. Je suis à bout. Je ne peux pas rester ici une minute de plus. Je repose tout en plan, mon plateau et mon carnet de commandes, Maxime me demande ce que je fous.

« Je me barre.

— Tu plaisantes ? Tu ne peux pas te barrer en plein service ! »

Il supplie presque : « Tu ne peux pas me faire ça, Emmanuelle ! »

Dans la rue, je compose le numéro de mon père. À la sixième sonnerie, la messagerie se déclenche, « Ici, Antoine Durand, je vous écoute… », puis aussitôt la voix anonyme du répondeur annonce : « La boîte vocale de votre correspondant contient trop de messages, veuillez réessayer ultérieurement… » J'enrage. J'envoie un nouveau texto et fixe l'écran tout en marchant, mais comme les précédents, il reste sans réponse.

Je m'appuie contre une voiture pour reprendre ma respiration. Au-dessus de ma tête, le ciel s'assombrit d'un coup, et brusquement, de grosses gouttes se mettent à tomber sur la chaussée brûlante. Une fine vapeur s'élève aussitôt, c'est très beau. Maxime avait raison, voilà l'orage et je souris méchamment à l'idée de la fille en Louboutin. Elle qui avait soif, elle n'a qu'à ouvrir la bouche pour être arrosée gratis !

Je pleure de frustration et de dépit sans chercher à m'abriter de l'orage qui redouble. En un instant je suis trempée, mais je m'en moque. Je ne songe qu'à mon père. Et s'il lui était arrivé quelque chose ? Qu'est-ce que je deviendrais ?

Sur les trottoirs bondés, les gens courent pour rentrer au plus vite, d'autres s'abritent dans l'encadrement des boutiques.

J'arrive à l'angle de la rue des Martyrs et lève les yeux vers les fenêtres. Les volets sont clos, comme toujours. C'est alors que je l'aperçois, dans son imperméable gris, blottie sous son petit parapluie noir, se glissant furtivement entre les gens qui se pressent sur le trottoir.

Elle est déjà devant la porte de son immeuble. Je n'hésite pas : je fonce.

Déposition de M. Maxime Bonneaud, 36 ans, gérant de l'hôtel My Love, 23 juin 2015. Extrait du procès-verbal.

[…] Emmanuelle ne m'a pas paru dans son état normal quand elle a pris son service. Elle est arrivée avec trois quarts d'heure de retard, énervée, en sueur, mal coiffée. Au point que je me suis demandé si j'avais bien fait de l'appeler. Mais en principe elle ne travaille pas le dimanche, elle venait remplacer une serveuse qui avait eu un accident de la circulation, du coup, je n'ai rien dit. Et franchement, elle faisait peine à voir. Évidemment, au vu de ce qui s'est passé, je comprends mieux… […]

J'ai bien vu qu'elle était à cran et qu'à la moindre remarque elle pouvait me laisser tomber. J'avais absolument besoin de renforts, nous avons toujours beaucoup de monde pour le brunch du dimanche, surtout des jours de beau temps comme celui-ci. J'ai donc préféré laisser courir. Au bout d'un moment, je lui ai quand même demandé d'arrêter de téléphoner. J'interdis aux filles de téléphoner pendant le service, sinon, on ne s'en sort plus, et la clientèle déteste ça. Visiblement elle ne parvenait pas à joindre quelqu'un et ça la mettait dans tous ses états. Quand je lui ai fait la remarque, elle s'est énervée, elle m'a dit qu'elle était là pour me dépanner, etc. Elle avait l'air tellement à cran que je n'ai pas trop insisté. D'ordinaire, c'est une fille plutôt cool, un peu trop, même, mais qui s'adapte, pas trop regardante sur les horaires, etc. [...] Je l'ai entendue, à un moment où elle laissait un message : « Il faut absolument que tu me rappelles. Je commence à avoir peur. Je crois qu'elle est folle. »

QUESTION : Vous êtes sûr qu'elle a dit « folle » ?
RÉPONSE : Oui, j'en suis certain. Franchement, je ne l'avais jamais vue comme ça. Du coup, je me suis dit qu'elle devait vraiment avoir un problème, et j'ai essayé d'être sympa, mais elle m'a envoyé bouler en me disant que tout allait bien. J'ai laissé tomber, j'avais suffisamment à faire comme ça, la salle et la terrasse ne désemplissaient pas. [...]

Bien sûr, aujourd'hui, je suis désolé, mais de toute façon, je n'aurais pas pu faire grand-chose, vu l'état d'énervement dans lequel elle était. Les autres filles se regardaient d'un air de se demander ce qui lui arrivait. Julia, avec qui elle s'entend bien, a essayé de lui parler, mais elle aussi, elle l'a envoyée paître. Franchement, elle commençait à agacer tout le monde. [...]

Apparemment, elle a pris la mouche après une remarque d'une cliente, je ne sais pas exactement ce qui s'est passé, elle a tout planté là et elle est partie sans une explication. Je n'ai pas eu le temps de la retenir, j'étais furieux. Il était à peine 14 heures, peut-être un peu plus, c'était le coup de feu...

Mais c'est à ce moment que l'orage a éclaté, il s'est mis à tomber des cordes. Ça a fichu une sacrée pagaille, avec tous les clients en terrasse qui cherchaient à se réfugier à l'intérieur, alors forcément, je n'y ai plus pensé, j'ai dû parer au plus pressé. [...]

C'est la dernière fois que je l'ai vue. [...]

40

« Sophie »

73A89, je compose en toute hâte le code d'entrée de mon immeuble. Malgré la bourrasque (il y a long-temps que je n'ai pas vu un tel torrent dévaler la rue) et le petit parapluie qui me masque à demi la vue, je l'ai repérée sur le trottoir d'en face, à l'angle de la rue de Navarin, devant la pâtisserie Delmontel.

Jusque-là, j'avais progressé d'un pas prudent, en faisant attention à ne pas me heurter aux passants qui déboulaient dans tous les sens pour échapper à l'orage. C'était impressionnant, il faisait presque nuit. Les éclats du tonnerre et les éclairs ajoutés à la cha-leur moite rendaient l'atmosphère franchement irres-pirable. Il me tardait d'être à l'abri chez moi et de me prendre une douche brûlante, après cette matinée éprouvante.

J'ai accéléré dès que je l'ai aperçue. Elle était plantée sur le trottoir, indifférente à la tempête, trempée des pieds à la tête, dans un état pitoyable. Elle va attraper du mal, me suis-je dit.

Elle regardait vers mes fenêtres, elle ne m'avait pas encore vue. J'ai juste eu le temps de me détourner, au moment où elle baissait la tête. J'étais déjà devant ma porte.

Je suis sûre qu'elle m'a vue, je sens qu'elle vient vers moi. Je ne me retourne pas quand j'entends le klaxon d'une voiture.

73A89.

Le mécanisme claque, je me glisse dans l'ouverture, m'adosse à la porte et pousse de tout mon poids pour la refermer derrière moi.

Elle est arrivée trop tard. J'entends ses vaines tentatives pour ouvrir. Elle tapote au hasard sur le clavier du digicode. Pas de danger qu'elle ouvre, le code est activé dès vingt et une heures le soir, et le dimanche toute la journée. Moi, je préférerais qu'il soit activé en permanence. Le quartier est de moins en moins sûr. Mais l'assemblée des propriétaires en a décidé autrement l'an passé. Je n'y étais pas, je ne vais plus jamais à ces réunions, où il me faut supporter le regard des gens posés sur moi. Et leur pitié. J'ignore ses appels quand elle crie mon nom, et sans allumer dans le hall, je m'enfuis dans l'escalier.

Un peu plus je me retrouvais nez à nez avec elle. Je n'en ai pas envie pour le moment. Je ne saurais quoi lui dire. J'ai besoin de repos et d'un peu de temps et, surtout, d'une bonne douche. Je suis fourbue, je sens mes muscles endoloris, mes articulations rouillées. Ce n'est plus de mon âge, ces expéditions au bout du monde ! Il m'a fallu près de deux heures pour revenir à Paris. Dans ces banlieues, le dimanche, on a l'impression que les transports en commun n'existent plus !

Je suis descendue du métro place de Clichy. Il ne pleuvait pas encore et j'avais besoin de marcher. J'ai déambulé sur le boulevard sans me presser, dépassé le McDonald's, où nous venions souvent avec Hortense. Alors, prise d'une envie subite, je suis revenue sur mes pas et je suis entrée. J'ai commandé, comme autrefois, un menu Big Mac et j'ai dû patienter le temps qu'une place convenable se libère.

Toute cette humidité va réveiller mes douleurs aux mains, c'est sûr. Comme si je n'avais pas assez à penser comme ça... Tout se bouscule dans ma tête. Tandis qu'à bout de souffle, j'atteins le palier du second, je pense à Hortense que j'ai abandonnée, souillée, sous la pluie. « Souillée », c'est, étrangement, le mot qui me vient en la revoyant, ruisselante d'eau.

Une bonne mère l'aurait fait monter, me dis-je, l'aurait aidée à se sécher, lui aurait préparé un thé bien chaud. Je suis une bonne mère. Mais ce n'est pas le bon moment pour parler à ma fille.

Habituellement, je fais halte au second pour reprendre mon souffle avant d'attaquer les dernières marches. Dix-neuf précisément entre chaque étage. J'entends à travers la porte la télé des Bugeaud, mes voisins du dessous. Je les connais à peine, un couple de gens ordinaires, qui passent leur temps devant la télévision, comme s'il n'y avait que ça dans la vie. Je crois qu'ils n'ont même pas eu d'enfants. Une fois, elle est montée chez moi sous prétexte d'un dégât des eaux dans la salle de bains qui jouxte la chambre d'Hortense. Je ne suis pas une imbécile, j'ai vite vu que c'était une fouineuse. Pas question que quiconque vienne mettre son nez dans mes affaires. J'ai inventé je ne sais quel prétexte pour que l'expert de l'assurance ne se déplace pas. Et je n'ai pas autorisé l'ouvrier polonais venu pour réparer la petite fuite d'eau à entrer dans la chambre. J'ai découpé moi-même le morceau de moquette qui commençait à moisir.

En dehors de moi et d'Hortense, personne n'entrera jamais dans cette pièce.

Elle est sacrée.

Je ne m'accorde pas de halte, je ne veux pas risquer qu'Hortense entre avec une personne de l'immeuble et me devance en prenant l'ascenseur.

Je tends l'oreille, pas de bruit, je poursuis mon ascension.

Enfin je suis chez moi. Je tire les deux verrous avec soulagement et, sans prendre le temps de me débarrasser de mon imperméable et de mes chaussures détrempées, je vais à la fenêtre. J'ai laissé les persiennes à demi closes, je n'ose pas les ouvrir pour regarder si elle est toujours devant mon immeuble.

Que fait-elle ici ? Elle ne travaille jamais le dimanche, m'a-t-elle dit. M'attendait-elle ?

Si elle monte, je n'ouvrirai pas.

Je n'ai pas le courage, pas la force plutôt, de la voir maintenant. Un peu plus tard, bien sûr…

Mon regard se perd dans le ciel sombre. La tempête va l'obliger à partir. Je souffle et, pour la première fois de la journée, je souris. En sécurité, chez moi, je ne crains rien ni personne.

Je vais à la douche.

41

« Hortense »

J'aurais dû crier son nom à l'instant où je l'ai vue cavaler sur le trottoir, ratatinée sous son parapluie. Elle aurait été bien obligée de se retourner et de m'attendre. Mais il a fallu que cette foutue voiture me coupe la route, m'obligeant à m'arrêter. Le temps que j'atteigne la porte, elle s'est refermée. Je n'ai pas le code, il n'était pas activé les samedis où je suis venue. Je m'acharne bêtement à taper sur les touches, au hasard, c'est absurde. Je hurle son nom. En vain.

M'a-t-elle vue ? M'a-t-elle volontairement ignorée ? M'a-t-elle fuie ? Je n'ai pas de réponse, juste le sentiment désagréable qu'elle n'a pas voulu me parler.

Je recule, balaye du revers de ma manche trempée mon visage ruisselant d'eau. Je lève la tête. Aucune lumière ne filtre derrière les volets à demi fermés. Est-ce elle, cette forme sombre que je crois voir bouger ? Je fais un signe de la main pour attirer son attention. L'ombre ne bouge pas. Peut-être n'est-ce que le rideau tiré ?

J'hésite, je pourrais téléphoner pour qu'elle m'ouvre, puis je réalise que j'ai plus urgent à faire. Maintenant que je connais son nom, je peux essayer de me renseigner sur elle.

Courant presque, je redescends jusqu'au boulevard Barbès.

L'orage redouble, j'éternue, je grelotte, mais rien ne pourrait m'arrêter, tandis que je dévale les trottoirs à présent déserts. Des gens massés sous les auvents des boutiques me regardent passer avec amusement. J'entends : « Hé, la miss, fais gaffe, il va pleuvoir ! » et des rires gras. Ma chemise blanche, plaquée sur ma peau, est presque transparente, on voit mon soutien-gorge jaune. Je tire dessus. Ma jupe n'est plus qu'un chiffon mouillé.

Plus loin, je m'abrite sous un porche à côté d'un garçon en djellabah grise, le temps d'attraper mon portable pour vérifier une centième fois si mon père a cherché à me joindre.

Il est éteint. Je tente en vain de le rallumer. Il est hors-service, la pluie a eu raison de lui, ou la batterie est à plat. Quelle idiote de l'avoir laissé dans la poche arrière de ma jupe. Je pousse un juron et me tourne vers mon voisin qui m'observe sans mot dire.

« Tu peux me prêter ton téléphone ? »

Il me regarde d'un air méfiant. J'insiste d'un ton implorant :

« S'il te plaît. C'est super important. C'est un appel à Paris, dix secondes, promis ! »

Il prend la pièce d'un euro que je lui tends – il m'en demanderait dix que ce serait pareil : il faut que je joigne mon père –, farfouille dans la poche de sa djellabah et me tend un iPhone 5.

« Merci. »

Une fois de plus, la messagerie, et la voix de cette femme qui me répète qu'elle est pleine. Le plus simple serait de foncer à Bois-Colombes. Il y aura une explication toute bête à ce silence qui me terrifie. Ah, il va bien se moquer de mon affolement ! Pour l'instant, j'ai une autre priorité. Il faut que je sache qui est Sophie Delalande. Il sera temps de le rejoindre ensuite.

De l'autre côté du terre-plein, je vois clignoter l'enseigne du Cell Cyber Box. Je rends l'appareil au gars sans un mot et repars en courant.

Le type assis derrière la caisse ne semble même pas remarquer mon état lamentable. Avant d'entrer, j'ai tiré mes cheveux avec un élastique et essuyé mon visage du mieux que j'ai pu. Les traces de Rimmel salissent mes doigts, que j'essuie sur ma jupe en jean. Le voilà bien, « l'uniforme » du restaurant. J'ai secoué l'eau accumulée dans mes ballerines argentées. Je me moque bien qu'elles soient foutues.

Le type fait un signe du menton en direction de la petite salle. « Tous les postes sont pris. Il faut attendre. » Cela semble le réjouir. Ne t'énerve pas, me dis-je.

Quelques hommes me dévisagent, mais ils m'oublient vite et retournent aux vieux écrans alignés sur les tables devant eux.

Personne ne semble pressé de terminer. Je m'impatiente, j'enrage. Ils n'ont rien d'autre à faire, ces types ? À croire qu'ils le font exprès. J'essaie de négocier avec quelques-uns d'entre eux pour qu'ils me cèdent leur place. « J'en ai juste pour quelques minutes, je vous assure. » J'ai beau insister, tous me répondent qu'ils n'ont pas terminé.

Le type à la caisse me demande de rester près de l'entrée : « Vous allez tout dégueulasser. » Je lui obéis sans répliquer, je n'ai pas l'énergie d'aller chercher un autre endroit. J'attends depuis près de vingt minutes quand un grand barbu se lève enfin.

« La cinq », m'annonce le type derrière le comptoir.

Je me précipite pour m'asseoir. Mais le type se ravise, la pluie qui redouble dehors l'a sans doute fait changer d'avis, il s'approche :

« C'est ma place.

— Certainement pas, c'est la mienne maintenant.

— J'étais là avant, dis-lui, Mahmoud, argue-t-il, prenant à témoin le mec du comptoir.

— Laisse tomber, Mohamed, répond celui-ci. C'est son tour maintenant. »

Je me moque des regards de tous ces hommes plantés sur moi. Je ne bougerai pas tant que je n'aurai pas trouvé ce que je cherche.

J'ouvre Google et je tape sur le clavier de mes doigts encore humides les deux mots : Sophie Delalande.

Déposition de M. Mahmoud M'Barek, 31 ans, gérant du Cell Cyber Box, 7 boulevard Barbès, 75018 Paris, du 1er juillet 2015. Extrait du procès-verbal.

Très peu de femmes viennent dans ma boutique, alors je me souviens parfaitement d'elle, d'autant plus qu'elle était complètement trempée quand elle est arrivée, à cause de l'orage, elle a foutu de l'eau partout, et qu'elle a fait tout un foin pour convaincre un client de lui laisser sa place. Elle répétait qu'elle était pressée, que c'était très important... Je l'ai gardée à l'œil, elle avait un peu l'air d'une dingue, très agitée, avec sa mini-jupe et sa chemise transparente, je ne veux pas d'histoires, moi... Elle n'arrêtait pas de regarder son téléphone, elle essayait de l'allumer, je crois, mais apparemment il ne fonctionnait pas. [...] Il devait être 14 heures 30, 15 heures. Je l'ai envoyée à la cinq dès qu'elle s'est libérée. Elle a dû rester une vingtaine de minutes, elle a payé le tarif forfaitaire pour une heure. [...]

Quand elle est venue payer, elle m'a demandé de lui prêter mon téléphone, j'ai refusé et elle a sorti un billet de dix euros. J'ai accepté car j'ai bien vu qu'elle était en panique. Et puis, si elle a du fric à claquer… Visiblement, personne n'a répondu et son visage s'est contracté. Elle avait l'air vraiment angoissé. Je l'ai laissée refaire le numéro une deuxième fois, après, j'ai dit que c'était terminé et j'ai récupéré mon téléphone, il a presque fallu que je lui arrache des mains. Franchement, elle n'avait pas l'air net, et tous les clients me regardaient, si je commence avec ce genre de cinglés, je n'en finis plus. Elle m'a traité de « connard », je vous jure, si ça n'avait pas été une femme, je n'en serais pas resté là. Je ne frappe pas les femmes, moi. Mais bon, ça suffisait, je lui ai dit de partir et d'arrêter ses histoires. Je suis sorti sur le trottoir pour vérifier qu'elle s'en allait, elle est partie en courant vers Pigalle. L'orage était passé, il ne pleuvait plus. Elle a fait des grands signes à un taxi qui arrivait sur le boulevard, mais il ne s'est pas arrêté. Il faut dire, ses vêtements étaient trempés comme si elle était tombée dans une piscine. J'ai même dû essuyer la chaise où elle était assise ! Du coup, avant de redonner le poste, j'ai jeté un œil sur l'historique de sa navigation. […] Je n'ai rien vu qui explique pourquoi elle était dans un état pareil. Je ne pouvais pas me douter, je le jure devant Dieu. […]

42

« Hortense »

Je sais. C'est bouleversant. Sa vie détruite, la perte de sa fille.

Ce cauchemar qui n'en finit pas.

Je comprends tout. C'est terrible.

Recroquevillée à l'arrière de la voiture, j'ai du mal à contrôler toutes ces émotions qui m'assaillent. Et me torturent.

Après tout ce que j'ai appris, je ne devrais ressentir que de la peine pour elle.

Mais non, j'ai peur. Seulement peur.

Je me suis laissé entraîner par une malade dans une histoire de dingue. Et maintenant, tandis que le taxi traverse la place de Clichy, je me demande où tout cela va nous mener. Je voudrais être déjà arrivée à Bois-Colombes. Il faut que je voie mon père. Vite, vite, vite. Cela seul pourra me tranquilliser.

J'ai l'impression de mourir chaque fois que le taxi ralentit alors que le feu n'est encore qu'à l'orange. Je me retiens de lui hurler de foncer, et pianote sur mes cuisses glacées en priant que le feu repasse rapidement au vert. Je suis tombée sur le seul chauffeur de taxi qui respecte le code de la route, ma parole ! Voilà qu'il s'efface pour laisser passer un autre véhicule. Et qu'il choisit de prendre l'avenue des Ternes, bloquée par les embouteillages ! Je le hais. Et je le maudis définitivement quand il se retrouve bloqué sur la voie réservée, par une fourgonnette arrêtée en double file, et le terre-plein qui l'empêche de déboîter.

Quand je suis sortie de la boutique Internet, les rares taxis que j'ai tenté d'arrêter m'ont dépassée sans ralentir, en m'éclaboussant. J'ai failli repartir chez Sophie, mais c'est mon père que j'ai besoin de voir. Plus vite, bon sang ! Elle, je m'en occuperai plus tard. Et encore, cela en vaut-il la peine ? Qu'elle crève avec ses fantasmes de vieille allumée... Mieux vaudrait peut-être ne plus jamais la revoir, au diable ses mystères minables. Je veux seulement mon papa.

À la station de taxis place Pigalle, personne ne voulait me prendre, sous prétexte que j'allais salir leurs bagnoles pourries, même quand je leur proposais de leur payer le double du prix de la course. J'ai poireauté presque un quart d'heure, et finalement une Mégane s'est garée au bout de la file, avec un jeune chauffeur, bizarrement affublé de lunettes de soleil. Il m'a jaugée, et la longueur de la course a dû le convaincre. Il est sorti pour étendre une couverture sale sur un coin de la banquette.

« Restez bien dessus, m'a-t-il dit. Vous avez un itinéraire ?

— Non, le plus rapide, s'il vous plaît.

— On va essayer, mademoiselle. Mais avec cette pluie, je ne garantis rien. »

Il s'est remis à pleuvoir. J'ai froid, j'éternue.

« Vous, vous êtes en train d'attraper un bon rhume ! » Il jacasse à propos de l'orage qui est tombé sur Paris. « Des trombes d'eau, je n'ai jamais vu ça depuis que je suis taxi. » Il parle, il parle, je voudrais qu'il se taise. Il finit par demander : « Ça va ? Vous n'avez pas l'air bien...

— Non, non, tout va bien.

— Si vous le dites... »

Il relève ses Ray-Ban sur le haut de son crâne pour me dévisager. Je fuis son regard dans le rétroviseur. Je ne veux pas qu'il voie les larmes sur mes joues.

Mon téléphone est toujours hors-service. Un instant, il a paru se rallumer, avant de s'éteindre à nouveau. J'ai envie d'emprunter le sien au chauffeur. Je renonce : à quoi bon entendre une fois de plus que la boîte vocale de mon père est pleine ?

Le chauffeur s'égare dans les rues derrière Nanterre, perd du temps en consultant son GPS, se trompe dans l'adresse que je lui ai donnée. Il trouve enfin, s'excuse. Je fulmine.

Nous parvenons au pied de l'immeuble. Le compteur affiche trente-deux euros, je tends au gars deux billets de vingt et me précipite vers l'entrée.

Par la vitre ouverte, il m'interpelle : « Merci pour la monnaie, mademoiselle ! »

Je file sans répondre.

*Déposition de M. Nicolas Piette, 28 ans, chauffeur de
taxi, 2 juillet 2015. Extrait du procès-verbal.*

[…] Quand je l'ai chargée place Pigalle, elle avait
l'air complètement stressé. Elle m'a fait de la peine,
aucun taxi n'avait voulu la prendre. Il faut dire qu'elle
dégoulinait de flotte et, surtout, elle avait l'air complètement perturbé. Je veux dire, très nerveuse, vraiment
stressée. […] J'ai hésité moi aussi, mais je finissais ma
journée, je tournais depuis un bon quart d'heure, il n'y
avait plus personne dans les rues, avec cette flotte… Je
commençais à me demander si je n'allais pas rentrer
chez moi. […]

On en voit des agités dans notre métier, mais
celle-là n'était pas mal. Elle ne tenait pas en place,
n'arrêtait pas de consulter son téléphone portable,
honnêtement, elle m'a paru un peu dingue. Forcément,
maintenant, je comprends mieux. […] J'ai essayé de
la détendre en bavardant, mais elle n'écoutait pas, je
crois qu'elle pleurait, j'évitais de trop la regarder, elle
était tellement énervée, je n'avais pas envie qu'elle
dégoupille. J'avais hâte d'arriver, j'ai fait de mon

mieux pour aller le plus rapidement possible à Bois-Colombes, mais avec la pluie et la circulation, nous avons mis une bonne demi-heure. L'orage était passé, mais il s'était remis à pleuvoir assez fort.

Elle est sortie dès qu'on est arrivés, sans attendre sa monnaie. Je l'ai observée : elle a couru jusqu'à l'immeuble, elle levait la tête pour regarder vers les fenêtres du haut. Elle s'est engouffrée dans l'entrée. Moi je suis sorti fumer une clope dans l'entrée de l'immeuble en face.

[...]

QUESTION : Pourquoi n'êtes-vous pas reparti tout de suite ?

RÉPONSE : Ma journée était terminée, j'avais tout mon temps. Et puis, j'étais un peu curieux, j'avoue. J'ai eu l'impression qu'il allait se passer quelque chose. Comme je vous l'ai dit, elle n'était pas dans un état normal.

QUESTION : C'est-à-dire ? À quoi avez-vous pensé ?

RÉPONSE : Honnêtement ? Je me suis dit que c'était une nana jalouse qui allait surprendre son mec avec une autre fille.

QUESTION : Vous avez vu quelque chose ?

RÉPONSE : D'où j'étais, on ne voyait pas grand-chose, surtout avec cette pluie.

QUESTION : Vous n'avez vu personne d'autre ? Quelqu'un qui aurait traîné près de l'immeuble ?

RÉPONSE : Non, je n'ai rien vu d'autre avant qu'elle ne ressorte. C'est plutôt désert, comme coin, le dimanche. J'allais repartir quand je l'ai vue ressortir...

QUESTION : Combien de temps s'était-il passé ?

RÉPONSE : Dix bonnes minutes, je pense, j'ai eu le temps de fumer tranquillement deux clopes… Elle est venue tout droit à ma voiture, je l'avais laissée garée au même endroit, juste devant l'allée… Elle était toujours trempée des pieds à la tête, mais ça n'avait pas l'air de la déranger. Elle avait les yeux rouges, j'ai pensé qu'elle avait pleuré. Elle s'est assise à l'arrière, sans me demander mon avis. Elle a dit : « Il faut que je retourne à Pigalle. Dépêchez-vous. »

QUESTION : Vous auriez pu lui demander de descendre.

RÉPONSE : Honnêtement, ça ne m'est pas venu à l'esprit.

QUESTION : Dans quel état était-elle à ce moment-là ? Toujours aussi fébrile ?

RÉPONSE : Non. Elle était très calme, au contraire. Ce n'était plus la même qu'à l'aller. Elle avait l'air déterminé, mais très froid, le visage fermé. Elle n'a pas dit un mot de tout le trajet.

QUESTION : Où l'avez-vous ramenée précisément ?

RÉPONSE : Rue des Martyrs, au niveau du 42 bis. Elle est descendue là.

[…]

43

« Sophie »

De la main j'efface la buée sur le miroir, au-dessus du lavabo. L'eau chaude a rougi ma peau. Je regarde mon corps tout mouillé. Il y a si longtemps que je ne l'ai pas fait. Mon visage est ridé, mes yeux fatigués. La peau de mes joues s'affaisse. Mon cou, couvert d'un duvet disgracieux, est devenu large et épais. Il était si fin quand j'étais jeune. C'était la seule chose dont j'étais fière. J'examine mes mains : elles sont constellées de taches brunes. Mes seins tombent sur mon ventre flasque, barré par la cicatrice de ma césa-rienne. Mon sexe est une tache grise au-dessus de mes cuisses où sinuent des veines bleues. J'ai à peine plus de cinquante ans et mon corps est déjà si vieux.

Mais j'ai toujours été laide. Quand il disait que j'étais belle, je le traitais gentiment de menteur. Il me prenait par la main et m'entraînait vers la chambre.

Je soupire au souvenir du plaisir qu'il me donnait. Il répétait en me baisant qu'il n'avait jamais autant désiré une femme. J'adorais ses râles longs et puis-sants quand il jouissait en moi. J'étais heureuse, si heureuse, de lui donner autant de plaisir. Ensuite, il m'accueillait dans ses bras musclés et il s'endormait.

À son réveil, il se levait et sortait. « Je reviens », disait-il. Il a toujours agi de la sorte, jusqu'au jour où il a disparu de ma vie.

Je me souviens de la première fois où j'ai vraiment joui dans ses bras. Il était arrivé en fin d'après-midi. Je rentrais juste du ministère, je n'avais même pas ôté mon manteau. Je ne l'avais pas revu depuis trois jours. Son haleine sentait l'alcool. Je me suis jetée dans ses bras. Il a dit : « Comment va l'amour de ma vie ? » L'entendre m'appeler ainsi, l'amour de sa vie, cela me transportait, j'étais si sotte. Je ne voulais pas me poser de questions, je vivais dans un rêve et je ne voulais pas me réveiller.

J'ai demandé s'il avait faim. « Oui, de toi ! » m'a-t-il répondu. Nous avons fait l'amour sur le tapis du salon. Du pied, il a poussé la table basse en bois.

La buée revient sur la glace, mon corps n'est plus qu'une silhouette floue.

Je m'enduis de crème les épaules, la poitrine, puis les jambes.

Je me sens bien. Calme et sereine. Le mal de tête qui m'a torturée tout l'après-midi a disparu, cinq cents milligrammes d'aspirine ont suffi.

Je fouille l'étagère du haut de mon armoire. Une armoire normande imposante qui me vient de mes parents. Elle occupe beaucoup de place dans ma chambre, mais j'y range tout. Mes chemises et mes robes sur des cintres, les pulls sur l'étagère du milieu, chaussettes, culottes et collants, dans le tiroir du bas, enfin les draps et les couvertures tout en haut. C'est là que je trouve ce que je cherche : un peignoir chinois en soie aux couleurs un peu passées, depuis tout ce temps.

C'est pour lui que je l'avais acheté. Il aimait que je le porte quand il me baisait. C'est la seule chose que j'ai gardée quand je me suis débarrassée des quelques affaires qu'il avait oubliées chez moi – elles ont fini à la poubelle, avec tous les sous-vêtements ridicules que j'achetais pour lui plaire. Ce n'est pas par nostalgie bêtasse, non, je n'ai rien voulu garder de lui, mais j'aime la douceur de la soie sur ma peau.

Il m'est arrivé de le remettre, certains jours où je me sentais bien, comme ce soir. Ils ont été si rares, ces instants de plénitude, depuis vingt-deux ans.

Ce soir, « mon soir », je veux en profiter.

Je fais le tour de l'appartement. Il est parfaitement en ordre. Dans l'entrée, je décroche le cadre brisé. J'embrasse le visage de mon enfant et je manque de me couper les lèvres encore une fois.

Je pénètre dans la chambre d'Hortense au fond du couloir, et m'allonge sur son lit étroit. C'est ici, entourée des témoins de ses trop courtes années avec moi, que je l'attends. Car je ne doute pas qu'elle viendra me rejoindre bientôt.

Je suis prête à présent à tout lui dire.

Je ferme les yeux. Si je me laissais aller, bercée par le bruit régulier de la pluie qui cliquette sur les persiennes, je m'endormirais. Cette journée m'a épuisée. Mais je préfère revivre chaque instant de ce que fut, pour moi, ce dimanche béni des dieux.

44

« Sophie »

Je m'en veux : j'ai cédé au sommeil. Je vérifie l'heure sur la vieille montre de ma mère, celle que j'avais volée à son poignet. Je ne me suis assoupie qu'une vingtaine de minutes. Je ne me rendormirai plus.

J'allume la veilleuse sur la table de nuit, celle qu'elle voulait que je laisse pour s'endormir. Je cédais rarement à ses pleurs. Un enfant, même tout petit, doit apprendre à affronter l'obscurité dans sa chambre. Les mamans d'aujourd'hui me trouveraient dure, mais la vie n'est-elle pas une affaire de discipline qui s'acquiert dès les premières années ?

Je m'en suis voulu parfois de m'être montrée sévère, mais je suis ainsi et je ne varierai pas maintenant. Sylvain a dû lui passer tous ses caprices. Mais, désormais, il ne pourrira plus ma petite fille… Cette pensée me rend heureuse. Je l'ai enfin délivrée de lui.

Un soir, après avoir fait l'amour passionnément, je m'étais blottie dans ses bras. Je me sentais tellement en confiance que j'avais évoqué l'idée d'avoir un enfant,

je lui avais demandé, comme une gamine, s'il aimerait mieux un garçon, ou une fille ? Il m'avait répondu
qu'il était encore trop tôt, ajoutant cette phrase que
j'entends encore : « Pour l'instant, je ne veux vivre
que pour toi, pour nous deux. Nous sommes jeunes, il
sera bien temps d'y songer plus tard. » J'avais pris ces
mots comme une extraordinaire déclaration d'amour.
Il avait conclu d'un catégorique : « Je ne suis pas sûr
d'avoir la fibre paternelle. Un jour, peut-être… »

Je frissonne à ce souvenir. Tant de mépris et de rou-
blardise…

Pendant plusieurs semaines, j'ai oublié mon envie
d'avoir un enfant. La vie qu'il menait avec moi semblait le combler. Certes, il s'absentait de plus en plus
souvent. Il parlait de missions en province et je ne
cherchais pas à en savoir davantage, il me suffisait de
le voir de retour. Son amour pour moi semblait intact
et il me comblait de plaisir.

Puis le désir d'avoir un enfant de lui a ressurgi. Ses
absences me pesaient. Un bébé l'obligerait à être plus
présent, et à s'attacher totalement à moi.

Je le reconnais, tandis qu'allongée sur le lit de ma
fille, je caresse son ourson devenu miteux à force
d'être trituré, oui, j'admets que si j'ai voulu Hortense,
c'était d'abord pour l'avoir lui. Un père ne renonce
jamais à son enfant, j'en étais persuadée.

J'ai donc cessé, sans lui en parler, de prendre la pilule.

J'aurais dû sauter de joie quand mon gynécologue
m'a confirmé que j'allais être maman. J'ai seulement
souri, les yeux embués, et me suis dit que Sylvain
m'appartenait désormais. À vie, grâce à cet embryon
qui grandissait dans mon ventre. Je triomphais, mais

mon triomphe, je l'ai gardé pour moi, comme un secret.

Le médecin m'a demandé qui était « l'heureux papa » ? Je suppose que ce sont des choses qui se disent en de pareils moments. J'ai répondu : « L'homme que j'aime.

— Eh bien, c'est formidable ! s'est-il exclamé. Et lui, il est aussi amoureux de vous ?

— Bien sûr », ai-je fanfaronné.

J'ai fermé les yeux, savourant mon bonheur. J'avais une envie folle de courir lui dire. J'aurais tant voulu que l'homme que j'aimais au-delà de tout partage cette joie immense qui me transportait. Mais j'avais peur aussi, de sa réaction. Peur qu'il m'abandonne. Je ne savais pas si c'était la joie d'être enceinte ou l'angoisse à cette perspective qui me coupait le souffle.

J'ai compris plus tard, il y a bien longtemps maintenant, que si j'avais tant tardé à lui révéler ma grossesse, c'est qu'au fond de moi, je savais qu'il me repousserait. Jusqu'au bout, j'ai retardé l'échéance, car chaque jour sans en parler était un jour de plus où je le gardais.

Mon téléphone retentit soudain, m'extirpant de mes souvenirs. Aujourd'hui, je vais les solder, tous.

Je n'ai pas besoin de consulter l'écran pour savoir que c'est elle.

« Je suis en bas, je n'ai pas le code.

— 73A89. »

J'ai juste le temps de passer dans ma chambre pour enfiler une culotte. Je reste dans mon peignoir de soie.

Je suis déjà à la porte quand j'entends l'ascenseur s'immobiliser à mon étage. J'ouvre avant qu'elle ne frappe.

45

« Hortense »

Je m'extirpe de l'étroit ascenseur. Je la découvre sur le pas de sa porte grande ouverte, sa tenue me surprend : elle porte un vieux peignoir de soie. Elle dit : « Entre, je t'attendais. » Elle s'efface contre le mur pour me laisser passer. Je m'efforce de ne pas la frôler, ignore la joue qu'elle me tend. Je vais droit au salon. Je l'entends qui verrouille la porte d'entrée, jamais elle ne l'a fait lors de mes précédentes visites. Je réalise que je suis enfermée avec elle. Peut-être est-elle dangereuse ?

Ne rien laisser transparaître, voilà ce que je me répète tandis qu'elle entre à son tour dans le salon.

« Tu ne m'embrasses pas ?

— Si, bien sûr, Sophie. »

Le contact de ses joues flasques me révulse. Comment ai-je pu m'attacher à elle ?

« Tu es toute trempée, regarde ta jupe ! s'exclame-t-elle. Tu veux te changer ?

— Non, ça ira.

— Tu vas attraper du mal.

— Je vous dis que ça va !

— Comme tu voudras… »

Elle s'inquiète, de cette voix que je ne supporte plus : « Tu n'as pas l'air dans ton assiette, ma fille. »

Puis, après un silence à m'observer : « Tu veux que je te prépare quelque chose de chaud ? Ça te fera du bien, avec ce temps, on ne sait plus où donner de la tête…

— Tu as du thé ?

— Tu me tutoies, maintenant ? sourit-elle. C'est mieux ainsi ! »

C'est la première fois depuis que nous nous connaissons que je la tutoie. C'est venu tout seul. Elle poursuit :

« J'ai de l'Earl Grey, et des biscuits. Mets-toi à l'aise, j'en ai pour un instant. »

Je m'assois face à la cuisine, où elle s'éclipse. J'entends tinter ses clefs. Où les cache-t-elle ? Elle revient, un plateau à la main. Dessus, une seule tasse.

« De l'Earl Grey, comme tu aimes », annonce-t-elle.

Son peignoir est si usé qu'il est déchiré à certains endroits. L'une des poches, décousue, bâille sur le côté. J'aperçois ici et là sa peau rose et devine qu'elle est nue dessous. Par contre, ses cheveux gris humides sont parfaitement tirés en arrière. Quelques gouttes d'eau perlent sur son cou.

Elle s'aperçoit qu'à mon tour je l'observe.

« J'avais si froid, j'ai pris une douche brûlante… Ça m'a fait un bien fou. »

Je hais le sourire bienveillant qu'elle pose sur moi.

« Tu voudras rester dîner ? J'ai de quoi dans le frigo. »

Je mens : « Non, il faut que je retourne travailler. Ils m'attendent pour le service de soirée.

— Tu travailles le dimanche, maintenant ? »

Je lui explique que j'ai remplacé une fille malade. Elle hoche la tête d'un air approbateur : « Et pendant ta pause, tu es venue rendre visite à la vieille Sophie ? C'est gentil. »

D'ordinaire, quand elle se traite de vieille, je me récrie, mais ce soir, je n'en ai ni la force ni l'envie. Je bois une gorgée du bout des lèvres, repose la tasse, regrettant mon imprudence : et si elle avait mis quelque chose dedans pour m'endormir ? Je dois me méfier de tout.

Je demande : « Qu'est-ce que tu as fait aujour-d'hui ? »

Elle s'esclaffe : « Pas grand-chose, tu as vu ce qui est tombé ? J'ai voulu sortir, et je suis rentrée presque aussitôt. »

Qu'est-ce qui me retient de lui cracher au visage que je sais qu'elle ment ? Que je sais qu'elle me surveille, qu'elle me suit, et qu'elle me cache des choses ? Et si je lui disais que je suis à la recherche de mon père depuis ce matin, pour voir sa réaction ?

Lorsque, tout à l'heure, je suis arrivée au cinquième étage, j'étais soulagée : j'avais vu le scooter de mon père garé au pied de l'immeuble, à sa place habituelle, j'étais donc sûre qu'il était chez lui. Il m'avait même semblé apercevoir de la lumière à la fenêtre du salon. Je crois que je souriais en sortant de l'ascenseur. J'avais paniqué pour rien.

J'ai frappé doucement à la porte. J'ai tendu l'oreille, il n'y avait aucun bruit dans l'appartement. Alors j'ai sonné, insisté, deux, trois, quatre fois, de plus en plus longuement. Personne n'a ouvert. Seul un silence inquiétant me répondait. J'ai voulu ouvrir mais la porte était fermée à clef. J'ai fouillé en vain dans mon sac à la recherche du trousseau que mon père m'a donné, « si tu as besoin de passer à l'improviste ». Mais les clefs restent toujours chez moi, je ne passe jamais « à l'improviste »…

J'ai senti la panique me reprendre. J'ai frappé chez les voisins. Peut-être avaient-ils vu ou entendu mon père ? Personne n'a répondu.

Je me suis assise, recroquevillée sur le paillasson, j'étais glacée. Que faire ? Soudain l'évidence m'est apparue : il fallait que j'aille chez Sophie, j'y trouve-rais la vérité. S'il s'est passé quelque chose avec mon père, elle devra me le dire.

J'ai ravalé mon angoisse et mes larmes et suis redes-cendue à toute vitesse. Par chance, le taxi était encore là. Pendant le trajet, je ne songeais plus qu'au moyen de lui faire avouer ce qu'elle nous veut.

J'évite, je refuse, de penser au pire.

Maintenant que je suis chez elle, je veux voir sa carapace se fissurer. Je serai sans pitié pour cette vieille folle et, s'il le faut, j'irai jusqu'à profaner sa pièce interdite. Peu m'importe qu'elle s'effondre… Voilà mes pensées à l'instant où elle demande d'une voix douce :

« Tu ne bois pas ton thé ? Il n'est pas bon ? Tu veux autre chose ? »

Je ne réponds pas. Elle me fixe d'un regard scruta-teur, presque dur. Je ne peux le soutenir et détourne la tête, prends un gâteau sec dans la soucoupe de verre.

« Tu as encore un peu de temps ? lance-t-elle abrup-tement.

— Oui. »

Elle se lève avec raideur.

« J'ai quelque chose à te montrer. Je reviens tout de suite. »

Je me retourne pour la suivre des yeux. Un torrent de haine me submerge.

Elle disparaît dans le couloir. J'entends le bruit d'une clef qui tourne dans une serrure. La chambre interdite. Lorsqu'elle revient, elle serre contre sa poi-trine un petit cadre de bois. De la main gauche, elle repousse le plateau et, sans un mot, pose le cadre sur la table, devant moi.

Le verre est cassé, il n'en reste que des fragments. Sur la photo, une jeune femme avec une petite fille.

Sophie reste debout, immobile, juste à côté de moi. Je lève les yeux. Des larmes s'échappent de ses yeux. La douleur qui se lit sur son visage me bouleverse.

Elle semble si sincère. Si malheureuse.

46

« Sophie »

J'attends cet instant depuis vingt-deux ans. L'instant magique et fabuleux où je montrerai à ma fille retrouvée ce cadre brisé qui ne m'a jamais quittée.

Si je pleure, c'est de bonheur. Qu'importe ce qui peut arriver maintenant…

La photo a pâli avec le temps, mais la chaleur qui s'en dégage est restée la même. Dans le cadre de bois, je suis heureuse, un sourire très doux illumine mon visage, Hortense, elle, fixe l'objectif de ses beaux yeux bleus avec un air grave, comme surprise, un peu intimidée. Elle semble se demander ce qu'elle fait là, elle paraît si fragile. Elle donne envie de la serrer dans ses bras, de caresser ses joues et de se laisser aller à une douce mélancolie.

Cette photo est splendide et chargée d'émotion. Combien d'heures suis-je restée à la contempler ? Chaque fois, j'en sors malheureuse et abattue, mais je ne peux m'empêcher d'y revenir, encore et encore. Cette photo, comme une drogue dont je ne peux me passer, résume les seules années de bonheur de ma vie. Avant Hortense, ce fut le désert. Après, le néant.

Je me souviens de chaque détail du jour où elle a été prise. C'était le matin de son anniversaire : deux ans et demi ! J'avais tout programmé : le déjeuner au McDonald's des Champs-Élysées (pourtant je n'apprécie guère cet endroit), la promenade jusqu'au Jardin d'Acclimatation, et le retour à la maison où elle recevrait ses cadeaux, et une nouvelle Barbie. Ses grands-parents avaient envoyé des livres. Ses oncles un petit nécessaire de beauté et une poussette pour promener ses poupées. Elle était trop gâtée, comme toujours, mais selon moi, cette photo serait son plus beau cadeau, son meilleur souvenir de cette journée. J'avais pris rendez-vous chez un photographe renommé de la rue Condorcet. Il a disparu aujourd'hui, remplacé par un magasin de fripes. Le quartier change si vite...

La séance avait duré une bonne heure. Hortense portait un chemisier rose clair, j'avais soigneusement bouclé ses cheveux. Elle posait délicatement sa joue rose contre la mienne. Nous nous tenions par la main. Il se dégageait tant d'amour de ce moment que M. Pommat lui-même, le photographe, avait dit que nous étions très émouvantes, et Dieu sait s'il en avait pourtant photographié, des mamans avec leurs chérubins ! Hortense dégageait tant de grâce que tout le monde fondait devant elle.

Nous étions rentrées du Jardin d'Acclimatation en fin d'après-midi. Le soleil resplendissait et nous avions passé une journée merveilleuse. Je ne sais plus combien de fois nous avions pris la Chenille ! Qu'est-ce qu'elle a pu s'amuser dans la galerie des glaces déformantes. Il avait fallu que je lui dise que ses cadeaux l'attendaient à la maison pour qu'elle accepte de quitter enfin ce lieu plein de gosses bruyants. Il m'est arrivé de retourner là-bas. J'y revivais tous les instants passés avec mon enfant et ne pouvais retenir mes larmes. Les gens me dévisageaient avec méfiance, ils devaient me prendre pour une simple d'esprit…

Nous sortions de la boulangerie (Hortense avait réclamé un éclair au chocolat) quand je l'ai vu. Il était appuyé à la porte de l'immeuble, en train de fumer une de ses foutues cigarettes qui empestaient mon appartement. Il ne nous avait pas encore repérées mais, alors que j'aurais pu faire demi-tour pour l'éviter, j'ai décidé de l'affronter. J'ai marché droit sur lui, tenant fermement la main de ma fille. Son sourire à l'instant où il nous a vues m'a terrifiée.

« Bonjour, Sophie. » Rien que d'entendre le son de sa voix m'a soulevé le cœur. Si Hortense n'avait pas été là, je crois que je n'aurais pas pu me retenir et que je l'aurais agoni d'injures, et tant pis pour le qu'en-dira-t-on. Mais j'ai juste répondu, sans le regarder : « Laisse-nous passer. »

Par chance, il n'a pas insisté. En moins de cinq secondes, j'avais poussé Hortense dans le hall d'entrée et claqué la porte derrière nous. S'il s'était interposé, j'aurais été capable de tout : le frapper, hurler, alerter les passants, la police ? Je me sentais forte, invulnérable. J'étais dans mon droit. Il n'a pas essayé de nous suivre, j'ai cru l'entendre dire (oser dire !) : « Je suis désolé. »

Hortense semblait n'avoir rien remarqué, sans doute n'avait-elle que ses cadeaux en tête. Elle s'engageait déjà vaillamment dans l'escalier (à l'époque, l'ascenseur n'avait pas été installé).

Une fois rentrées, je me suis postée à la fenêtre pour regarder s'il était parti. Il a fait tout un cinéma, planté sur le trottoir d'en face. Il prenait des yeux de chien battu, articulait des phrases que je déchiffrais sur ses lèvres : « pardonne-moi ! », « c'est ma fille à moi aussi », « elle est si mignonne », « j'aimerais la voir »… Un ramassis de bêtises abjectes, qui n'avaient plus aucune prise sur moi. Nous nous sommes longuement regardés, je le défiais avec mépris. À un moment, il a joint les mains. Il était pathétique, détestable. De mon troisième étage, j'ai articulé : « Va-t'en », puis : « Ce n'est pas ta fille, c'est la mienne, à moi seule. » Finalement, j'ai tiré les rideaux et j'ai dit à Hortense : « Allez ma chérie, maintenant, c'est l'heure des cadeaux ! »

Ce salopard n'a pas réussi à me gâcher cette journée, l'une des plus belles de ma vie. C'était merveilleux de la voir si contente, de ses cadeaux, de son gâteau à la crème de marron, de ses deux bougies et demie… Ce soir-là, nous avons fait un gros câlin et elle s'est endormie dans mes bras.

Cinq mois plus tard il me l'enlevait.

Je me penche vers Hortense, presque à la toucher. Je murmure :

« Regarde. Te souviens-tu ? »

Elle saisit le cadre, le rapproche de son visage, le scrute avec une attention aiguë. Je pose ma main sur son épaule. « Fais attention à ne pas te couper. » Elle l'examine longuement, silencieuse. Puis, elle lève ses

yeux bleus, les plante dans les miens, fronce les sourcils. Son regard qui ressemble tant à celui de l'enfant
sur la photo ne me lâche pas.

« Qui est cette petite fille à côté de toi ?

Elle a parlé d'une voix blanche, l'air décomposé.
Elle a compris.

Je n'ai plus qu'une chose à répondre :

« C'est toi, Hortense… Mon Hortense. »

47

« Hortense »

« Ton Hortense ? »

Ce n'est pas une question, c'est un cri. Hurlé, avec la rage que je libère d'un coup.

Nous y sommes, sa folie, je la tiens. Je me lève d'un bond. Elle tente de me prendre la main. Elle dit : « Le moment est venu. » Mais je la repousse d'un geste si brutal qu'elle recule de plusieurs mètres. Elle agrippe le bord de la commode pour ne pas tomber. Je me retiens de me jeter sur elle. Je dois d'abord savoir.

« Hortense, par pitié… Écoute-moi, murmure-t-elle. J'ai tellement de choses à te dire. Le moment est venu, répète-t-elle.

— Quel moment ? Tu ne vois pas que tu divagues ? Tu es dingue, complètement tarée… » Sans réfléchir, je lui crache au visage. « Sale vieille ! »

Mon crachat l'atteint sous l'arête du nez. Elle ne l'essuie pas. Il reste là, comme une tache immonde. Je jette de toutes mes forces le cadre sur le parquet. Le bois se brise, les éclats de verre s'éparpillent sur le sol, la photo glisse sous la table basse. Je la défie : « Voilà ce que j'en fais, de ta photo de merde !

— Hortense, ne dis pas ça… »

Elle s'accroupit pour ramasser les morceaux épars, elle est à genoux, à ma merci. Son peignoir s'est entrouvert, laissant apparaître ses seins tombants. Elle m'écœure.

Elle se relève avant que je ne me décide à la frapper à terre, comme elle le mérite.

« Regarde, plaide-t-elle, je me suis blessée… »

Un gros morceau de verre s'est planté dans son genou. Elle tire dessus, l'extirpe, du sang gicle de la plaie ouverte, tache le bas de son peignoir. Je bondis, lui arrache la photo des mains. Elle est souillée d'empreintes de ses doigts ensanglantés.

D'un geste vif, je la déchire en deux.

« Pourquoi tu as fait ça, petite garce ? » s'écrie-t-elle.

Maintenant, c'est elle qui est enragée. Elle me traite de fille stupide, d'imbécile, le visage déformé par la colère. Elle soupire : « Bon Dieu, toutes ces souffrances que j'ai endurées par ta faute !

— Par ma faute ?

— Oui, par ta faute ! Ton père et toi, vous avez mis ma vie en pièces ! »

La tête me tourne. Il faut que je m'assoie. Je me laisse tomber dans le canapé. Mes idées se brouillent. J'essaye de me concentrer, sens revenir mes forces, le courage qui m'a poussée à venir la défier ce soir.

Elle s'approche. Le sang continue de couler de son genou, elle ne semble pas s'en soucier. Son chausson blanc n'est plus qu'une tache rouge et chaque pas laisse une traînée sanglante sur le parquet. Elle me fait face, le regard dur, glaçant. Je m'en veux de mon imprudence. Elle a raison de me traiter d'imbécile : aveuglée par ma détresse je me suis livrée à elle. Je rassemble mon énergie pour cacher la panique qui me gagne, j'entends à peine ma propre voix quand je lui demande :

« Pourquoi t'acharnes-tu sur mon père ?

— Tu n'as pas de père, Hortense, crache-t-elle. Seulement une mère. Et cette mère, c'est moi ! »

Ces mots me donnent la nausée, je la défie à nouveau : « Je ne suis pas Hortense, je m'appelle Emmanuelle. Je ne suis pas ta fille ! »

Petit à petit, je me reprends, mes idées redeviennent claires. Je dissimule mon soulagement : je n'ai pas bu assez de thé, si jamais elle y a mis un soporifique, il n'a pas d'effet sur moi. Je suis prête à l'affronter. Non, vieille folle, je ne vais pas craquer. Je t'aurai la première, tu peux me croire !

Mais il faut qu'elle pense que je suis à sa merci. Je soupire, ferme les yeux, fais mine d'être emportée par une douce léthargie. Elle s'assied dans le fauteuil à ma gauche. Je sens son haleine contre mon oreille : « Ce n'est pas le moment de se laisser aller, mon enfant. »

Elle me secoue du plat de la main. J'ouvre les yeux. L'épervier empaillé, les ailes déployées, me fixe de ses yeux de verre. Il me terrifie. Je détourne la tête. Mon regard se pose sur une broderie accrochée au mur qui me fait face. On y voit un chien de chasse prêt à bondir sur un cerf blessé à la cuisse. Un après-midi, elle m'avait confié qu'elle l'avait brodé elle-même et que cela avait occupé tous ses week-ends pendant plus d'un trimestre. Je referme les yeux pour ne plus le voir. C'est affreux. Hypocritement, je l'avais félicitée pour la qualité de son travail et lui avais demandé si elle en avait fait d'autres. Elle m'avait répondu que non, qu'elle aimait beaucoup celui-là, mais que les autres, c'était une amie qui les avait brodés. Je lui avais dit que je trouvais ce tableau triste. « Bien au contraire, avait-elle rétorqué. Le cerf est blessé, acculé par le chien, mais rien ne dit qu'il ne peut pas s'en tirer. Il y a toujours de l'espoir pour les bêtes aux abois. »

Sa réponse résonne maintenant avec une cruelle évidence.

Je sens qu'elle me reprend des mains la photo déchirée, que je n'ai pas lâchée, et j'entends sa voix, calme : « Cette photo que tu as déchirée date du jour où nous avons fêté tes deux ans et demi. Nous étions allées chez un photographe professionnel pour la faire, rue Condorcet, juste à côté d'ici. Malheureusement, le studio n'existe plus aujourd'hui… Cela ne te rappelle rien ? »

Comme je ne réponds pas, elle continue : « Après ça, nous sommes allées déjeuner au McDonald's puis au Jardin d'Acclimatation. Tu t'amusais tellement ! » Puis dans un soupir : « Et moi aussi… »

Elle pose sa main sur ma nuque. Son geste est tendre, je voudrais lui résister, je tourne la tête en ouvrant les paupières, découvre un bout de la photo déchirée. Celle où l'on voit cette petite fille au regard triste.

« Regarde bien, insiste-t-elle. C'est toi, c'est toi, Hortense ! Le jour de tes deux ans et demi ! Tu étais tellement jolie. Tout le monde m'enviait ! »

Je ne peux détacher mon regard, je suis captivée par cette image ternie par le temps. L'enfant aux yeux bleus et aux belles mèches bouclées me ressemble étrangement.

Je frissonne, tandis que sa main s'empare de la mienne.

48

« Sophie »

Sa main est moite. Je la serre avec force, l'oblige à rester dans la mienne. Je sens qu'elle tente de se dégager, d'échapper à mon emprise. Je la retiens, serre plus fort. Je la veux soumise à ma volonté. Elle cède.

J'ai bien droit à un geste d'affection de ma fille, n'est-ce pas ? Comment pourrait-elle me repousser, après tout ce que j'ai enduré pour elle ?

De l'index, je caresse le dos de sa main, parcours le sillon de ses veines sous sa peau translucide.

Je me souviens de nos rires, quand nous mêlions nos doigts dans de fausses bagarres. Elle a beau avoir vingt-deux ans de plus que l'enfant avec qui je jouais, je reconnais la douce finesse de sa peau. Il y a des choses qu'une mère ne peut oublier.

Elle me regarde fixement.

« Ce n'est pas possible, Sophie. »

Je reprends d'un ton doux, persuasif.

« Regarde encore… Est-ce que tu ne la reconnais pas, cette adorable petite fille ?

— Elle me ressemble, c'est vrai. Mais ce n'est pas moi.

— Si, je le sais, je te le jure... Il faut me croire... Hortense ?

— Tais-toi !

— Pourquoi me rejettes-tu ? Pourquoi es-tu si méchante ? »

Elle me dévisage d'un air d'incompréhension, secoue la tête avec dépit. Je ne supporte pas l'expression de pitié qui voile son regard. Me prend-elle pour une folle ? Moi, sa mère ?

« Je ne suis pas cette enfant. Je ne suis pas ta fille. »

Sa voix est dure, coupante, pleine de rancœur. En cet instant, alors que je lui fais cette révélation extraordinaire, ma fille n'a que du dégoût pour moi...

Mais je n'abandonnerai pas maintenant. Je plante mes yeux dans les siens.

« Tu es Hortense ! »

Son regard ne vacille pas, sombre et défiant :

« Je suis Emmanuelle ! »

Un instant, je suis sur le point de la gifler.

Comment peut-elle nier l'évidence ? Les mêmes yeux, les mêmes boucles blondes, le même visage ovale et doux. La même lueur un peu mélancolique dans le regard.

Son père la manipule depuis le début. Notre rencontre n'était pas fortuite. Au contraire. Cette ordure a tout manigancé avec la complicité de cette salope d'Isabelle. Tout ça était un plan, soigneusement organisé pour me faire souffrir, comme si tout ce qu'il m'a fait jusque-là ne lui suffisait pas. Pourquoi s'acharner encore sur moi, tant d'années après et entraîner ma propre fille dans cette bataille insensée ? Qu'a-t-il bien pu lui faire croire pour faire d'elle sa complice ?

« Tu ne te rappelles vraiment de rien ?

— De quoi pourrais-je me souvenir ? » réplique-t-elle, en arrachant sa main à la mienne. Je veux la reprendre, elle s'écarte. « Quels souvenirs devrais-je avoir ? poursuit-elle. Hein, quels souvenirs, madame... Delalande ? »

Elle a sifflé mon nom avec répugnance, d'un ton de triomphe mauvais. Madame Delalande. Elle connaît mon nom. Sait-elle qui je suis ? Sait-elle qu'elle est ma fille, depuis le début ?

Je suffoque.

Ma propre fille est-elle mon ennemie ?

J'inspire profondément, je dois reprendre pied. Hortense a toujours été tout pour moi, il n'est pas question que je cède au désespoir, pas maintenant. Je demande :

« Que t'a-t-il dit de moi ?

— De qui parles-tu ? »

Elle veut faire la maligne, mais ce qu'elle ignore, c'est que là où il est, son salopard de père ne peut rien pour elle. Désormais, c'est entre elle et moi que les choses se passent.

« L'homme qui t'a enlevée à moi, qui t'a élevée loin de moi.

— Mon père ?

— Si tu veux l'appeler ainsi. Pour moi, c'est seulement un monstre.

— Mon père, un monstre ? Tu es folle à lier ! Il se contrefiche de toi ! »

Est-ce vraiment ma fille, cette petite vipère qui se lève, pointe l'index sur ma poitrine ? Voilà qu'elle me menace : « Si tu lui as fait du mal, je te démolis, espèce de malade ! »

Je suis parfaitement calme à présent, je réponds froidement, sur le même ton qu'elle, dur et menaçant : « Me démolir ? C'est fait depuis longtemps. Vous deux, pourquoi m'avez-vous brisée ? »

Elle écarquille les yeux, prise de court, comme si elle ne s'était pas attendue à cette attaque. Le temps de jouer est passé. À nous deux, Hortense, ma fille.

Je dois l'emporter… Peut-être qu'alors mon enfant me reviendra.

49

« Hortense »

Un instant, juste un instant, je doute. Ses mots si sincères, son expression si touchante… Et cette petite fille sur la photographie, qui me ressemble tant…

La peur que je ressens d'être toujours sans nouvelles de mon père me rappelle à la réalité.

Je m'en veux de ma faiblesse. Il n'y a aucune place pour le doute. Comme tout à l'heure dans le taxi, je sens le poids de ma responsabilité, écrasant sur mes épaules. Pourquoi ai-je laissé cette folle m'approcher, par ennui, par curiosité, que sais-je ? Je ne sais pas ce qui m'a poussée vers elle.

Cette femme est démente et pour une raison que j'ignore, a décidé de s'en prendre à moi, à Papa et à cette malheureuse Isabelle. Pourquoi leur silence depuis ce matin, pourquoi leur porte close ? Que leur a-t-elle fait ? Je refuse d'imaginer le pire.

Elle s'est inventé une existence, une vengeance à assouvir, et maintenant, j'ai la conviction qu'elle est capable de me faire du mal. Je me suis laissé piéger.

Je pourrais prendre la fuite. Ce ne devrait pas être difficile, je l'ai entendue cacher les clefs dans un tiroir de la cuisine. Je suis bien plus forte qu'elle, cette chose misérable, j'aurais le temps de les trouver, d'ouvrir la porte, je pourrais alerter les voisins, courir chez les flics…

Mais je dois en avoir le cœur net, savoir avec certitude ce qu'elle veut, ce qu'elle cherche. J'inspire profondément.

« Assieds-toi, Sophie. Nous avons besoin de parler, toi et moi. »

Je parle avec le plus grand calme, je veux lui donner confiance. Comme elle reste debout, le visage fermé, sur ses gardes, j'ajoute d'un ton ferme : « S'il te plaît… »

Elle m'observe. Je me tais, j'attends. Je tapote le fauteuil à ma gauche, pour l'inviter à prendre place.

« Je suis prête à t'écouter. Peut-être que tu as raison, que je suis ta fille. Je ne sais plus où j'en suis, tout ça est tellement extraordinaire, je me sens perdue. J'ai besoin d'entendre ton histoire. »

Elle semble hésiter, me dévisage avec méfiance, elle doute de ma sincérité.

Enfin elle parle, d'une voix à peine audible : « Donne-moi la photo. »

Je réalise que j'ai toujours en main un bout de la photo, où on la voit, jeune, souriante. Je le lui tends. Elle va jusqu'à la commode, ouvre un tiroir et en sort un rouleau de papier adhésif. Elle réunit les deux morceaux, sourit : « C'est tellement mieux comme ça. »

Avec lenteur, elle revient s'asseoir, pose la photo sur la table basse, devant nous.

« Cette photo, c'est toute ma vie… »

Sa phrase reste en suspens. Elle soupire.

« Elle ne m'a jamais quittée… Lorsque tu l'as déchirée, j'ai cru que tu déchirais mon cœur. »

Je feins de m'émouvoir : « Pardonne-moi. » Ses simagrées me font horreur.

« Sais-tu que chaque fois que je la regarde, je pleure ? »

Je me retiens de répliquer : eh bien chiale, qu'est-ce que tu attends ? Mais il ne faut pas que je la braque. Je tends la main, me force à la poser sur la manche soyeuse de son peignoir.

« Raconte-moi…

— C'est vraiment ce que tu veux ?

— Oui, Sophie, vraiment.

— Tout ce que je vais te dire est la vérité, Hortense. Peut-être qu'au final tu n'en croiras pas un mot, et que tu continueras à me prendre pour une vieille folle. Alors, ce sera tant pis pour moi, mais, au moins, je l'aurai dit. Cela fait vingt-deux ans que j'attends ce moment… »

Elle se retourne vers moi, soupire : « Tu dois savoir. Après, advienne que pourra… » Elle reprend la photo, la porte à ses lèvres et y dépose un long baiser.

« J'ai été si heureuse avec toi… »

Elle baisse la tête. Du revers de sa manche, elle essuie les larmes qui s'échappent de ses yeux.

« Ne pleure pas.

— C'est l'émotion, mon enfant… »

J'ordonne presque :

« Parle maintenant. »

50

« Sophie »

Ces larmes, ce sont des larmes d'espoir, de joie déjà. Ma victoire approche, j'ai réussi, voilà ce que je pense. En regardant la photo soigneusement recollée, ce ne sont pas ces trop courts moments de bonheur avec mon enfant qui me reviennent en mémoire, c'est l'image des corps de Sylvain et de sa maîtresse, abandonnés dans leur sang, face contre le sol, après que je les ai abattus.

Tout est fini, enfin.

J'ai pris ma décision quand le peintre s'est approché de moi pour me saluer. Il m'a demandé si tout allait bien. « J'ai du café dans mon Thermos, vous en voulez ? » Je n'ai pas répondu. J'étais déjà ailleurs.

La porte n'était pas fermée à clef. Je suis entrée, ai refermé d'un coup de pied. Cette pute d'Isabelle arrivait dans l'entrée, sortant de la cuisine, un plateau entre les mains. Cette tignasse noire… Je n'ai pas hésité. J'ai tiré à bout portant, droit sur sa tête. Son corps, comme pris de la danse de Saint-Guy, a tournoyé sur lui-même. Puis elle est tombée sur le carrelage. Le mur était maculé de bouts d'os et de cervelle. Lui, ce salopard, a juste eu le temps de s'exclamer : « Putain, qu'est-ce qui se passe ? » Il était de dos, avachi dans le canapé à regarder du football sur un écran large qui occupait tout un pan de mur face à lui. Je me souviens m'être demandée comment on pouvait regarder la télévision avec le son si fort. Il a tourné vers moi son crâne chauve, a voulu se lever, mais n'en a pas eu le temps. J'ai tiré quatre fois dans sa direction. Deux balles sont allées se loger dans le dossier du canapé, la troisième a traversé son cou, la quatrième s'est fichée dans le téléviseur. L'image et le son se sont arrêtés d'un coup. Puis, j'ai vu son corps glisser lentement et disparaître. J'écoutais, tous les sens aux aguets, mais il régnait un silence total. Aucun bruit dans l'immeuble, aucune réaction. Le vacarme de la télé avait couvert le bruit des tirs, mais tout de même, me suis-je dit, on se préoccupe peu des voisins, dans ces tours sans âme.

À mes larmes se mêle à présent du dépit. Je regrette de ne pas avoir assez joui de ma vengeance. J'aurais dû prendre le temps, les menacer, les regarder me supplier, tremblants de peur... Mais je ne songeais qu'à en finir avec eux et m'éloigner. J'ai remis le revolver dans mon sac, j'ai contourné la carcasse de celle qui m'avait trahie, sans un regard. La sonnerie d'un téléphone portable m'a fait sursauter. Je l'ai repéré sur l'étagère de l'entrée, vu « Emma » sur l'écran, je l'ai attrapé sans réfléchir, avec le trousseau de clefs posé à côté, puis j'ai refermé la porte derrière moi et j'ai quitté l'immeuble, sans croiser quiconque. Ce n'est qu'une fois dans le tram qui me ramenait au métro que j'ai pris conscience que j'en avais terminé. J'étais vengée. Tout au fond de moi, j'ai hurlé ma victoire. Dans ce tram, je n'étais qu'une petite dame, insignifiante et silencieuse. Les rares voyageurs m'ont-ils seulement remarquée, recroquevillée au fond de la rame ?

Quand je suis descendue du bus, le téléphone que j'avais jeté dans mon sac s'est remis à sonner. Le nom d'Emma est apparu à nouveau. C'était une sonnerie entraînante, qui a retenti des dizaines de fois. Je me suis délectée de ses messages, de ses textos de plus en plus affolés.

Je savais que, tôt ou tard, Hortense viendrait à moi.

Du revers de la manche, j'essuie mes joues humides. Je baisse les yeux, me prépare à parler. Je saurai trouver les mots pour l'émouvoir, la convaincre que j'ai bien agi. Pour mon bien et, surtout, pour le sien.

En éliminant ces deux monstres, je n'ai fait que rendre justice, pas seulement à moi, mais à nous deux. Je suis satisfaite, je ne regrette rien, mais comprendra-t-elle ? Cette ordure, ce manipulateur, a mérité son sort. J'en ai rêvé des nuits entières, imaginant toute sorte de supplices. Aujourd'hui, c'en est fait, et je suis apaisée.

Mais il faut maintenant m'occuper d'Hortense. Il va falloir trouver les mots justes, lui faire entendre raison. Alors elle me reviendra, et ma victoire sera réelle. Elle était son alliée, elle sera la mienne.

Toutes ces révélations que j'ai à lui faire sont douloureuses, remuer ainsi le passé est pour moi une épreuve. Elle m'observe de son regard plein de méfiance. J'inspire longuement, je ferme les yeux, laisse passer quelques secondes. Puis, d'une voix sourde, je commence.

« Tu es née sous césarienne à 14 h 28 le 7 mai 1990, à l'hôpital Saint-Vincent-de-Paul, dans le quatorzième arrondissement. Le vrai nom de ton père est Sylvain Dufayet. » Je me lève, vais prendre le papier qui attend sur mon guéridon, pose devant elle son acte de naissance : « C'est le docteur Cardin qui t'a mise au monde. Ton nom est Hortense Delalande. Je suis ta mère. »

J'implore : « Ta maman ! »

51

« Hortense »

Nous y voilà ! C'est ce que je me dis tandis que, d'un ton monocorde, elle entame son récit hallucinant. Non, vieille folle, je suis née à l'hôpital Béclère, à Clamart. En 1990, en effet, mais en juillet. Mon prénom est Emmanuelle. Mon nom de famille Durand. Je n'ai rien à voir avec cette Hortense Delalande. Je sais qu'on te l'a enlevée, j'ai lu tout cela. Mais cette histoire n'est pas la mienne.

Ma mère s'appelait Pauline. Elle est morte jeune, renversée par un camion alors que je n'avais que cinq ans. Mon père m'a tout raconté : elle nous avait abandonnés quand j'étais bébé. Je ne l'ai jamais revue, mais elle ne m'a jamais manqué. Il l'avait aimée passionnément, et c'est pour cela qu'il avait fui la France, et son chagrin, pour mener cette vie d'errance si joyeuse. J'étais trop petite pour avoir conservé le souvenir de ma vie avec elle. Il ne m'en reste que quelques photos que mon père m'a montrées un jour. Elle était blonde, belle, toujours souriante. « Ta mère... Jamais je ne comprendrai pourquoi elle nous a quittés sans une explication. Pourtant, c'est un fait, un matin elle a disparu, m'avait-il confié une des rares fois où il m'avait reparlé d'elle. C'est trop dur de raviver le passé, c'est au-dessus de mes forces. » Cela m'avait suffi. Je détestais l'idée qu'il ait du chagrin et, après tout, ne me suffisait-il pas de l'avoir tout à moi ? Nous avons parcouru le monde ensemble, rien que nous deux, et j'aimais cette vie où, à peine semblait-il accepter de s'établir, nous repartions. Ce fut comme un voyage sans fin, jusqu'à notre retour à Paris. Il avait fait table rase de son passé ici, coupé les ponts avec tous ceux qu'il avait connus, sa famille, ses amis. Et à l'exception d'Isabelle, il n'a renoué avec personne. Paris n'était pour lui qu'une nouvelle escale. « Toi, tu resteras peut-être, mais moi, je repartirai », m'a-t-il confié un jour. Il disait avoir des choses à régler avant de reprendre la route. « Reprendre la route », ses mots favoris. Il les prononçait chaque fois que nous quittions un endroit où nous nous plaisions. Je ne me suis jamais plainte de ces départs, n'ai jamais souffert de laisser derrière moi mes nouveaux amis, mon école. Je l'avais lui, mon papa, et cela me suffisait. Il était toute ma vie. En grandissant, je m'étais mise à faire des paris sur le temps que nous passerions ici ou là. À notre arrivée, je l'écrivais sur un papier que je cachais. Quand nous repartions, Papa disait : « Et ton papier ? » Je le sortais de sa cachette, je me souviens de nos fous rires, souvent j'avais raison, à quelques jours près ! Il disait alors d'un air faussement sérieux : « Ouh là là, il est vraiment temps d'y aller. » Parfois nous partions si vite que nous laissions tout derrière nous.

Voilà ce que j'aurais pu lui raconter, quand elle a commencé à déballer sa vie, évoquant ces années de joie intense « avec toi, mon enfant », et « nos petits bonheurs quotidiens et tranquilles ». J'étais une petite fille magnifique, m'explique-t-elle, et qui ne manquait de rien avec elle. « Nous étions si heureuses, c'était comme si nous ne formions qu'une seule personne ! » J'ai gardé mes mots pour moi : il n'y a qu'avec mon père que j'ai été heureuse. Je dois la laisser poursuivre, aller au bout de son délire. Je faisais l'admiration de tout le monde, mes grands-parents m'adoraient, et mon enlèvement les a tués, raconte-t-elle. Le désir me brûle de lui hurler que tout cela n'est qu'un amas de conneries et que je n'en ai rien à foutre, de son Hortense !

Plus elle parle, plus elle s'agite. Elle va et vient, sort des documents qu'elle brandit comme autant de preuves. Elle pointe le doigt sur chacune des innombrables photos qu'elle me montre : « Regarde, Hortense, c'est toi ! » Je hoche la tête, approuve pour l'encourager à poursuivre : « C'est étonnant, Hortense me ressemble beaucoup. »

Et à la vérité, la ressemblance est frappante, même si mon père préférait couper mes boucles blondes, si difficiles à coiffer (je ne les ai laissées pousser qu'après mes dix-huit ans). Mais ce qui me trouble le plus, ce sont les portraits de cet homme, ce Sylvain. Elle étale les coupures de presse abîmées par le temps, des articles qui le désignent comme « le kidnappeur de la petite Hortense ». Sur certaines photos, on pourrait facilement le prendre pour mon papa, sur d'autres pas du tout. C'est une impression très étrange. Je le reconnais ici, là c'est un étranger.

Mais mon père s'appelle Antoine Durand, il n'a aucun lien avec ce Sylvain. Mais je ne l'interromps pas. J'attends qu'elle en ait fini.

Combien de temps parle-t-elle ainsi ? Une heure, davantage sans doute. Je perds la notion du temps. Les documents qu'elle est allée chercher dans tous les recoins de l'appartement s'amoncellent sur la table basse, jonchent le sol.

Elle me dévoile sa vérité, d'une voix monocorde, implacable.

Je feins de la plaindre, de comprendre sa douleur…

Et peu à peu, son martyre m'intrigue, ses efforts désespérés pour retrouver sa fille me bouleversent. À nouveau, Sophie parvient à capter mon attention, mon intérêt, et, bien plus, à m'émouvoir. Elle décrit la nuit de l'enlèvement, me montre ses cicatrices au mollet, raconte la grève de la faim qu'elle a menée, déplie des dizaines de lettres qu'elle a reçues, toutes ses tentatives, de plus en plus désespérées, jusqu'à faire appel à un détective privé, à un voyant pour me retrouver. « J'y ai laissé tout ce que j'avais, jusqu'à perdre tout espoir. »

C'est terrible. Mes yeux se voilent. Il ne faut pas que je pleure, me dis-je. Elle me tend un mouchoir, sans me regarder, sans s'interrompre.

Elle a l'air épuisé, elle s'interrompt, annonce qu'elle va faire chauffer de l'eau pour le thé.

J'ai le vertige, je ne sais plus où j'en suis. J'ouvre enfin la bouche : comment peut-elle être si sûre que je suis sa fille, que c'est moi, Hortense, après toutes ces années ?

« Il y a des choses qui ne s'expliquent pas. Dès que je t'ai vue, le jour où tu m'as bousculée, avenue Trudaine, j'ai su. C'était tout simplement une évidence. Je t'ai reconnue aussitôt. Appelle ça l'instinct maternel, ou ce que tu voudras, je n'en sais rien. Ne crois pas que je n'ai pas douté ! Pourquoi penses-tu que je suis venue si souvent dans ce restaurant où je n'avais jamais mis les pieds ? C'était pour te voir, pour t'entendre, pour vérifier ! Et plus tu parlais, à chaque mot que tu disais, ma certitude se renforçait. C'était toi. C'est toi. » Elle reste un instant silencieuse. « Tu verras, nous ferons un test d'ADN. Il confirmera ce que je sais, au plus profond de mon être. »

Plus elle raconte, plus mon trouble augmente. Il y a tant de coïncidences, et tant de zones d'ombre dans ma propre vie… Je repousse cette pensée de toutes mes forces, je ne veux pas y croire ! Puis le doute me reprend. Les interrogations s'insinuent en moi. Nous avons vécu en Martinique, c'est vrai. Nous en étions partis du jour au lendemain, je ne sais pas pourquoi, j'étais trop petite, pour le Venezuela, je n'ai jamais oublié ce nom. Les détails qui s'accumulent font surgir des images brèves et fulgurantes. Oui, enfant, je suis allée jouer au Jardin d'Acclimatation. Je m'y étais rendue un jour, seule, quand nous sommes revenus à Paris, à l'époque où je voulais tout savoir de cette capitale dont on parlait dans le monde entier. Qu'est-ce qui m'avait poussée à m'y rendre, je ne sais.

Là-bas, de vagues images m'étaient revenues, comme des flashs. Une petite fille riant aux éclats devant son image déformée, en passant de miroir en miroir. Une grande peur sur un toboggan, des bras se tendant vers moi, une voix douce qui me console, une voix si semblable à celle de Sophie…

Oui, nous avons habité une maison en bord de mer et je nous revois, main dans la main avec Papa, courant pour échapper à la brûlure du sable et nous jeter dans l'eau tiède. Puis cette ville du Sud, que nous avions quittée si précipitamment. Marseille, où elle avait cru retrouver ma trace grâce à ce radiesthésiste.

Que n'a-t-elle tenté pour retrouver sa fille ? Moi ?

Non, je m'obstine à défendre mon père. Je fouille désespérément ma mémoire à la recherche du détail qui prouverait qu'il n'est pas cet homme, ce monstre dont elle parle.

C'est vrai, celui qui a précipité cette femme dans l'enfer en lui arrachant son enfant est un monstre. Je me force à répéter : « Mais ce n'est pas lui, cela ne peut pas être lui. » J'ai partagé toute sa vie, nous étions si proches, je le connais mieux que moi-même. Je me raccroche aux souvenirs heureux, son sourire, sa bonté, sa soif de découvrir le monde et de me le faire partager. Alors non, c'est impossible… Mais plus je repousse cette idée, plus elle devient réelle.

L'air me manque, je suffoque, elle me tend un verre d'eau que j'avale d'un trait.

Elle me regarde avec une expression inquiète, tant de tendresse...

Et le pire, d'un coup, m'emporte : je me sens chavirer, je bascule.

Je la crois.

C'est la maman que je n'ai jamais eue qui est là face à moi et me parle, qui m'attire à elle, me serre dans ses bras de toutes ses forces et dit : « Mon Hortense, ma fille, mon enfant, être enfin réunies. Quel bonheur ! »

Son bonheur, je le laisse s'emparer de moi, je le partage à présent. J'ai envie de hurler : j'ai retrouvé ma maman !

« Ton père nous a fait tellement de mal, mon enfant...

— C'est horrible... »

J'éclate en sanglots, anéantie, je ne peux rien dire de plus. Je n'ai plus la force de résister.

52

« Sophie »

Si elle ne m'avait pas forcée à me lever, si elle ne m'avait pas attirée à elle, enlacée dans ses bras menus, en aurais-je jamais fini de raconter les errements de ma vie misérable ? Il y a plus de deux heures que je parle, que je me libère de ce fardeau accumulé pendant vingt-deux ans. Plus je parle, plus je reprends confiance. Je vois qu'elle m'écoute, que mes mots font mouche. Et finalement, elle cède devant l'évidence, comme devant la marée montante que rien ne saurait arrêter.

Il a fallu toute mon énergie, j'ai bien senti à quel point elle résistait. Ma pauvre petite, je comprends si bien son supplice ! Et d'un coup, les murailles ont lâché, et elle s'est rendue : je suis sa mère et celui qu'elle vénérait est un monstre. Était. Tout cela ne sera plus qu'un mauvais souvenir, désormais.

Nous demeurons ainsi de longues minutes, debout, sans souhaiter ni l'une ni l'autre rompre notre étreinte.

Cet instant d'affection si soudain m'a prise de court, mais à présent, détendue, sereine, je m'abandonne dans les bras de mon enfant. Mes joues ruissellent de larmes. Je l'entends murmurer : « Ne pleure pas, Maman. »

« Maman. » Elle a dit « Maman », et mes sanglots redoublent.

J'ai eu tort de cesser d'y croire.

Maintenant serrée tout contre elle au point de sentir battre son cœur, je réalise combien je me suis trompée. Ma fille est innocente, elle n'a été, comme moi, que le jouet et la victime de cette ordure. Pas sa complice.

Les événements de ces derniers jours m'avaient accablée. J'avais acquis la certitude qu'Hortense était et resterait à jamais sous l'emprise de cet être inhumain qui nous avait séparées. Il l'avait conditionnée à me haïr et quoi que je puisse tenter désormais, mes efforts pour la conquérir seraient vains. J'avais échoué dans ma quête.

Et moi, je resterais à jamais leur proie.

C'est l'évidence qui m'avait foudroyée, alors que je retournais tout cela pour la millième fois, assise sur l'escalier de Montmartre. Alors, j'avais pris ma décision. Il ne me restait plus que ma revanche, et c'est ce qui m'avait poussée à me rendre, animée de cette folie meurtrière, jusque chez eux, à Bois-Colombes.

Je devais éliminer cette ordure, avec la pute qui m'avait trahie des années durant. Les punir, c'était aussi punir Hortense.

Quand tout à l'heure, elle s'est présentée chez moi, je pensais n'avoir rien à espérer. Quoi que je puisse lui expliquer, je ne serais jamais sa mère, mais seulement une meurtrière.

Et pire encore, à ce moment, je ne voulais plus d'elle comme enfant.

Dès que j'ai ouvert la porte, j'ai senti la force de sa haine. Sa fourberie ne m'a pas dupée lorsqu'elle a exigé, le mot n'est pas exagéré, que je raconte ma vie.

Mais je l'ai fait, sans réserve, sans rien cacher. Il fallait que je solde le malheur que fut mon existence, et qu'elle sache. Qu'elle me croie ou non, plus rien ne m'importait.

Puis, petit à petit, phrase après phrase, j'ai perçu ses doutes, ses interrogations. J'ai senti son désarroi, je l'ai vue reculer devant une vérité si cruelle. Il lui fallait admettre que ce père adoré était un monstre. Qu'il avait réduit ma vie à néant, qu'il avait fait de sa vie à elle un long mensonge, qu'il était son bourreau. J'ai senti ses certitudes basculer, sa haine changer de camp. La vérité lui est apparue, et elle a compris qui elle devait haïr.

J'avais retrouvé ma fille, et en un instant, vingt-deux années de souffrance se sont évaporées.

Seul compte désormais l'avenir que nous allons construire ensemble.

Je ne lui ai pas dit que je nous ai déjà vengées.

Je ne lui ai pas encore révélé que l'homme auquel elle a laissé toute la journée des messages affolés est mort. Il faut maintenant qu'elle approuve ce que j'ai fait et qu'elle comprenne que ma vengeance est la nôtre. Alors, je l'espère de tout mon cœur, elle me remerciera…

Je me moque bien d'aller en prison, seul compte notre amour retrouvé. Elle a dit « Maman », n'est-ce pas l'essentiel ? Quoiqu'il arrive désormais, elle me protégera.

Ce petit mot, « Maman », elle avait mis si longtemps avant de le prononcer. Pourtant, elle avait parlé très tôt. Elle n'avait pas un an et faisait déjà des phrases entières qui stupéfiaient les assistantes maternelles. Mais impossible de dire correctement « maman ». Elle s'entêtait à m'appeler « mama », parfois « mamou ». J'en étais arrivée à croire qu'elle le faisait exprès, par jeu, mais ce jeu me blessait. J'avais beau la priver de dessert, de ses sucreries favorites, rien n'y faisait. J'ai passé des heures entières à répéter « maman », tandis qu'elle répondait « mama ». J'insistais : « man », jusqu'à m'emporter parfois, convaincue qu'elle me défiait. Je n'ai pas voulu céder, ce n'était plus un jeu, mais un combat, que je devais gagner.

Et puis, par un samedi ensoleillé où nous descendions la rue des Martyrs, pleine de monde, un homme m'a bousculée si brutalement que j'ai perdu l'équilibre, entraînant Hortense dans ma chute. Tandis que nous nous relevions, je l'ai entendue murmurer : « Il est méchant le monsieur, Maman ! » Je me suis figée sur place, ne me suis plus souciée de celui qui nous avait renversées et qui ne s'était pas arrêté. J'ai fait un grand sourire : « Tu vois, ce n'est pas si difficile que ça ! » Nous sommes remontées place Pigalle et je lui ai offert des tours de manège de bois. À chaque passage, elle tournait vers moi son visage radieux et s'écriait de toutes ses forces : « Maman, Maman ! »

Une semaine après, Sylvain faisait sa réapparition, devant le ministère. Et ce soir-là, tandis que je tentais de lire, après avoir couché Hortense, la vérité m'avait brusquement saisie : l'homme qui nous avait bousculées si méchamment ce jour-là ne pouvait être que cette ordure de Sylvain. C'est par ce geste violent qu'il avait refait surface dans nos vies.

Je voudrais que ce moment magique ne cesse jamais. Je m'enivre de son odeur, de la douceur de sa peau, de ses fins cheveux blonds sur lesquels je promène mes doigts. Je l'entends murmurer : « Je ne te quitterai plus jamais, Maman. » Puis : « Je souffre pour toutes ses années sans toi. » Je chuchote : « Nous sommes ensemble maintenant. Tout va bien, plus rien ne pourra nous séparer.

— Tu es heureuse ? demande-t-elle d'une voix timide.

— Oui, oui, Hortense.

— Je suis Hortense ! proclame-t-elle.

— Oui, oui, oui !

— Tu frissonnes, tu as froid ? s'inquiète-t-elle.

— C'est ce si grand bonheur…

— Moi aussi, je suis heureuse, Maman. »

Notre étreinte n'en finit pas. Elle ne finira plus jamais.

Soudain, la sonnerie joyeuse d'un téléphone retentit sur la commode. Le téléphone de Sylvain, rangé au fond de mon sac à main. Hortense s'écarte, fronce les sourcils, me regarde avec étonnement.

« C'est la sonnerie de mon père ! Vous avez la même ? C'est incroyable ! »

Je ne veux plus mentir. Je ne crains plus rien, désormais, elle est dans mon camp.

« Non, c'est le portable de Sylvain. Je l'ai pris ce matin.

— Sylvain ? » répète-t-elle d'un air d'incompréhension. Le vrai nom de son ordure de père ne fait pas encore écho en elle.

« Sylvain. Ton père. Notre bourreau. Celui qui t'a enlevée à moi, Hortense ! »

Elle semble perdue. Faut-il que je la secoue pour qu'elle reprenne ses esprits ? J'attends, attentive, aux aguets. Elle demande d'une voix étouffée : « Tu as pris son téléphone ? C'est pour ça que je n'ai pas pu le joindre de la journée ! »

Elle recule d'un pas, comme frappée par une vision soudaine. Je saisis ses deux mains, la retiens, elle ne bouge pas. Ses yeux me fixent intensément.

« Qu'as-tu fait ? » dit-elle dans un souffle. Elle ajoute après un instant : « Je suis allée chez eux tout à l'heure, personne ne m'a répondu… »

Je murmure : « Je devais le faire… Pour nous… »

Ses mains ne quittent pas les miennes. Elles tremblent.

« Tu les as tués.

— Oui… j'ai tué ton père, et Isabelle aussi. Ils ne méritaient pas de vivre. Je devais nous venger pour tout le mal qu'ils nous ont fait. »

Il n'y a rien à ajouter. Le téléphone a cessé de sonner. Nous restons face à face, immobiles, sans prononcer un mot.

334

J'attends. Va-t-elle exploser, se jeter sur moi pour me frapper ? Elle dit simplement : « Montre-moi ma chambre. Je veux la voir.

— Viens. »

C'est elle qui m'entraîne dans le couloir sombre, vers le fond de l'appartement.

Déposition de Mlle Emmanuelle Durand, 26 ans, recueillie à l'hôpital Georges-Pompidou le 16 juin 2015. Extrait du procès-verbal.

[…] Elle m'a raconté l'histoire de sa vie pendant près de deux heures. C'est moi qui ai voulu. Je n'étais venue chez elle que dans ce seul but : comprendre. J'étais folle d'angoisse, dans un état second. […]

Au début, je n'ai pas cru un mot de son histoire. C'était démentiel. Elle était certaine que j'étais sa fille, elle accusait mon père de m'avoir kidnappée. Quiconque l'a fréquenté sait qu'il est incapable de faire du mal à une mouche. Et certainement pas de commettre une monstruosité pareille. Mon papa était la bonté incarnée. […]

J'avais peur d'elle, jusqu'à imaginer qu'elle avait versé un somnifère ou du poison dans le thé qu'elle m'a servi. Il n'en était rien, vous me dites que vous avez fait des analyses, mais je m'étais brusquement sentie faible, j'avais l'impression de m'être jetée dans la gueule du loup sans réfléchir. […]

Je savais que tout ce qu'elle me racontait était vrai, je venais d'apprendre son histoire en faisant des recherches sur Internet, sa fille enlevée, les efforts et les moyens qu'elle avait déployés pour la retrouver. Je me disais que le chagrin l'avait rendue folle, mais qu'elle se trompait, il était impossible que je sois cette enfant-là. Certes, je n'ai pas de souvenir de ma petite enfance, mais cette femme qui prétendait être ma mère disait n'importe quoi. […]

Malgré tout, son histoire était dramatique et touchante, j'ai été émue, forcément. Il y avait tant d'épisodes poignants, je comprenais la haine qu'elle ressentait pour celui qu'elle appelait « notre bourreau ». Elle est parvenue à m'attendrir. J'étais bouleversée, sous le choc de ce que j'avais appris sur sa vie. C'était tellement atroce…

Je l'ai laissée parler. Elle a exhibé des tas de documents, de photos, ma confusion est devenue totale. Petit à petit, tout a basculé. Je n'arrive pas à comprendre ce qui m'a pris, comment elle a pu me convaincre… Je me suis retrouvée dans ses bras, je l'ai appelée Maman… […] Je me torture à essayer de reconstituer cette journée, retrouver ce qu'elle m'a dit… Elle a mentionné des éléments si troublants, tant de faits qui faisaient écho à des moments précis de ma vie. […] J'ai même eu l'impression de reconnaître mon père sur les articles de journaux qu'elle m'a montrés. Plus les détails s'accumulaient, plus son histoire me paraissait cohérente et vraie. […]

Oui, j'ai finalement cru tout ce qu'elle me disait. J'avais toujours pensé que mon père fuyait le chagrin de notre abandon par ma mère, mais je découvrais une vérité tout autre. Il fuyait son crime.

C'était moi, cette petite fille qui avait été enlevée par un monstre. Et ce monstre était mon père. Alors, comme elle, je l'ai haï. Je comprends que ça puisse paraître incroyable, mais l'idée qu'il m'ait privée de ma mère, qu'il m'ait menti, trompé, et que j'aie été son jouet durant toutes ces années... Ces fois où je lui demandais ce qui était arrivé à ma mère, où il me répondait qu'elle nous avait abandonnés quand j'étais petite. Tous ces déménagements, son refus de s'attacher à un endroit et à quiconque. « Aucune femme ne pourra plus jamais remplacer ta maman, il n'y a que toi qui comptes dans ma vie. » Je le croyais, trop heureuse de l'avoir pour moi toute seule. Je me suis sentie trahie au-delà de tout par celui que j'avais admiré et aimé. Je voyais le bonheur de Sophie, elle était si sincère, et j'ai détesté mon père pour tous ses mensonges. [...]

J'avais retrouvé ma mère, et je réalisais à quel point elle m'avait manqué. Elle me paraissait tellement aimante, tellement admirable, elle qui n'avait jamais abandonné sa quête, malgré son désespoir.

Je ne me souviens pas bien de ma réaction quand j'ai compris qu'elle l'avait tué. Je comprenais son geste, malgré ma stupeur. Elle avait connu tant de souffrances, je crois m'être dit que cette punition était légitime. Est-ce qu'à sa place je n'aurais pas voulu faire la même chose ? Et cette Isabelle, tellement perfide, qui s'était servie d'elle ! Je m'étais toujours un peu méfiée de cette femme, quelque

chose dans sa relation avec mon père me dérangeait.
[…]

Alors, finalement, je lui ai demandé de me montrer
la chambre de mon enfance, avec l'espoir que tout me
reviendrait soudain. Je crois me souvenir lui avoir dit :
« Ce serait extraordinaire. » […]

53

« Hortense »

Je veux allumer mais sa main retient la mienne. Je la devance dans le couloir obscur, m'arrête devant la porte, demande :

« Tu as la clef ?

— C'est ouvert, souffle-t-elle.

— J'ai si hâte d'entrer, lui dis-je. Les souvenirs vont peut-être me revenir d'un coup. Ce serait extraordinaire. »

Sa main serre la mienne. Je sens ses ongles s'enfoncer dans ma peau. La douleur m'indiffère. Elle approuve, la voix raffermie : « Je suis certaine que tu vas te souvenir. Il est impossible qu'il en soit autrement. Rien n'a changé de place. J'ai tout gardé. »

J'ouvre la porte. La lumière venue du salon éclaire ma chambre d'enfant d'une faible lueur. Sophie est tout près de moi, je sens son souffle contre ma joue. Je me tourne vers elle, lis dans ses yeux un immense espoir. Je pose ma main sur sa poitrine.

« Ton cœur bat si fort.

« — J'ai attendu ce moment toute ma vie, répond-elle. Entre ! »

Petit à petit, mes yeux s'habituent à l'obscurité. Je devine sur le mur, face à la porte, un cadre avec une broderie. Un prénom, « Hortense ». Mon prénom. Le découvrir m'étreint le cœur. Puis je vois un immense poster de la Fée Clochette. Sophie sourit.

« Cette Fée Clochette ! Tu l'adorais, tu m'as fait tout un cirque pour que j'achète cette image. Tu avais à peine deux ans, nous nous promenions à Beaubourg. Ça ne te rappelle rien ? »

Non, rien du tout. J'ai l'impression de marcher sur un fil. Je l'arrête :

« Maman, laisse les choses venir toutes seules. J'étais si petite, il faudra peut-être du temps…

— Tu as raison, Hortense. Je suis trop nerveuse. »

Elle murmure, comme pour elle seule : « Tu ne peux pas imaginer le nombre de fois où je suis venue me réfugier ici, pour rêver de cet instant…

— Justement, Sophie, profitons-en.

— Ne m'appelle pas Sophie », réplique-t-elle, d'un ton agacé qui me surprend.

Je l'apaise : « D'accord. Maman…

— C'est tellement bon à entendre. »

Elle montre du doigt des dessins d'enfant épinglés sur le mur. « Ce sont les tiens, je les ai tous gardés. » Elle s'est approchée d'une commode dont les poignées dorées luisent dans l'ombre : « Une vraie armoire de princesse ! » lance-t-elle avec ravissement.

Elle ouvre le tiroir du haut :

« Ce sont tes petites robes ! Tous tes habits. »

Le tiroir déborde de vêtements d'enfant. Combien y en a-t-il ? Des piles de toutes les couleurs, parfaitement pliées. J'y plonge la main, caresse les tissus soyeux. J'en tire une robe, au hasard. Pourrais-je me souvenir que je l'ai portée un jour ?

« Tu adorais celle-là, tu voulais la porter tous les dimanches ! » s'écrie-t-elle.

Non, cette jupette rose pâle n'évoque rien pour moi. L'odeur de renfermé qu'elle dégage est puissante. Je la déplie, elle est déchirée, trouée, un morceau de tissu se détache et reste dans ma main.

« Ah, les mites ! » peste Sophie.

Je pose le jupon rose sur une petite chaise en rotin bleu turquoise.

« Tu la reconnais ?

— Quoi ?

— Ta petite chaise… Tu passais des heures assise ici, à jouer avec tes Barbie. »

Non, je n'ai aucun souvenir de cette chaise, ni de mes poupées.

« Maman, s'il te plaît, sois patiente. Laisse-moi regarder tranquillement. C'est si loin… »

Je comprends sa déception, mais n'est-il pas normal que je ne ressente rien ? Vingt-deux ans ont passé. Je dois continuer, m'imprégner de toutes ces images. Qui sait… le déclic se fera peut-être, et, alors, je serai comblée.

Mes paroles semblent la transfigurer. Elle est de plus en plus excitée :

« Regarde ! »

Elle pointe le doigt sur une étagère, contre le mur de droite, où des Barbie habillées avec soin sont alignées en ordre parfait.

« Qu'est-ce que tu as pu jouer avec elles ! Tu en as cinq ! s'exclame-t-elle, triomphante. Tu en étais folle, de ces sacrées poupées. Tu passais des journées entières à t'occuper d'elles. Elles sont toutes là. »

Elle prend un ton mutin : « Il a fallu parfois que je me fâche pour que tu fasses autre chose ! Il n'y avait que ces Barbie qui comptaient... Ah, tu m'en as fait des caprices ! » Cela semble la ravir : « Et moi, mauvaise maman, je t'en achetais chaque fois que tu en réclamais une nouvelle ! Je ne savais rien te refuser. Je t'ai gâtée, c'est vrai, mais rien n'était trop beau pour toi. »

Cette collection de Barbie n'évoque rien pour moi. Au contraire, je me souviens que mon père avait voulu m'en offrir une, et que j'avais refusé. Petite, j'ai toujours eu une profonde aversion pour ces poupées et méprisé les gamines qui y jouaient. Je ne voulais à aucun prix ressembler à ces mannequins modèles. Un jour, une des amies de mon père m'en a offert une, j'étais déjà grande. Je lui avais crevé les yeux et arraché la tête, et l'avais fichue à la poubelle deux jours après... Pouvait-il s'agir d'une sorte de réaction à mon enlèvement, au fait d'avoir été coupée de ce qui me rappelait ma petite enfance ? Cela expliquerait tout, me dis-je. Je tends la main pour en prendre une.

« Ta préférée...

— Pardon ?

— Cette poupée... Margaret. C'était celle que tu choisissais toujours en premier. C'était ta favorite ! Et c'est elle que tu as choisie, aujourd'hui même. Tu te souviens, j'en suis sûre... »

L'unique Margaret que j'ai connue était une jolie métisse qui avait eu quelque temps les faveurs de mon père. Mais je m'abstiens de le lui dire, cela m'attriste de la décevoir. Je réfléchis :

« Margaret… Ça me dit vaguement quelque chose… »

Elle a les yeux brillants.

Sur une deuxième étagère, sous les Barbie, sont rangées cinq peluches. Sophie attrape l'ourson beige qui trône au centre.

« Voilà ton doudou… »

Elle le lève vers mon visage : « Sens, il a gardé ton odeur de bébé. Il ne te quittait jamais. Ton Gégé… »

Je ne sens qu'une mauvaise odeur de poussière.

« Quelqu'un l'a ramassé dans l'escalier le jour où… Tu l'avais laissé tomber, quand ce monstre t'a emportée, poursuit-elle. Il a dû tellement te manquer… »

Je voudrais tant me rappeler. Mais, rien, rien, rien. Je ne ressens rien.

Elle perçoit mon désarroi. Elle caresse ma joue de son index rêche.

« Ne t'en fais pas… Nous avons tout le temps. Toute la vie, me rassure-t-elle. Ne pleure pas… »

Je ne m'en étais pas rendu compte, mais mes joues sont mouillées de larmes.

« Il faut pleurer. Cela fait du bien. Laisse-toi aller, ce n'est pas grave… »

Cette pièce, où j'ai passé les premières années de ma vie, il faut que je la voie mieux. J'appuie sur l'interrupteur. Au plafond, l'ampoule grésille, inonde la pièce de lumière, puis s'éteint.

« Elle ne marche plus bien, s'excuse-t-elle. Il faut que je la change… »

Je m'impatiente, pousse la porte en grand, vais allumer dans le couloir. Je reviens, regarde le petit lit, collé dans un angle. Maman ne dit plus rien, immobile, l'ourson Gégé serré sur son cœur. Ainsi, ce petit lit de bois fut le mien…

Je m'allonge sur l'épais édredon rouge. Je ferme mes yeux humides. Je reste ainsi, immobile, pendant d'interminables secondes. Je frissonne, l'énergie m'a désertée. Je voudrais que mon passé revienne, m'engloutisse.

J'ai si froid. Je me glisse sous l'édredon.

Il y a quelque chose là.

Ma main touche une forme raide, allongée contre moi, une poupée oubliée ? Je tâtonne dans la pénombre, soulève l'édredon, je ne comprends pas bien, je regarde mieux, avance la main…

Un hurlement me vrille les tympans. Je réalise que c'est moi qui ai crié.

Là, dans ce lit d'enfant, gît une petite fille vêtue d'une longue robe rose. Des boucles blondes, impeccablement coiffées, tombent sur l'oreiller de chaque côté de son visage décharné. Deux billes de verre bleu sont enfoncées dans ses orbites. Ses mains ne sont que des os translucides.

Un cadavre. Momifié. J'ai touché une mèche de cheveux rêches.

Sophie n'a pas bougé de l'encadrement de la porte. Je l'entends dire : « C'est Hortense, ta petite sœur, mon Hortense. »

Je me mets d'un bond sur mes pieds, l'horreur me fait chavirer. Je dois fuir cet endroit maudit.

Sophie recule vers la porte, la referme derrière elle, avant que j'aie pu faire un pas. J'entends la clef tourner dans la serrure.

L'obscurité retombe dans la pièce et je reste seule, avec le cadavre de celle qui fut sa fille.

Épilogue

Déclarée « irresponsable pénalement » par deux collèges d'experts psychiatres, diligentés par le juge Robert, Sophie Delalande n'a pas été renvoyée devant la justice.

Elle est internée, sans doute à vie, dans une Unité pour malades difficiles (UMD) à Sarreguemines en Moselle. Elle ne reçoit aucune visite.

Emmanuelle Durand a quitté la France.